湄流

杨祥云 著

团结出版社
UNITY PRESS

图书在版编目（CIP）数据

涓流／杨祥云著. -- 北京：团结出版社，2023. 8
ISBN 978-7-5234-0228-3

Ⅰ. ①涓… Ⅱ. ①杨… Ⅲ. ①散文集-中国-当代
Ⅳ. ①I267

中国国家版本馆 CIP 数据核字（2023）第 113513 号

出　　版：团结出版社
　　　　　（北京市东城区东皇城根南街 84 号　邮编：100006）
电　　话：（010）65228880　65244790
网　　址：www. tjpress. com
E － mail：65244790@ 163. com
经　　销：全国新华书店
印　　刷：四川科德彩色数码科技有限公司

开　　本：145mm×210mm　1/32
印　　张：10. 625
字　　数：225 千字
版　　次：2023 年 8 月第 1 版
印　　次：2023 年 8 月第 1 次印刷

书　　号：ISBN 978-7-5234-0228-3
定　　价：58. 00 元

卷首语

人们常说："滴水成河，汇流成海。"人生是一条河。细小的水流，一直流动，不会停息。条条溪渠细流，日复一日，年复一年，终将汇成江河海洋。

本书为多篇散文结集，包含人物描写、往事浮现、山水游览、作文评论这四个分卷。

文中有鲜明的思想政治性。文化创造与意义建构是我们党和人民在继承中华优秀传统文化、培育革命文化和建设社会主义先进文化的百年历史进程中，坚韧不拔而又与时俱进地进行文化建设、文化创造、文化积累、文化提升的历史性成果，是中华文化的历史连续性、空间广延性和价值普遍性在当代中国充满生机活力的现实展现和意义拓展。

文中有文化知识性。我们把脱离大脑的感觉、思维、意识、观念，向主观、理性、真理，一级一级的私湍增量，称为文化。它包括历史、地理、政治等三个方面知识。书里有这三个方面的基本技能的整体把握和运用知识综合分析问题、解决问题的思维能力。

文中有生活性。生活是指人的各种活动，包括日常生活行为、学习、工作、休闲、社交、娱乐等。它是比生存更高层面的一种状态。生活中有许许多多的喜怒哀乐，开心也好，伤心也罢，都会成为记忆中的刻骨铭心。书里多采撷其中有乐的，有乐，也就有趣。

文中有诗情。不少散文中，有的文末是自由体诗，有的文末是格律诗词。诗词的内容，包含了作者的内心世界，用以对人物或社会的情感之叙述的表达方式。它似薄雾的轻纱、晶莹的水月、香醇的酿酒，是情怀、韵味的结合体。

涓涓细流，潺潺流过。幽幽水韵，声声怡人。

宋代学者范仲淹说过："纷纷坠叶飘香砌。夜寂静，寒声碎。真珠帘卷玉楼兰，天淡银河垂地。年年今夜，月华如练，长是人千里。"历史长河的时光就像月亮，就像白色的丝绸一样，洁白光亮。等光阴奏响春天的旋律，等春风吹过时光的芬芳，携一缕春暖花香，渡一程人世繁华。岁月人安好，春花满枝头。自信人生二百年，会当击水三千里。

谨以此书献给亲爱的读者。

内容简介

　　《涓流》是一部 97 篇散文结集的文学艺术作品，收集于作者近年来在多种媒体公开发表的文作。全书为人物描写（14 篇）、往事浮现（47 篇）、山水游览（24 篇）、作文评论（12 篇）四个分卷。作品有我国社会主义文化创造与意义建构，具有一定的思想性、生活性、艺术性。

目　录

第二分卷　往事浮现

第三分卷　山水游览

第四分卷　作文评论

第一分卷

人物描写

纸扎工匠顾伯钧

纸扎工匠顾伯钧，家住宝应城内堂子巷8号，我家与他家门对门斜对面。

顾伯钧原是宝应曹甸人，他身材较魁梧，皮肤白皙，眼神和蔼可亲，平常总喜欢穿着一件灰白色中式长大褂，待人十分随和。新中国成立前，他就来到宝应城内堂子巷买了一幢坐北朝南的房子，开了一间杂货店，生意很红火。不久日本强盗闯进宝应城，为躲避灾祸，顾伯钧只好关闭家门，带着全家人逃到乡下。等鬼子离开宝应城后，顾伯钧才带着家人回到家里，可他的房子与店铺只剩下一片灰烬。在逃难中早已一贫如洗的他，只好因陋就简地就盖起堂子巷里仅剩的几间茅草屋，为了养家糊口，顾伯钧干起了纸扎手艺活，开起了连家店。

风和日丽的春天，正是顾伯钧做纸扎风筝的大忙时节。

他做的最多的风筝有两种：一是单背，二是六角。单背风筝制作比较简单，适合年幼的孩儿玩放。其骨架是用四根像韭菜叶一样宽、五六寸长的芦苇篾条绑扎而成的，单背上面一根横篾条还用线拉扎成弓形，再拿一张白纸用糨糊与骨架粘合，单背风筝就基本成形了。风筝的美化则是在四角贴上黑色的等腰三角形剪纸角花，中间贴上黑色的菱形剪纸角花。单背纸下面两边各粘连一根每根一寸多宽，三尺多长的白纸条作为尾巴，一个漂亮灵动的风筝就算完成了。孩子们给单背风筝栓上了线，迎着风，跑得越欢，风筝飞得越高。让人不禁想起宋代寇准在《纸鸢》诗中所写的"清风如可托，终共白云飞"。

六角风筝的骨架要比单背风筝的骨架更结实些。顾伯钧将东乡湖荡里筷子般细的芦苇管用麻丝绑扎成米字形，六边用线绑扎成固定的等腰六边形骨架，上面蒙糊白纸，最后再用剪纸角花加以装饰。讲究一点的六角风筝，会在上面绑扎一个倒放的蒲弓。而做弓弦的蒲片是制作而成的，用刀扁扁地剖开篾条将其一分为二，用两片中的一片即可。年龄大一点的孩子喜欢买带有蒲弓的六角风筝，它放飞在空中，随风呜呜着响，声音像胡琴声一样。这正如宋代爱国诗人陆游在《观村童戏溪上》诗中所述："竹马踉跄冲淖去，纸鸢跋扈挟风鸣。"

除了单背风筝和六角风筝，顾伯钧还能制作更好看的蝴蝶风筝、苍鹰风筝、蜈蚣风筝等，超过三尺见方的特大风筝，顾伯钧也会做。顾伯钧的美术功底非常扎实，用坊纸画出的图案非常逼真，色彩斑斓鲜明。人们买来玩放，都爱不释手。顾伯钧做得最精致的应该是蜈蚣风筝，这种风筝不但头尾制作难度大，而且正身需要用一根根篾条弯成弓形，形状一致，两边对称，轻重一样，所以做蜈蚣风筝的时候要把一根根竹篾像金银一样在戥子上称，核对校正。用线连接的蜈蚣风筝总长能达两丈，飘飞在空中，忽上忽下，自由自在，栩栩如生。全宝应城做纸扎风筝的有好多家，但做得最漂亮、最好放飞的还应是顾伯钧。

顾伯钧的纸扎手艺不只体现在风筝上，根据时令、节日制作相适的纸扎品更是他的拿手绝活，也是他的生存之道。

临近春节的时候，顾伯钧便忙于在蜡盘上用大红纸刻制图案。大红图案刻纸，十分鲜艳优美。小的纸扎品买回贴挂在门框上，大的买回粘挂在堂屋里面的二梁上，再挂上大红图案刻纸，家里增添了过年祥和欢乐的气氛。春节过后，人们要迎接正月十五元宵节，即花灯节。顾伯钧又开始忙于做花灯了。元宵节做的最多的是孩子们最喜欢玩的兔子灯或蛤蟆灯。兔子灯的骨架是用竹篾绑扎而成，一张圆形的脸，头上一对尖圆形的耳朵，椭圆体的身子，一个尖圆形的尾巴。骨架外面都要蒙贴白纸。面部要粘贴纸质的眉毛、眼睛和胡须。身子两边要粘贴三排像萝卜丝一样细长的彩色纸条作为兔毛。身子下面要绑扎前后两根五六寸长的竹管，里面穿连两根相连的直径约为两寸的圆木轮。这样，孩子买来可就地拖滚玩耍。如果没有这四个圆轮，就只能让小一点的孩子拎在手里赏玩。

做蛤蟆灯的难度要比兔子灯难度大一点，尤其头部要做得逼真一点。顾伯钧做好的蛤蟆灯最与众不同的地方，是在蛤蟆张开的嘴里粘贴着一块闪闪发光的金色剪纸古钱币，让人一看，发财喜庆之情油然而生。元宵节的晚上，人们观赏着圆月，路上孩子们提着里面点着蜡烛而亮堂堂的兔子灯、蛤蟆灯，连刚学会走路的小孩手里都拎着心爱的花灯。

特别吸引眼球的是顾伯钧为其孙子制作的跑马灯，马头在前，马尾在后，蜡烛点在马头里面，闪闪发亮。孙子提着跑马灯在堂子巷四处游走，周围人群发出阵阵欢声笑语，热闹非凡，增添了节日的欢乐气氛。

当然，为祭祀亡人要烧的纸箱、纸库、纸船等纸扎品顾伯钧也会制作。顾伯钧细心对待纸扎品中的每一笔、每一画形，让买家的忧思更完美地寄向不可达的远方。

汉代学者许慎在《说文解字》中说："匠，象形。凡从匚之属皆从匚。工者，饬（整顿，使整齐）也。百工皆称工，称匠。"纸扎工匠顾伯钧，令我难忘。

雨纷纷中的思念

1954 年 9 月初，我开始进入县实验小学读书。那时的校园就在县南街与学墩巷交叉口的西边，大门朝东。校园朝北的后门呈正六边形，上方有"学圃"两个漂亮楷体大字砖匾。学校里的环境如花园般优美。校园内主建筑是东西六十米长、两层木质梁柱与楼板的教学楼。教学楼的西南有一座用太湖岩石堆砌成的假山，山坡上长满了青松翠柏。平时课后，我们经常在这爬石山钻山洞，学打仗或捉迷藏。教学楼南面还有一幢大殿做礼堂，用于师生集中开会或举行庆贺活动。

一天下午课后，我在操场上观看郝兆奎老师与孙道生老师一起打羽毛球。球儿在两人球拍上相击，在空中飞舞，很是精彩。一不小心球儿落到地上，戴着近视眼镜的郝兆奎老师拾球时，眼镜滑落到地上。他小心翼翼地把眼镜拿到手里看了看，发现镜架与镜片都没有受到损坏，幽默地说了一句："它只是轻轻地吻了一下可爱的大地。"这句话逗得大家哈哈大笑起来。那时的他，常常穿着藏青色的中山装，身材魁梧，走起路来昂首挺胸，样子特别矫健。

1957 年初春，县实验小学与当时的安宜小学合并，同学们与郝兆奎老师都来到这所有丰富历史文化底蕴的孔庙校园。我们上六年级时，郝兆奎老师不仅成为实小的名师了，还是我们六（3）班语文老师兼班主任。郝老师热爱班上的每一位同学，虽然他对同学们在德智体等方面有许多严格的要求，但都因势利导，循循善诱。我们从未看到过他变相体罚学生。

平日里，常看到他用毛笔抄写颜真卿字体的《三字经》时，书法笔锋圆润丰满，字体刚健秀美，我心中赞叹不已。

一次下课后，他在讲台旁对一位写诗句的同学面批："人民公社放金光，只见某某卖票忙。"某某是我校的一位女学生，因厌学而常常逃学，在街上贩卖粮票、布票等无价证券。这位女学生则被学校张贴公告而开除。郝老师对这位同学耐心讲解，人民公社的优越性在于一大二公，应为歌颂，而某某学生弃学贩卖无价证券，投机倒把违法，应为批判。那位同学听了，和我们都默默点头称是。现在看来，人民公社虽一大二公，可当时我国还一穷二白，人们在人民公社这种体制下只能吃大锅饭，发挥不了个人主观能动性，粮油棉等生活物资还很匮乏，贫困面貌未能得到根本性的改变。

1960 年盛夏，我们小学毕业了，毕业典礼就在大成殿礼堂举行。杨其昌校长讲话后，三个毕业班的班主任朱耀远、江潮君、郝兆奎分别为班上每一位同学颁发毕业证书。毕业典礼中，朱耀远老师即兴发表了热情洋溢的讲话："同学们，你们今天小学毕业了。今后，有的会继续升学深造，有的会直接投入社会参加工农业生产。你们是祖国的花朵，你们是早晨的太阳，你们朝气蓬勃，你们前途无量。今天你们桃李芬芳，明天你们将是社会的栋梁！"我们不断地热情鼓掌，对将来更是信心倍增。

江潮君老师亮起了他那浑厚嘹亮的嗓音，唱着京剧二黄唱腔《借东风》的选段。我们听了，仿佛看到当年诸葛亮与周瑜在一起，"雄姿英发，羽扇纶巾"。他们用计让弱小的刘吴联军战胜强大的操军，"谈笑间，樯橹灰飞烟灭"。我们听得如痴如醉，心中激发起今后战胜困难的斗志。郝兆奎老师用自己心爱的口琴，为我们吹起了《志愿军进行曲》。那琴声清脆悦耳，节奏铿锵有力。同学们情不自禁地齐声低唱："雄赳赳，气昂昂，跨过鸭绿江。保和平，卫祖国，就是保家乡。中国好儿女，齐心团结紧。抗美援朝，打败美国野心狼。"我们纷纷向郝兆奎等老师表示，时刻听从党的召唤，为祖国和人民服务。

令人扼腕痛惜的是，"文革"时期，郝兆奎老师因病身亡了。

"清明时节雨纷纷，路上行人欲断魂。"今天的清明，我抒发着对敬爱的郝兆奎老师无限思念之情。

一日为师，终身为父。郝老师，你阳光雨露般的教诲将永远滋润着我们的心田。愿您在天堂永远安乐！

想起朱惠如老师

近日，我有幸在网上读了校友何平写的《爱人恕人远离仇恨——纪念敬爱的母亲百岁诞辰》一文。何平的母亲就是宝应县中学朱惠如老师，如今已经仙逝了。虽时光匆匆，但她的音容笑貌仿佛还时时浮现在我的眼前，在我的心中久久不能抹去。

朱惠如老师刚到宝应县中学当音乐教师时，我就知道她来自首都北京，属于中央文化干部（中央实验歌剧院）下放到我县工作的。她曾是国家电台专业歌唱演员，经过严格的声乐训练，声音圆润甜美，情感激越昂扬。在一次校内师生文娱节目演出中，她的一曲《红梅赞》获得了在场所有人的赞叹，让人觉得，她就是音乐领域中一朵绽放的红梅。

朱惠如老师指导过许多人的声乐艺术。宝应县中学青年教师韩励观、宋琦就是其中两位。"文革"前，全校举行了一次大型文艺汇演。韩励观、宋琦可谓是一对俊男靓女，一曲《逛新城》男女二重唱把演出推向了高潮。男声嘹亮浑厚，女声清脆甘甜，演出风格欢乐风趣。全校一千多名师生看了以后，激动不已，纷纷站起身来，现场响起长时间雷鸣般的掌声。《逛新城》这首歌曲艺术地展现了西藏百万农奴在中国共产党的领导下翻身得解放、在全国各族人民的支持下建设新西藏，一对父亲与女儿喜悦地观看到拉萨呈现出一派繁荣兴旺的新面貌从而深深感动的故事。韩励观、宋琦这一对男女二重唱的艺术水平可与当时号称"军旅双星"的张振富、耿莲凤那对男女组合相媲美。朱惠如老师能点石成金，这真是高徒出之于名师。

十年动乱后的 1977 年，党中央拨乱反正，决定全国恢复高考。老三届中一员的我还在山阳沿湖插队，那时，我已经 30 周岁，知道消息后立马步行好几里路去山阳集镇到报名点报名参加高考。正好，朱惠如老师就在报名点登记报名。她用慈祥的目光看着我，露出微微笑容。我对朱老师说："高考耽误了我 11 年，是恢复高考的春风温暖了我。我十分珍惜这次恢复高考的机会，所以赶紧来报名参加高考。"朱老师对我充满信任与希望地说了一句："你们文化基础牢固，考试能力较强，我相信你们能顺利考上。"不错，有着朱惠如老师等人的支持和鼓励，我和其他许多考生一起参加了初试、复试，最终成为山阳地区八名被国家大学录取新生中的一名，圆了我的大学梦。

今天，在朱惠如老师诞辰百年之际，我写此文谨此表示对她的敬爱与怀念之情。

数学老师张碧梧

张碧梧老师曾是县实验小学的一位名师，教过我们六年级数学。

同学们都觉得张老师的名字很有特色。碧，由王、白、石组成，青绿色，常常指碧玉、碧柏。梧，梧桐，落叶乔木，树干很直，木质坚韧。张老师人如其名。碧梧、碧梧，他就像梧桐树那样，常青常绿，爽直坚韧。

张老师的外貌也很有特征。虽然衣着一般，但人又高又瘦，就像人们常说的"瘦是瘦，浑身都是肌肉"，他就是一个有力而又精干的人。

在课堂上，他会时不时地用两手拍拍衣服，好像衣服上有着永远掸不完的灰尘。拍过衣服以后，双手紧靠大腿，向上耸耸肩膀。同学们议论说，一定是张老师常在办公室备课或批改作业，活动少，这拍拍衣服，耸耸肩膀，是为了促进血液循环，尤其是促进颈脖处的血液循环，能为大脑提供充足的氧。是的，张老师在耸耸肩膀以后，会再次精神焕发。

张老师指导我们加减乘除四则混合运算时，特别强调要我们掌握先括号内后括号外、先乘除后加减的运算法则。为了提高我们的运算速度，他还强调要我们利用加法和乘法的结合律、交换律进行运算。解应用题时，他还指导过我们设未知数列一元一次方程等式，这样，应用题的解法既简便又快捷。

有一次，张老师叫我们为校内某位爱岗敬业的老师算一算家庭月收支账。这位老师全家 8 口人，全家每月唯一的收入就是老师 38 元的工资。在那粮油等主要生活物资计划供应的年代，算一算他家最低月支出：

品种	数量	单价（元）	计价（元）
大米	192×（24×8）	0.11	21.12
食油	3.2×（0.4×8）	0.77	2.47
棉布	10.7×（16×8÷12）	0.5	5.35
电	5	0.20	1.00
煤	100	0.02	2.00

以上合计，共支出 31.94 元。剩下 6.06 元还要供全家人每月的吃菜、子女上学等费用。不算不知道，一算吓一跳。实际上，这位老师家里生活入不敷出，但这位老师仍然安贫乐业，教学工作很优秀。逢年过节，学校工会会给予他一定的经济补助，这位老师在学校组织的关怀和帮助下，一心扑在教学工作中。

还有一次，张老师与我们共同分析一道很容易答错的应用题：

一个苹果 5 元，

一串 6 颗葡萄比这个果多 1 元，

一把 3 根香蕉加这串葡萄共 15 元。

请问，一串 3 颗萄加一个苹果再加一把 2 根香蕉共多少钱？

如果粗心，同学们很容易把一串 3 颗葡萄加一个苹果再加一把 2 根香蕉共算为：

（5+1）+5+（15-5-1）= 20（元）

这就算错了！一串有 3 颗的葡萄不是 6 元，一把有 2 根的香蕉也不应是 9 元。

细心一点，先要算出 1 颗葡萄的价格为：（5+1）÷6 = 1（元）

1 根香蕉的价格为：（15-5-1）÷3 = 3（元）

这样，一串有 3 颗的葡萄加一个苹果再加一把有 2 根的香蕉共算为：

1×3+5+3×2 = 3+5+6 = 14（元）

当然，事实上人们买葡萄或香蕉一般不是一颗一颗地买，而是一串一串地买。

通过以上例题分析，张老师告诫我们遇到数学应用题计算，最重要的是审题要清楚，思维要围绕求什么，经过严密的逻辑推理去计算。

张老师教我们学数学，也教我们学做人。

季医师，我们怀念你

俗话说得好，"人吃五谷，哪能不生病?"这个社会，患者不可能没有医生，医生也离不开患者。前段时间，我在网上了解到了一个关于医德的故事：一个农民工的眼睛在务工中不幸被烧碱致重伤，到了医院，医生诊断应立即更换眼角膜，否则就会失明致盲。治疗刻不容缓，负责治疗的医师马上做出决定，到医院解剖室里从刚去世者的遗体上取下眼角膜，更换到那位农民工眼睛上，让他重见光明，并为遗体装上了高级人造眼球。按照法律，私自摘取他人遗体上的器官，将要受到三年以下有期徒刑的处罚。在法庭上，人民检察院认为这位医师一心为患者救治的行为是医德高尚的表现，对遗体处理也发扬了人道主义精神，对他做出了不予起诉的裁决。

我不禁再次感叹医生们对救死扶伤的坚定信念。而我对医生这个职业的认知，是源于一名姓季的医生。

我自出生以来，脖子后面就有一个绿豆般大小的肉瘤。在我4岁时，母亲将我送到姜家巷季肇瑞诊所医治。手术前没有打麻醉针，我忍着剧痛，季肇瑞医师用手术刀麻利地做了小肉瘤的切除手术。手术做得很成功，切除处的皮肤上没有留下任何疤痕。

1960 年秋季开学，我成为了宝应县中学一名初一的新生。全年级共 6 个班，教室在叶挺路南侧、西三元巷东边的一个大院子里，这是县中的分部。那时，季肇瑞医师就是我们的校医。1960 年冬天，上级领导对我们县中刚入学的初一新生的生殖器官发育很重视，让季医师对我们进行身体检查。在县中分部大院的一个小房间，里面准备了煤气管道接通室外的取暖煤炉，季医师仔细地检查了每一个男生生殖器官的发育情况。

在县中上高中时，为保护视力，课间我们学生就开始听广播，人人做眼保健操。季医师在我们做眼保健操时，天天到各班教室巡视督促。那时，学生的近视率仅为百分之十。

季医师对任何一个因外伤内疾到医务室就医的学生，都公平地对待，认真地进行诊断，开药、打针，都是免费的。

在我上高三上学期的成绩报告单里，体格检查一栏有季医师亲笔签署的意见："扁桃体二度肿大。如经常发炎，建议去医院接受扁桃体切除手术。"几年后，我到县人民医院接受了治疗进行了扁桃体切除手术……

如今我已步入老年，身边的人或多或少都因病痛、沉疴进过医院，我也见识过、听说过不少医生与患者的故事。每当此时，我就常常想起季医生给我做的手术、替我做的诊断。虽然那些问题在如今看来对身体并不算什么大事故，但季医生在治疗时的严正以待、细致入微以及平时对病人的关心爱护至今令我印象深刻，我也相信，季医生对我的治疗与建议也确实将一些潜在的病灶扼杀在了摇篮里。

季肇瑞医师，医德高尚，医术高明，我们永远怀念你！

梅几何

在我的脑海里，母校宝应县中学的校园很美丽。一排排整齐的洋房式教室如同威风凛凛的战士坚守着祖国大地；一片荷塘碧波荡漾，宛如美丽的少女翩翩起舞，婀娜多姿；岸边碧绿的垂柳依依相恋，随着风儿柔情而伴；高高的翦淞亭在山头上昂首挺胸，亭亭玉立；它脚下浓绿的竹林偎靠在塘边，沐浴着雨露，苍翠欲滴。然而，使我最难忘的是许多教育和培养过我们的辛劳名师们。印象最深的是教过我平面几何的数学老师梅义和。那时，全校师生喜欢称他为"梅几何"。

几何，英文 Geometry，是从希腊语演变而来，原意指土地测量、后被我国明朝徐光启翻译成"几何学"。它是研究形的科学，以人的视觉思维为主导，培养人的观察能力，空间想象能力和洞察力。随着工农业和科学技术的不断发展，它的知识越来越丰富，研究也越来越广阔。

几何中，有个著名的勾股定理。梅义和老师重点引导我们对这一定理的推论。在课堂上他说，从制作精美红木家具的工匠到建筑明清时代气势磅礴的皇城故宫的大师，他们都运用过直角三角形的勾股定理。

如果设直角三角形的一直角边为 3，另一直角边为 4，那么它的斜边一定为 5。这就是说的勾三股四弦五的勾平方加股平方等于弦平方的勾股定理。

即：$3×3+4×4＝5×5$

一个等边直角三角形，设它的直角边为 1，即：

$1×1+1×1＝\sqrt{2}×\sqrt{2}$

如果设直角三角形的一直角边为 1，另一直角边为 $\sqrt{3}$，即：

$1×1+\sqrt{3}×\sqrt{3}＝2×2$ 也就是说，它的斜边一定为 2。

依此类推，由个别到一般，设直角三角形的一直角边为 a，另一直角边为 b，斜边为 c，则勾股定理的代数式为：

$a×a+b×b＝c×c$ 也就是说，直角三角形中的两个直角边平方之和等于斜边的平方。

就这样，我们在梅老师循循善诱的讲解中一点一点地学习数学几何中的科学知识。

那时，梅老师常穿一身深蓝色的中山服，上衣左口袋上插着一支钢笔，口袋上方佩戴着红底白字印有"宝应县中学"的校徽。一对浓黑的眉毛下，一双充满智慧的眼睛炯炯有神。身体微胖，肤色白皙，显得很为富态。说话幽默风趣，使我们感觉他十分和蔼可亲。

在课堂上讲关于圆的知识时，他举出了磨坊中驴子拉磨的例子。在讲台上，他学着驴子的样子，伸出右手臂，手指固定在一点，身子小转了一圈，风趣地说："驴子转的圈子就是圆，但同学们可不能把我当成驴子哦。"同学们听了，哄堂大笑。怎样画圆？他又叉开了两条腿，一边摆出动作，一边讲述。一条腿的脚尖固定不移动作为圆心，以两条腿的等距离为半径，另一条腿的脚转了一圈留下的轨迹就是一个画圆。他以自身的形体画圆汉教法，使同学们在愉快中掌握了用圆规画圆的方法。他在黑板上所作的图形，画三角形及其他多边形不用直尺，线条显得笔直；画圆也很少用圆规，不用圆规画的圆也显得很规范。由此可见，梅老师板书的功夫十分了得。

清早，金灿灿的晨曦洒遍校园的每一个角落，梅老师和同学们陆续地进入校园大门。许多同学见到他，都热情地向尊敬的梅老师喊道："梅老师，早上好！"梅老师也连声应答："同学们好！同学们好！"可是，总有那么一两个同学似乎对老师有些惧怕，想默不作声地从梅老师旁边经过。这时，梅老师见到他曾在课堂上教过的一个熟悉同学，夏天般火热地打招呼："张同学，早上好！"那个姓张的同学听了，很不好意思，只好红着脸儿回礼："梅老师，早上好！"梅老师听了，会意地一笑，其他同学也跟着老师开心地笑了。

那时，同学们学数学，有个深刻地体会："代数难，几何繁。"是的，几何证明题要从原因到结果、一步一步严密地进行推导。特别是有些难题，在图形中要巧妙地做出一条辅助线，习题才好做。梅老师为同学做好证明题，要我们善于动脑筋，围绕结论靠船下篙，创造性而有机地作出辅助线。这样，做习题就能化难为易。我们特别喜欢上梅老师的课，听他讲课是那么的专心致志，津津有味。梅老师善教，我们乐学，所以大家几何都学得好。

有一次，在课堂上他一边写板书，一边讲解题目，中途突然中断，朝教室外跑，对同学们只说了一句："我拉肚子。"老师离开后，教室里依然非常安静，有的看书阅读，有的写写习题，都耐心地等待带病坚持上课的梅老师返回教室，继续上课。

梅义和老师的儿子梅方宇也是一名数学老师，梅义和老师退休后，他儿子也在宝应县中学教数学。梅方宇和我都在山阳插过队，在各自的学校中教过书，经常到公社集中开会，我们成为了密切联系的挚友。后来我俩都分别在江苏教育学院数学系、扬州师范学院中文系先后进修本科至毕业。多年来，我俩在教学中相互交流，相互鼓励。高山常青，绿水长流，我们之间的友谊永在。

梅义和老师与我国明清文学巨著《水浒传》作者施耐庵、清代著名画家郑板桥都是兴化人，都具有独特的匠心。教过我平面几何的数学梅老师，我永远尊敬您，爱戴您。数理化是一把打开科学技术宝库大门的钥匙。梅老师，您就是点石成金、送给我们宝贵金钥匙的赫赫有功者。

梅几何，我永远怀念您！

忆体育老师路儒林

　　母校宝应县中学体育老师路儒林在县里颇有名气，全县召开体育运动会，他总是担当径赛发令员。他在赛跑起点发令，工作十分认真，要求非常严格，发令声清晰且响亮。赛后，许多孩儿粉丝纷纷右手向前伸出八字式手指（拿着发令枪的样子），学着他那带有音乐节奏感的腔调："各就各位，预备，呼!"

　　路儒林也是学校教工篮球队主力队员之一，在县里职工篮球比赛中，他与房善民、戴家余、卢於国、王永俊等五人充分发挥各自的优势，相互配合，协同作战，总能战胜拥有许多身强力壮退伍军人的邮电局、电厂、食品公司等职工篮球强队，多次勇夺冠军。路老师个子较高，身材较瘦，反应敏捷，行动灵活。在篮球比赛中，队友传给他的球，他总会再传给个儿最高、投篮最准的中锋房善民，让房善民投篮入网得分。后卫王永俊个子矮，投篮方式却很独特。有时，路儒林将球传给他，这个国家举重一级运动员王永俊得到球之后，避开对方队员的拦防，将球摆在两腿之间，向前上方一抛，形成孤线，球便落入篮网中。观众们都笑了，纷纷拍手叫好! 路老师和对方队员们也笑了。

　　1964 年 6 月 6 日，学校开始放忙假。清晨，师生们背着背包，在校门口集中，徒步二十多公里，去小官庄开始支农劳动。662班的我、胡山，6602班的王长玉、成际生，还有路儒林老师，共5人被安排在生产队一家堂屋里打地铺住宿。我们几个学生各人从家里带来了一两只粽子，路老师带来的最多，五只粽子用线连成一串。大家把带来的粽子，集中在一起，挂在屋梁下一根绳子下面的钩子上。夜里，大家睡着了，老鼠便蹿上屋梁，沿着绳钩，将粽子啃破了好几只。第二天早上，我们起床才发现，路老师的粽子被老鼠啃破的最多。他扔掉破粽子，用家乡无锡宜兴的吴侬软语幽默地数落着："耗子赤佬，耗子赤佬，本领可不小，啃破我粽子，狡猾太可恶！"

到了打谷场上，大家投入到了麦子脱粒的掼把劳动中。刚开始，同学们不怎么会掼把，双手握住一小捆麦把掼打在石磙上，总觉得有劲使不出，麦粒也不怎么脱落。路老师便教我们每个同学用细绳子捆麦把，将两根木棒尖端靠紧插入麦把。握住木棒，我们觉得麦把在石磙上掼打有力，麦粒很快全部在石磙边四处飞落。麦子刚收割完，田里就放入了水。因生产队里缺少耕牛，队里只好人工拉田。五人一组，一个人在后面扶犁，四个人抓住一根绳子在前面拉犁。领头人需挂着一根木棍，稳住重心，带着大家一步一步在水田里往前行。老农们拉了一段时间，确实累了，感觉需要休息一下。路老师、王长玉、我、胡山替换四个拉犁的，扶犁还是原来那一个老农，路老师抢着领头拉犁。拉田的人在水田里深一脚、浅一脚地用力走着，热日在高空中挂着，泥水在裤腿上淌着，汗水在衣服内湿着，汗珠在脸上流着。这时，我们才深切地体会到种田的艰辛，默默吟诵着唐代诗人李绅那著名的《悯农》诗："锄禾日当午，汗滴禾下土。谁知盘中餐，粒粒皆辛苦。"

晚上,路老师和我们几个学生睡在一起,颇有兴致地哼起了锡剧《双推磨》中的唱段。那行腔纯正圆润,那情感真切醇厚,让我们好像忘记了疲劳,很快地进入梦乡。

党中央近日决定,在大中小学构建劳动教育体系,广泛开展劳动教育实践活动,培养学生劳动素养,使他们尊重劳动、劳动者和劳动成果。这一决定,十分及时,很有必要。劳动创造一切,劳动最伟大,劳动最光荣。

唐代另一个诗人罗隐在《蜂》中诗云:"不论平地与山尖,无限风光尽被占。采得百花成蜜后,为谁辛苦为谁甜。"我们几位同学和路儒林老师在一起,幸福而甜蜜地生活了几天。

与周凌霄老师

常言道，十年树木，百年树人。唐代散文家韩愈在《师说》里留下了这一千古名言："古之学者必有师。师者，传道授业解惑也。"周凌霄就是这样一位教书育人的好老师。是他，把我送上高中，送上大学。我永远不忘这位恩师。

周凌霄老师比我大8岁，由宝应师范调至县中工作。他对我们来说亦父亦兄。

在教物理光学的学习中，为了让我们理论联系实际，培养我们的动手能力，他和我们一起到校园教室前、荷塘边、翦淞亭等处，用快照相机手把手地教会我们拍照，将胶片放到物理实验室暗室中感光，再将相片与胶片一起放进定影液里，相片成型后再用清水洗除残液。看到一张张清晰的相片时，周老师乐了，我们也开心的笑了。我穿着蓝色学生服，佩戴着白底红字"宝应县中学"铜质校徽，站在校门口校牌旁边，周老师为我拍照留影。

周凌霄老师是泰州人。"三泰"（泰州、泰县、泰兴）可算是教师的摇篮。二十世纪五六十年代，许多从师范毕业的"三泰"人被分配到宝应学校工作。他们教学有方，工作刻苦认真，对我们家乡的教育事业发展做出了不可磨灭的贡献。周老师就是他们当中的一名优秀者。

"文革"时我们与周凌霄老师在学校忍痛分离。1986年春天，我们662班32名同学在原宝中校园内与周凌霄老师欣然相聚，纪念我们高中毕业20周年。那时，邰让之主任、朱九成副主任（教数学中的平面解析几何）、潘大白老师（教语文）等人也和我们一起聚会，拍照留影。1996年、2006年、2011年，我们又与周凌霄老师有三次欢乐的相聚，分别纪念我们高中毕业30周年、40周年、45周年。2018年，我们又与周凌霄老师欢聚在一起，庆贺他八十寿诞。

最值得纪念的是，2016年7月1日党的生日这一天，我们662班32名同学、661班32名同学一起与周凌霄老师在江苏省宝应中学白田南路新校园里相聚，热烈庆祝我们高中毕业50周年。在这新校园高三（2）班教室里，周凌霄老师与662班同学们举办了一次别开生面的班会。开始，周老师按班上同学原学号点名："1号朱××、2号戴×、3号仲××、4号华××……45号吴珽。"除了过世的和请假的，到会的同学一听到自己的学号和姓名，立即起立，响亮回答"到"。50年后，师生又互相凝视。点名后，周老师做了一番热情洋溢的演讲："我们宝中六六届这两个高三毕业班的同学文化基础牢固，特别是对数理化的学习，许多同学表现出超强的钻研能力。毕业前夕，学校的老师与领导看好你们，对你们当年高考创高校录取率新高寄予了厚望。可是十年动乱，中断了你们的学业。恢复高考时，你们已投身服务社会，成家立业，生儿育女。1977年、1978年高考前夕，你们向在校的高中生借书，挑灯夜战看书复习。带着家人们的殷切希望，你们在考场冷静思考，沉着答卷。多数人在不足百分之五的历史最低高校录取率下，以合格的考分迈进了大学校门。有的同学大学毕业后，又分配到我们学校教学。他们把能学生中的优秀者点石成金，送到清华、北大等我国一流名牌大学。你们当中有的还把自己的子女也培养成优秀者，同样把他们送到了清华、北大等高校深造。我为你们骄傲，我为你们自豪。"顿时，教室里响起热情而响亮的掌声。接着，我们在周老师面前，讲着趣话，唱着劲歌，跳着健舞，尽兴尽情地欢乐。因肺癌动过手术体弱的成尔珠同学还兴致勃勃地唱起《正月里来是新春》，大家听了十分感动。

我用硬笔书写朱自清散文《春》的黑体字匾，送给周老师留存。

我特作《清平乐·与周凌霄老师》一首词，以示对周老师的怀念与感激之情。

清平乐·与周凌霄老师

育苗春早，师在县名校。日煦风和滋润好，学子品端才傲。

惜生丙午影消，丙寅廿载相瞧。五秩丙申欢聚，扨身戛玉杯交。

能人王二

从小新桥往西走，一过贾家巷口就看到一家门口朝北的两间茅草屋，这可是能人王二在解放初从乡下进城后盖起来的房子。他在这里安家立业，开豆腐店，做豆腐、卖豆腐。这位二十多岁的小伙子，身高 1.7 米左右，圆头圆脑，眼睛不大，却很有神。他已经是有两个儿子的父亲了。老婆白白净净，漂漂亮亮，个子看起来跟王二差不多高，瓜子脸上又黑又细的眉毛下是一对圆圆的大眼睛，头上扎着两条粗而长的辫子，邻居们称她为"豆腐西施"。

每天夫妻俩都起得很早，忙于做豆腐。老婆推着磨儿，磨那泡在水里的黄豆。磨儿不停地转动，她两条长辫子在空中随着摆动，就像荡秋千的吊绳一样有节奏地晃来晃去。王二把磨碎了的水黄豆倒入吊在半空中的布兜里，不停地晃动着兜儿，让滤下来的豆汁淌入小缸里。去掉兜儿剩下的豆渣，再从缸里把里面的豆汁用铜勺舀到锅里，老婆把锅里的豆汁烧开烧透。王二又用勺子把锅里的豆汁舀到缸里，放点盐卤，搅拌一下。这时，王二动作十分麻利地把豆汁舀到一个铺有滤布的方方正正杉木槽里。滤布在上面铺好，盖上一块与木槽面一样大的杉木板，上面加上一块石头压一压，让豆汁中的黄水淌掉了一些。不久后，拿掉上面的石头与木板，掀开滤布，用刀划成横十块、竖十块，这一板又白又嫩的豆腐就做成功了。

一大清早，王二开门卖豆腐了，左右四邻陆续有人来买这刚做好的新鲜豆腐。烧汤、凉拌、半汤半水麻辣烫等不同豆腐的做法是许多寻常百姓人家的家常菜。不到九点，王二所做的豆腐差不多都卖完了。若遇到下雨或下雪天，则会剩下几块豆腐没有卖完。好动脑筋的王二，嘴里不停地在豆腐摊前大声自言自语道："就不是不卖给她！那个老太太，活抖活抖的，拿着九分钱碎票子，非要买我这五块豆腐。想讨那一分钱的便宜，我就是不情愿。"一会儿，一位四十多岁的大妈从他面前经过，王二热情地搭讪："大妈，大妈，带点豆腐回家吧。"大妈见王二这么殷勤，很不好意思地从口袋里掏出一张五分钱的票子。王二紧接着说："一看大妈就是个爽快人，我也是个爽快人。五分钱拿三块豆腐带走。"大妈付了钱，拿了豆腐，感激地说："我也讨了你一分钱便宜，说不过去。你们一家起早带黑地做豆腐很辛苦，不容易。"还剩最后三块豆腐，王二差不多用同样手法兜售给另一个人了。很显然，所谓一位活活抖抖的老太太拿九分钱碎票子非要来买五块豆腐是王二嘴里杜撰的，是为他推销剩下的几块豆腐服务的。

下午，王二也没闲着，他把早上做成的方干子加工成香干子和臭干子。香干子做法很简单，八角、桂皮等香料放在水里，再加点盐与方干子放在锅里加热熬制。如果你这时从他家门口经过，就会闻到一股浓浓的五香味，臭干子是用臭苋菜秸腌乳与方干子加热熬制的。臭苋菜秸腌乳也是他家自制的。把苋菜秸用刀切成一寸多长的小段与盐水放在坛子里封腌几个月。打开封坛，舀出苋菜秸经过盐水长期浸泡过的汁水，就会闻到那一股清淡的臭味儿。可王二做成的臭干子，城里有不少人喜欢买来吃。原来，这臭干子与全国闻名的绍兴臭豆腐一样，闻起来有点臭，吃起来味道却很香。

天色黑了，城上许多人家开始煮粥吃晚饭。这时，王二就带着香干子和臭干子，走街串巷，不停地大声叫卖着："香干子嘞，臭干子哟!"这叫卖声，有板有眼有韵味。有人就会买点王二的香干子或臭干子，一家人围坐在一起香喷喷地拌着粥吃。这方干子，王二每块都卖三分钱，公平交易，老少无欺。

能人王二，一年到头天天这样忙碌着。只有五天，例外休息。那就是大年初一至初五，他会特地穿上一身新衣服，和全家人在一起欢度春节。而后，他还要到别人家打打牌，娱乐娱乐。

随着集体合作生产、统一销售管理，不久，全城各家豆腐店就合并了。能人王二，到叶挺路上县政府斜对面的县豆汁厂去当技术工人了。

现在，市场上的豆腐又多是个体人家制作和销售了。

要说能人王二，有诗为证：

> 年轻有为王二郎，
> 自创家业自立强。
> 豆腐白嫩鲜爽滑，
> 方干清香口味棒。
> 能工精作质量好，
> 善商聚富有福相。
> 聪明善干颇多智，
> 城上有名一巧匠。

武术名家杨翔玲

在宝应县城古老的堂子巷与大祁家巷交叉口，有一座大门朝西的院落，但这不是杨家的祖宅，曾祖父杨彭龄出生在洪泽湖畔一个叫杨家桥的村子里。当年淮河发大水，洪泽湖水泛滥淹没他居住的村子，杨彭龄与哥哥两人背井离乡来到宝应县城，凭着手艺为别人家砌房造屋谋生。他们俩把替别人家砌房后剩下的碎砖剩瓦收集起来，在大祁家巷口东侧因陋就简地砌成了由北到南两幢单门独院的瓦房，就在宝应县城安家落户了。

杨翔玲的父亲杨绍槐工作之余非常喜爱体育运动，尤其喜欢参加武术活动。夏天，我在家里的院子里经常看到他穿着印有雄鹰图案的9号白色运动背心。他时刻关心祖国体育事业的发展，多年自费订阅《中国体育报》与《新体育》杂志。退休后，他还参加市体育运动大会一项老年组长跑比赛，获得过冠军。杨翔玲的母亲杨兰生上班期间几十年如一日地在县布厂织布机旁工作，是位劳动能手。在家里，她尊老爱幼，与家人和睦相处，是位贤妻良母。为此，县镇政府多次表彰她为"道德模范"。

杨翔玲7岁便在县实验小学上五年制实验班，1964年12岁的她以良好的成绩考取了我县最好的中学——宝应县中学。俗话说得好："严师出高徒，将门出虎子。"体育老师戴家余是全国一流高校北京师范大学武术专业的优秀毕业生。师生们一看到他，就觉得他就是一个力与美相结合的健身达人。戴家余老师看中了杨翔玲从事武术表演的潜质，对她在武术上严格要求，加强训练，进行一系列科学的指导。1966年初，杨翔玲被省体工队招收，且已经通过面试。可惜，十年动乱开始，省体工队招收工作中断，但杨翔玲在"文革"及插队的日子里，暑练三伏，寒练三九，武术训练从未间断。

武，止戈为武；术，思通造化、随通而行为术。中国武术，以中国传统文化为基础是停止战斗的技术，是物质文明的保障和导向，带领修习者进入认识人与自然、社会客观规律的传统教化方式，是修习一门制止侵袭的高度自保技术。它能提升人的精神和身体素质。

如今，杨翔玲已是一名武术名家。她，中国武术六段，世界武术黑带八段，国家级社会体育指导员，现为世界文化科学研究院武术教授，国际武道联盟国际三级裁判，中国木兰拳国际高级教练，兼任国际武道联盟太极拳协会副秘书长，国际武道联盟江苏淮安培训基地主席，江苏省体育总会委员，淮安武术协会副会长等职务。

2015年，杨翔玲参加首届中菲文化教育艺术节，荣获"中菲艺术交流使者""中菲武术交流使者"称号。她多次组团参加国际国内大赛，1997年获全国敦煌拳大赛《敦煌双图》集体一等奖，2002年获全国秧歌比赛一等奖，2005年获香港国际武术节女子组24式太极拳金牌和木兰器械金牌，2009年获台湾国际武术交流大会中国木兰拳个人拳艺展示"大金奖"，2011年获华山论剑国际武林大会第5届世界著名武术家大汇演金奖。她随团赴美国、加拿大等国武术表演，大大加深了与所在国人民的友好情谊。

2013年，在省太极拳协办的宝应县太极拳协会成立大会上，杨翔玲热情表演了精彩的太极八卦双珠拳。杨翔玲曾多次担任国际国内武术大会裁判工作。2005年，国家体育总局授予她"全国群体工作先进个人"。2016年，她被选为"江苏省十佳健身达人"。

唐代诗圣杜甫在《画鹰》中歌云：

素练风霜起，苍鹰画作殊。
㧟身思狡兔，侧目似愁胡。
绦镟光堪摘，轩楹势可呼。
何当击凡鸟，毛血洒平芜。

愿武术名家杨翔玲像威武勇猛的苍鹰永远怀有凌云的壮志，显示出木兰式风霜肃杀之气。中华武术光芒永远闪闪亮！

激起棋情冲碧霄

唐代诗人刘禹锡《秋词》诗云："自古逢秋悲寂寥，我言秋日胜春朝。晴空一鹤排云上，便有诗情到碧霄。"飒爽金秋，丹桂飘香，岁岁重阳，今又重阳。10 月 16 日，在老干部局大院一楼大厅举办了县第 24 届"重阳杯"象棋赛活动。这是由象棋协会会长解长宝精心组织安排的。

解会长从县民政局领导岗位离休后十多年来，勤勤恳恳，风雨兼程，砥砺兼程，一直尽心尽力做好县象棋协会领导工作，老有所乐，老有所为。他个儿较高，体形偏瘦，做事精明能干。细长的眼缝里，不断发射出明亮而智慧的光芒。他与协会一帮志同道合的同事辛勤的组织安排了很多次国、省、市、县各级象棋赛事，精心培植一所所市县少年儿童象棋训练基地和国省象棋特色学校，使各个层次象棋选手能够脱颖而出，走出县市，走向全省，走向全国。

县城北初中棋社成立于 2009 年，2014 年成立中国象棋少儿棋院，成为县市少儿象棋训练基地，2018 年成为江苏省棋类特色学校，并在 2017 年县少儿象棋比赛中荣获冠军，学生李航、张京阳分别荣获初中男子组个人冠亚军。县安宜实验学校的"荷娃棋社"2018 年在省象棋特色学校比赛中荣获团体铜奖，2020 年 3 月在全国象棋特色学校网络比赛中荣获小学 A 组团体铜奖，学生黄之炫、卢玉莊荣获个人金奖，2020 年 12 月在全国象棋特色学校网络联赛总决赛中荣获中学组团体铜奖，2021 年 4 月在全国象棋业余棋王赛"乐在棋中"江苏赛区暨江苏省"宜成杯"象棋特色学校邀请赛中荣获学生组团体冠军。

看着这一系列的荣誉，解会长深深地体会到，象棋方寸小棋盘，横九竖十，对弈双方各有将（1）、士（2）、象（2）、车（2）、马（2）、炮（2）、卒（5）16 棋子，九十个棋点，浓缩了万千大世界。楚河汉界的排阵与对弈，有了京杭大运河的灵动与绵长；宝应湖荡的包容与宽博，有了八宝亭的典雅与轩昂；宝射河大桥的飞架与通畅，有了家乡高铁新城的绚丽与多姿。象棋的人文魅力在于：行棋的统筹，能培养人应对情势的敏捷度；惊险的搏杀，能增强人的逻辑思维力；神秘的变着，能培养人的创造力；传统礼节和事理的棋规，能塑造人的恢弘大气和行为规范。

2016 年 4 月 16 日，县第六届象棋协会成立，由解长宝任会长。11 月 21 日，中国象棋协会授予他为 2016 年全国象棋业余棋王赛"优秀工作者"称号。2017 年、2018 年、2019 年他连续被中国象棋协会授予"年度优秀工作者"。

我有时到县退管中心大院里与象棋协会解会长对弈象棋。他告诉我，中国象棋棋盘上"楚河汉界"在古代豫州（河南）荥阳、成皋一带。那里的地势是北临黄河，西靠邙山，东连平原，南接嵩山，是历史上兵家必争之地。公元前 204 年，刘邦与项羽在此兵刃交锋。翌年，刘邦（汉）凭着后方粮草供给充足，大举进攻项羽（楚），迫使"西楚霸王"项羽不得不提出"中分天下，割鸿沟以西为汉，东为楚"。从此，就有了"楚河汉界"之说。如今在荥阳东北处的广武山上，还残留着两座遥相面对的古城遗址。西边是汉王城，东边是楚王城，而两城之间一条约300米宽大坑沟，便是"楚河汉界"。在棋盘上的"楚河汉界"，则是：小小河界三分宽，高高智谋万丈深。

十多年来，解长宝会长殚精竭虑，不但负责承办了许多次县里的象棋比赛，还不断筹措经费举行各种精彩活动。他特别关心退休后的老年朋友，吸引着许多老年朋友在象棋协会的组织下，常来棋室下下象棋，老有所乐。

今天我赋诗一首，点赞县象棋协会解长宝会长：

棋　情

金秋飒爽清风早，浓郁绿荫满面笑。

盛开丹桂弥香久，激起棋情冲碧霄。

忆梁鼎成先生

宝应县文化界德高望重的梁鼎成先生，于 2020 年 5 月 19 日，走完了他 78 个春秋。人虽离世，岁月永在，我永远忘不了他的音容笑貌。这位剧作家、文史作家虽个子不高，但五官特别端正。如他在淮剧中扮演为刘备，一定会相貌堂堂，气宇轩昂。他是宝应县中学 58 届初中毕业生，我是该校 66 届高中毕业生，我与他可算是同校学友。

他曾担任县淮剧团副团长，居住在朱家巷 71 号县淮剧团职工宿舍。我去他家拜访时，看到客厅里挂着他自己创作的钟馗画，文史资料藏满全屋，我深深敬佩这位外表不卑不亢、内有满腹经纶文化名人。

在射阳湖镇我与他同游玫瑰园时，两人一边观赏美景，一边阔论家乡地方戏——淮剧。他侃侃而谈，淮剧发源于苏北里下河一带，发祥于近现代上海市，现流行于江苏、上海及安徽部分地区，全国共有 14 个淮剧团。很早以前，里下河一带盐工、船工、渔民、农民、手工业等各行各业劳动者劳作之时，习惯随口唱，和田歌、秧歌、牛歌、号子，这些民间小调不断衍化、变革，形成拉调、淮调、自由调三大主调。1953 年，经由周恩来总理提议，国家将这个剧种正式命名淮剧。

2015 年 1 月，我县淮剧被省政府批准入选江苏省第四批非物质文化遗产名录。里下河一带历史上常遭淮河洪水灾害，乡亲父老常常流离失所，家破人亡，淮剧里苦戏居多，如《探寒窑》《孟姜女》《牙痕记》《赵五娘》《三女抢板》等。《探寒窑》中"病卧寒窑身受苦，窑外有人喊宝钏。莫不是左邻右舍来探望，莫不是西凉回来我的平郎夫，莫不是爹爹又来威逼我，莫不是魏贼又来掀风波。不想来了高堂母，又是欢喜又心酸"等选段的悲调让大家特别是中老年妇女，悲泪不断，如雨催下，大家从中接受行善积德的潜移默化教育。上海淮剧团的筱文艳、何叫天，宝应淮剧团的陈月华、戴艳霞，个个演艺高超，家乡男女老少可谓无人不知，谁人不晓，大家赞口不绝。观众们所听淮剧的念白是江淮方言，语音纯正，四声分明，尖、团字清楚，具有相对的稳定性。

宋代著名文人杨万里《过宝应湖县新开湖十首》第四首"外面"诗中赞美宝应湖："渔家是可压尘嚣，结屋圆沙最近梢。外面更栽杨柳树，上头无数鹭鹚巢。"梁鼎成先生热爱家乡，文中切切情感歌颂家乡跃然纸上："宝应湖上，茭白葱茏，芦苇连天，罾簖连绵，船帆往来，片片良田，稻浪起伏，座座村舍，绿树如云。"

长风万里破巨浪，小舸一叶浮中流。梁鼎成先生就是万里风浪中的一叶泛舟，我要为他赋诗一首：

鸿　儒

宋泾河水不息停，琵琶弦上音为境。
安丰才子唱淮乡，梁门鸿儒成巨鼎。

纪念宝中邰让之主任

邰让之（1918.12.2—1991.1.2），宝应教育界桃李满天下的泰斗级人物。这位复旦大学毕业的高材生，曾任宝应县中学教务处主任。我国著名教育家陶行知有句至诚至臻名言："捧着一颗心来，不带半根草去。"确实，邰让之主任为新中国宝应县中学教育教学事业做出了巨大贡献，从初创奠基到发展壮大，从初级中学到拥有初中部和高中部的完全中学，他一直辛勤操劳，无私奉献，鞠躬尽瘁。

他个高清瘦，腰板直挺，面容严峻，不苟言笑，让人感到敬畏。他戴一副高度近视眼镜，风骨凛然。他目光慈祥，却很深邃犀利。他常穿一套褪了色中山装，衣着朴素整洁，左上衣口袋常插一支钢笔。他才高八斗，曾参与国家《汉语大辞典》部分条目的编写工作。他家住贾家巷，多年来人们看他总是在家与宝中这"两点一线"间来回步行奔波。教务教务，教学的业务。一周内，除了星期日，周一至周六这上课六天，他每天负责处理全校各班日常教学事务，课务分工、课务调度、课务检查等，工作繁杂。

1960—1966年，我在宝应县中学读初中、高中，邰让之一直任教务处主任。1977年，党和国家决定恢复高考的春风温暖了我的心。30 周岁的我在 11 月 28 日初考、12 月 22 日复考前，认真而刻苦地复习中学时代所学的文化知识。为加强复习，我特地请求当时还在县南街城镇中学工作的邰让之老师指导我复习历史。邰让之老师要求我在历史复习中，按照时间顺序，切实掌握许多中外重大历史事件中的知识要点。

例如，"八一南昌起义"，这一重大历史事件的几个要点一定要掌握。

时间：1927 年 8 月 1 日。

地点：江西南昌。

事件：党联合国民党左派 2 万多指战员全歼南昌反动守军 3000 余人，缴获各种枪支 5000 余支，子弹 70 余万发，大炮数门。

主要领导人：周恩来、贺龙、叶挺、朱德、刘伯承。

意义：中国共产党联合国民党左派打响了武装反抗国民党反动派第一枪，揭开了中国共产党独立领导武装斗争和创建革命军队的序幕。

为了拓宽知识点，邰让之老师还要求我了解"八一"建军节的由来：1933 年 7 月 11 日，中华苏维埃共和国临时中央政府根据中央革命军事委员会 6 月 30 日的建议，决定 8 月 1 日为中国工农红军成立的纪念日和后来的中国人民解放军的建军节。

……

就这样，这次高考，我在邰让之老师等人的帮助下，以合格的成绩最终成为被录取 27 万大学生中的一员，圆了我的大学梦。

1949—1968 年，宝应县中学历届许多校友为纪念德高望重的邰让之主任，发起并资助为他塑造铜像。2020 年 2 月，这一铜像被送至宝应县中学老三届校友联谊会。2020 年 9 月 10 日，铜像揭幕暨捐赠仪式在江苏省宝应中学举行。该铜像现陈列在宝应中学校史陈列馆。

宝中邰让之主任唤醒"真恒"之谛，点燃教育"火爱"之火。他始终践行着"有教无类"的教育理念，诠释着"千教万教教人求真，千学万学学做真人"的教学宗旨。严于律己，宽以待人，一身正气，两袖清风。实至名归，得其所哉。

我怀着十分崇敬的心情，瞻仰了宝中邰让之主任的塑像。现今，特赋一首词以示纪念：

七律·瞻仰宝中邰让之主任塑像

邑庠教务竭心操，积月成年有劬劳。
目善眉慈镜片透，身高体瘦品行好。
春风阵阵暖红杏，秋露菲菲壮绿苗。
致力成才国兴盛，云天翱奋任飞高。

追思季家凰教授

凄雨苦下，噩耗再传。宝应县中学优秀学友杨家骅，2022 年 3 月 29 日在美国休斯敦因突发心脏病不幸去世。不到半年时间，我们时时牵挂、与杨家骅 45 年结为终身伴侣，且相濡以沫的季家凰学友在美国亚特兰大因肺癌晚期医治无效于 8 月 11 日不幸去世。苍山默哀，河川泪流。今天（2022 年 8 月 24 日），我们怀着无比沉痛的心情悼念季家凰教授逝世。

季家凰教授生前是我的学友、插友、教友、文友。我们都属老三届，同在宝应县中学读书，她在 681 班，我在 662 班。我们曾一起插队在宝应县山阳公社沿湖大队，她在杨庄生产队，我在朱庄生产队。我们也曾在小学、初中七年一贯制的沿湖学校（1971—1973 年）教书，每月都可领到国家给我们民办中学教师的生活津贴。她曾与我约稿《季医师，我们怀念你》这篇散文，出版了《父母亲百年华诞纪念册》并送给我这本书。

1968 年 10 月 15 日起，作为知识青年的季家凰与梁丽华、孙玉芹、王学玲、梁菊芳、孙兰、鲁秀华、张宜、刘文琴、李小丹、施鹭燕、杨祥云、华继周、朱庆庄、张礼春、高启虎、范永生、张伟军、朱宝华、郑慧、陶家杰、李光华、于同棣、童亮、成尔康、王家俊、刘玉銮、陶家义、苗在蕙、徐欣荣、金元华、季晓碧、孙克定、顾正中、陈昕、吴之新、蔡大忱、胡启政、朱启均、杨儒富、刘文兰、李美珍、蒋景华、蒋景凤、吴之平、苗在新、王忠和、骆秀明等 48 人一同插队在山阳公社沿湖大队。其中，季家凰与刘文兰、李美珍、蒋景华、蒋景凤、吴之平这 5人一起在杨庄生产队插队。

季家凰原是宝应县中学老三届同学中的学霸。一次期中考试后，学校召开优秀学生座谈会，特意介绍季家凰这位优秀生，在考试中五门学科获得总分 499 分的好成绩，离满分只相差 1 分。插队后，她在队里劳动仍表现得十分积极，带头苦干。人们看到她偏瘦的身材总是穿着已经褪色、显得非常陈旧却十分整洁的衣服，与生产队当地妇女不分彼此地在一起干活。每年五六月，夏收夏种，割麦栽秧，农活最忙。每天凌晨，她和队里其他妇女头顶星星月亮，去秧池起秧。赤着脚，双腿卷着裤脚，站在冷水中忍受蚂蟥、蚊虫的叮咬，双手起秧忙个不停，直到秧苗装满一船。吃过早饭，她们又到大田里栽秧。午饭后，她们继续在田里栽秧，一直忙到夜晚天上露出星星、挂着月亮才收工。一天十几小时，她们一直面朝黄土背朝天地干活。即使有内急，只能在田里就地解决。割麦栽秧，季家凰也是一把好手，在一群妇女中步步跟上趟。当地妇女经常向她竖起右手拇指夸赞，内心佩服不已。

沿湖，俗称严家荡。这里宝应湖大堤南面有许多面积不小的水荡、滩涂。平时，季家凰经常与队里妇女们在一起去滩涂，用刀割青草，自制绿肥。有时，她们在那里就地搭棚，打地铺睡在一起过夜。旁边，草丛里有很多跳蚤、蚊虫等叮咬，干扰着她们入睡。白天，她们用镰刀不停地割草，有时顶冒着火辣辣太阳的暴晒，有时对抗着狂风暴雨的侵袭。她们不仅干劲十足，还斗志昂扬地唱着歌儿，直到船里装满青草，满载而归。

季家凰和我们这些知识青年长期与当地农民在一起劳动，在艰苦中锤炼出了钢铁般的坚强意志，并真正了解了农村，了解了农民，深切体会到"锄禾日当午，汗滴禾下土。谁知盘中餐，粒粒皆辛苦"中的那种真情实感。我们都觉得劳动是艰苦的，劳动是平凡的，劳动创造了一切，劳动是光荣的，劳动是伟大的。

季家凰于1973年去武汉华中工学院上学深造，毕业后留校任教读研。1984年，以南京大学计算机硕士学者身份赴美国马里兰大学访学。1986年在休斯敦大学攻读博士，1990年毕业后在德克萨斯州山姆休斯顿州立大学任教，是硕士、博士研究生导师，并成为终身教授。1999—2000年，任中国旅美专家协会会长。

2017年9月24日早晨，季家凰、杨家骅夫妇特地邀请我们以前插队在沿湖大队的知青张伟军、鲁秀华、李美珍、刘文兰、蒋景华、徐欣荣、季晓碧、杨祥云、童亮、陶家杰、于同棣、李光华、张礼春、朱启均等18人相聚家乡宝应晨怡大酒店，共叙友情。

2018年10月15日，季家凰教授又回国到了家乡宝应，为纪念知识青年上山下乡50周年，与我们原插队在沿湖大队知青苗在蕙、朱宝华、梁丽华、孙玉芹、季晓碧、张宜、张伟军、鲁秀华、金元华、徐欣荣、梁菊芳、刘文兰、杨祥云、童亮、陶家杰、陈昕、朱启均、顾正中、于同棣、李光华、张礼春、蔡大忱、孙克定等24人去山阳镇沿湖村，看望被我们称为第二故乡的乡亲们。季家凰特地穿着印有"知青"这醒目二字的T恤衫，神采奕奕，执手乡亲，倾诉衷肠。

季家凰教授是我们当年知青的骄傲，也是我们宝应县中学老三届同学的骄傲，又是家乡宝应赴美华人的骄傲。

今天，我追思季家凰教授，特敬献一副挽联：

是精英赴美读博为终身教授

作翘楚出类拔萃称他人楷模

我们追思季家凰教授，就是要以她为榜样，踔厉奋发，笃行不怠。我们要不忘初心，牢记使命。为了振兴中华民族，为了祖国更加繁荣富强，我们在前进路上要永远跟着党，不负韶华，荜路蓝缕，砥砺前行，争取更大的胜利。

往事浮现

第二分卷

宋泾河东流记事

宋泾河在宝应古城区，河宽 3～4 米，全长约 5400 米。汉建安五年（200 年），广陵太守陈登凿夹耶渠。唐初安宜县治迁至白田（宝应），夹耶渠贯入城中，宋代改名为宋泾河。由唐至元，宋泾河曾为漕运要道，属运河宝应城区段。唐朝开国功臣尉迟恭在河上建有孝仙（大新桥）、广惠（小新桥）二桥。明初，运河改道城西，宋泾河改名为城市河。河水改由南从跃龙关，北从北门外水闸注入，在合至鱼市口汇合后折弯而东，出利涉关。

因我家住堂子巷，距宋泾河的东流段四五十米。故宋泾河的东流段，即从小桥庵到虹桥，是我儿时夏日的乐园。

为了消暑，我们这些八岁、十二三岁的男孩们都喜欢到小河码头边跳入河中嬉水。河水有二尺多深，没有经过游泳训练的我们只能以"狗刨式"进行戏水玩耍。如顺水而游，人就会很快随水流冲到东边下游很远的地方。要想回到与小伙伴们一起嬉水的码头处，还需脚踩河底，一步一步慢慢顶流向西走来。

小河两岸的土坡靠近水面处有很多洞穴。洞穴里有螃蟹的栖息处，也有水蛇窝。圆形的水蛇窝洞我们不敢靠近，扁圆形的则是螃蟹洞。螃蟹在浑水中不容易夹人的手指，如果把它拿出水面，它的螯往往把人的手指夹得很疼。我们每次掏出来的螃蟹虽然大小不等，但也有一二十只。拿回家中把螃蟹洗净后用刀从中间一剁为二，先在热锅里加姜葱用油炸一下，再把拌有盐糖醋调料的稀面糊倒入锅中，略煮一会就可以吃了，这种面糊螃蟹吃起来特别新鲜可口。

捕鱼可是哥哥的拿手好戏。渔网是我亲自织成的，用竹片削成梭子，穿上棉线的织网。梭子在网中上上下下，不停穿梭，根据所需要渔网的大小，放针而大、收针而小地织成。后来再用每根两尺多长的三根竹竿将渔网绑结成三角形。而鱼篓做起来就简单多了，用热水瓶废旧的竹壳，在底部蒙缝一层纱布就成功了。哥哥在小河两岸涉水，先在水边张好渔网，然后用一根两尺多长的竹竿在渔网入口的上游水中向渔网方向用力快速划动水面，遭到惊吓的鱼儿就会立即逃入网中。捕上来的鱼儿大都是三四寸长的鲹子鱼，偶然也有小一点儿的胖乎乎罗汉狗鱼，有时，居然还能捕到一两条玻璃一样透明的银鱼。但这些银鱼离水后很快便会死去，鱼体成非透明白石般的样子。虽然也有其他人用网子在小河里捕鱼，但捕得最多还是我的哥哥。一两个钟头，捕上来的鱼儿就有二三斤重。

这宋泾河的东流段常常有乡下农船驶入。由于水流较急，河水较浅，弄船的农民只能涉水推船逆流而上。我们这些小孩往往也会帮着弄船的人向西推船。

那时小河边常常有一种叫作"黑老婆"的飞虫在树草丛上空飞来飞去。它有一双翅膀，有点像蝴蝶，又有点像蜻蜓，全身纯黑，很漂亮。我们看到它，嘴里经常喊着："黑老婆，下来吧，黑老婆，下来吧，鱼啊肉啊把你吃。让你吃得胖胖的，你会飞得远远的。"我们会趁它停在树草上时，迅速用手指捏住它的翅膀，捉到手里欣赏一会儿，又高兴地抛向空中让它飞走。

宋泾河的东流水给我们带来了无穷的乐趣。愿今天的宋泾河能够恢复我们儿时般那有鱼、有蟹、有"黑老婆"的良好生态环境。

春　暖

　　1952 年父亲参加志愿军奔赴朝鲜战场，爷爷给家里人讲述了苏秦说六国的历史故事。

　　苏秦师从鬼谷子，学识渊博，口才了得，机智聪明。他刻苦读书，钻研战国时期态势，游说六国。首先前往燕国拜见燕文侯，向他详细分析燕国在当下所面临的局势，并建议燕文侯与赵国联合。燕文侯听取了苏秦的建议，并资助苏秦前往赵国游说赵王。到了赵国之后，苏秦拜见赵王，提出赵国与其他国家联合抵抗强大的秦国，以此获得自身的安全，并详细讲了他提出这一主张的理由。赵王听完苏秦的想法后，采纳了苏秦的意见，并资助他前往韩、魏、齐、楚等国进行游说。之后，苏秦在各国君主的支持下循序游说各国，最后登上了六国宰相之位，终于达成了六国合纵缔结联盟的目标，使西边强盛的秦兵止步函谷关，争取了六国十五年的和平。六国的联合能够阻挡强悍的秦国吞并六国，扩张领土。

　　爷爷借古说今，中国与朝鲜山水相连，唇齿相依，美帝入侵朝鲜，唇亡则齿寒。全家人从历史故事中都明白了道理，也为父亲在战场上保家卫国而感到骄傲。爷爷带着全家人唱起了歌曲

《全世界人民团结紧》："嗨啦啦啦啦嗨啦啦啦，嗨啦啦啦啦嗨啦啦啦，天空出彩霞呀，地上开红花呀，中朝人民力量大，打垮了美国兵呀，全国人民拍手笑，帝国主义害了怕呀。"

宝应县宾西镇（城镇）第一届人民代表大会代表选举就要开始了，奶奶与邻近的一群妇女们为选举忙得不亦乐乎。她们穿上了漂亮的新衣裳，头发梳得整齐，油光发亮，头上还插着鲜红的绒花。选举会场上，这边唱起："春天到了万物皆发青，妇女们要记清。学文化，学理论，都是为祖国搞建设。"歌声刚停，那边歌声又响起："选民证，长又方，自己的名字在中间。一颗大红印，刻得很清爽，端端正正平平稳稳盖在名字旁。老太太，大婶婶，还有许多姑娘们，大家排好队，一人靠一人，整整齐齐端端正正坐在板凳上。自己的权利要把牢，自己的政府要拥护。参加这选举，我就不马虎。"奶奶与其他妇女们左手拿着选民证，心里都想着"选好人，办好事"，对满意的人民代表候选人，认真地举起了右手。当选的人民代表胸前佩戴上了大红花时，奶奶和其他选民们都乐得不断拍起了双手。

大年初五，奶奶回运河西边的北港娘家拜年。可是到了夜里，奶奶仍未回家，爷爷闷在家里彻夜未眠。第二天早上，奶奶才拖着疲惫的身子，板着面孔，没精打采地回到了家。看样子，奶奶打了一夜牌，还输了不少钱。爷爷见了怎能不生气，当着奶奶的面，高声念叨自己连夜编成的顺口溜："正月初五，过河拜母。摆渡要钱，把的两五。喜气洋洋，来到乔府。一拜先祖，二拜老母。身带纸牌，抽头聚赌。政府查到，立即抓捕。国家法令，岂能无睹。自尊自重，劝你莫赌。"爷爷还对奶奶说，新中国就是要除掉旧社会的毒、赌、娼三大毒瘤。奶奶知道理屈，起初一言不发，只是默默点头，最后只好低声说了一句："打牌赌钱是不好，不赌了，不赌了。"从此以后，奶奶到北港娘家不再赌钱。

政府又发动以除"四害"为主的爱国卫生运动，爷爷表现得很积极。每天早晨，他早早地就拿着扫帚清扫堂子巷与大祁家巷家门口路上的垃圾。扫完后，再用里面装有石灰粉的蒲包在路边墙根处用石灰粉打起了一排像哨兵一样笔直排列整齐的白印子。这样一来，路面显得整洁美观，既除潮湿，又祛蚊蝇。每到晚上，爷爷就会在家里每个角落处支起了放有香脆花生米的老鼠夹。夜里，我们常常被老鼠垂死挣扎发出的吱吱叫声吵醒。我们可高兴得很，箱子不再被这老鼠啃破，衣服也不再被它嚼碎。爷爷不但让奶奶经常用水擦洗家具，而且自己还用竹竿绑上笤帚扫除屋梁上的蜘蛛网和灰尘。晴天的时候，爷爷把床绷搬到院子里暴晒，在床绷的缝眼上撒些除虫的药粉，这样一来，家里床棚上臭虫就绝迹了。这些都被爷爷戏说成"房屋洗澡，家具翻身"。后来，爷爷被政府邀请到县广播站对全县城乡亲作了大搞爱国卫生运动的讲演。

在宾西镇第二届人民代表大会选举会上，爷爷被光荣地选举为人民代表。

在这社会主义新中国的春天里，党和政府给了我们全家人无限的温暖。

拜　年

"解放区的天是明朗的天，解放区的人民好喜欢。民主政府爱人民，共产党的恩情说不完。呀嗬嗨嗨依儿呀嗨，呀嗬嗨嗨，呀嗬嗨嗨依儿呀嗨!"这是 20 世纪 50 年代初，中国人民喜欢唱的歌。

大年初一，宝应县文教、卫生、工交、商业等系统由单位工会或团组织牵头举办的文娱队开始上街宣传演出。锣鼓队，由擅长敲击大铜锣、小铜锣、铜钹与圆鼓等四人组成。荡湖船，由纸扎店里的纸扎工匠精心制作，其骨架用细竹竿与铁丝结扎而成，船体用彩布围蒙，船舱四个立柱悬挂结有大彩球的彩带，舱前两边贴有一副对联："毛主席领导打江山，共产党指引幸福路"，横幅为——"社会主义好"。站在船舱里提着纸扎的船儿是一位年轻少女，她上穿粉红蝴蝶衣，下穿大红灯笼裤。脸上搽着白粉，眉毛被描得浓黑又细长，脸蛋抹着红胭脂，嘴唇涂着口红。脸上戴一副茶色眼镜，使她显得美丽而又神秘。撑着船儿的是一位小伙子，脸上也涂抹着胭脂白粉，最显眼的是他头上扎有一支硬邦邦的"朝天椒"，人们称之为"烧辣子"，这使他在表演中显得活泼而又调皮。欢快的锣鼓敲起来，五彩缤纷的湖船荡起来，姑娘和小伙子唱起来，二胡和着口琴的伴奏声响起来，姑娘和小伙子唱起来，观众们也拍手叫好。

大年初二，由彩旗队领头，文娱宣传队走街串巷到军属人家拜年演出。军属人家门口都贴有一尺长、四寸宽的大红贴纸。贴纸上有金光闪闪"光荣人家"四个大字。每到一家军属门口，锣鼓队"的的——刺的——刺的——咣"地敲起来，表示开始给军属人家拜年。军属家在门口挂一鞭炮"噼里啪啦"地燃放起来，表示对文娱宣传队热烈欢迎。鞭炮声一停，"烧辣子"就唱着快板："过新年，贴春联。穿新衣，放鞭炮。我们来到军属家，荡起船儿凑热闹。"他拿起竹竿前后来回走着划动，对着船舱里的姑娘说："姐妹们，船儿荡起来！"船舱里的姑娘回应道："弟兄们，我们一起把歌儿唱起来！"随着琴声的伴奏，男女二重唱响起："嗨啦啦，嗨啦啦，天上出彩霞呀，地上开红花呀。中国人民力量大，打败了美帝国主义呀。全国人民拍手笑呀，美帝侵略者害了怕呀。"唱者信心十足，听者斗志昂扬。湖船儿悠悠荡着，歌声还在耳边萦绕："正月里来是新春，家家户户挂红灯。猪啊，羊啊，送到哪里去，送给咱亲人八呀路军。海呀海棠花呀，茉呀茉莉花，送给咱亲人八呀路军。"

小孩们穿着新衣，戴着新帽，欢欢喜喜、蹦蹦跳跳地跟着锣荡湖船文娱宣传队到军属家门口拜年。

好一派升平世界！

童年四时拾趣

春养宠蚕

清明时节，邻居家一位小朋友送给我一小张香烟盒般大小且装有蚕卵的纸。十岁的我，怀着对蚕的好奇，学他家把装有蚕卵的纸放在棉胎里保暖。没过几天，我便发现从蚕卵中陆续孵出了几十对比蚂蚁还小的黑幼虫。我赶快拿出家中一只小圆匾，作为蚕宝宝生长的床，又跑到小河边，摘了一些嫩绿的桑叶，开始喂养可爱的蚕宝宝。又黑又小的蚕宝宝，吃了几天桑叶后，不吃也不动，睡在蚕床上。不久，这些蚕宝宝变成又大又白的小胖胖。就这样，我每天摘取桑叶喂养蚕宝宝，经常清除蚕床上残渣。三个星期后，蚕宝宝便有二寸多长，而且全身发亮，也不再吃食。我找来了一把菜籽秸秆，让蚕宝宝在上面吐丝结茧。一段时间后，蚕儿从雪白的茧子里钻出来，成为蚕蛾蛾。蚕蛾蛾雌雄交配后，由雌蚕蛾在白纸上产卵，蚕的一生就这样结束了，但它把自己的一生都贡献给了人们。唐代诗人李商隐赞咏它"春蚕到死丝方尽"，歌剧《江姐》里江姐也咏唱它："春蚕到死丝不断，留赠他人御风寒。"我爱春蚕，更敬它的奉献精神。

夏粘鸣蝉

暑假酷热，蝉在树上不停地欢叫。我们称这种蝉为知了，这时也是我们粘蝉的好时机。在家里，我用面粉与水和了一团汤圆大小的面团，再把它放在水中洗捏，慢慢地，面团变得黏乎乎的，然后把它黏贴在一根三米长细细的竹竿上。走到树下，看清知了儿的位置后，将竹竿上的面团突然粘靠在它翅膀上，这时知了就飞不了啦，乖乖地成为我们的"俘虏"。把它拿在手上轻轻一捏，它就会振翅歌唱。

唐代诗人李商隐《蝉》曰："本以高难抱，徒劳恨费声。五更疏欲断，一树碧无情。薄宦梗犹泛，故园芜已平。烦君最相警，我亦举家清。"唐代另一位诗人虞世南《蝉》曰："垂緌饮清露，流响出疏桐。居高声目远，非是藉秋风。"骆宾王在《咏蝉》中曰："西陆蝉声唱，南冠客思深。不堪玄鬓影，来对白头吟。露重飞难进，风多响易沉。无人信高洁，谁为表予心。"

自古以来，人们都喜爱这鸣蝉正直高洁的品质。

秋钓咪虫

初秋，我们发现校园内两棵高大的银杏树下有许许多多菜籽般大小的圆洞，估计这是蝉儿幼虫藏身的地方。怎样把洞里幼虫钓上来呢？我们想了一个办法，就是用纸条搓出细长的捻子伸进小洞，用手拍着地面，嘴里不停地唠叨："小咪咪，小咪咪，出来呀，出来呀，有鱼有肉把你吃。"更神奇的是，居然有一两只咪咪虫叮在拎上来的纸捻上，成为我们的战利品。后来我们从书中得知，这种幼虫要在黑暗的地下生活 4 年，出洞后只有 6 个星期能在阳光下歌唱。

冬玩"斗机"

数九寒冬，北风呼啸，冰天雪地。可我们这些孩子闲不住，几个、十几个聚在一起玩"斗机"的游戏。"斗机"就是在地上用粉笔画个直径五米的圆圈，两人在里面比赛，每人只能用右脚在地上蹦跳，右手托抓着盘曲的左脚，向前冲撞挤压对方盘曲的腿。谁在对方的冲压挤撞中散了"机"，或被挤出圈外，就失败被淘汰，胜利者继续比赛。最终胜利者，大家都一致称他为"斗机大王"。因为寒冬穿得多，"斗机"参赛者即使摔倒在地也不会受到什么伤害。"斗机"游戏能强身健体，培养参赛者英勇果敢的斗志。

不要以为我们这些孩子只是贪玩，可玩中有趣，能强身健智。

农耕轶记

俗话说："九九加一九，耕牛遍地走。"

"九九"过后，温暖的春天正是农作物耕种的大好时机。

1971 年，举国上下开始抓教育。秋天一开学，村党支部推荐我到小学至初中七年一贯制的沿湖学校当民办教师。农忙时，民办教师回生产队进行劳动。工作之余，可种家里的自留地和拾边地。

家里的自留地就在距离我住的房屋南面 10 多米外，大约 10 米宽、20 米长，面积虽不大，但因靠近鱼塘，就便于种植稻麦水时的排灌。"庄稼一支花，全靠肥当家。"每家自留地都是用自家的猪脚粪施肥。猪脚粪就是猪粪伴有人从河里罱的淤泥，由猪儿在猪圈里脚踩而成。这种猪脚粪还要供给生产队一部分，为大田施肥。当然，各家的田要比生产队大田的肥施得多，庄稼也长得好。我与夫人都是教师，家里没有养猪，自留地里庄稼要施肥，我就从城里的猪鬃厂买了一麻袋做猪鬃剩的下脚料。栽秧前、耕田时往田里撒点。我家的秧苗比别家长得更绿更壮，但稗子草也比别人家田里多得多。收稻时，我们家稻田面积虽不大，但每一株稻穗都沉甸甸的，收成也比别家好。

　　家里自留地面积不大，种麦前只需用锹挖地。先用锹挖出一条深一尺、宽三寸，南北走向的排水沟，再把挖起来的泥块紧紧地横卧在挖出来的水沟上，一条暗水沟便形成了。最后，再用锹在田里翻土平地种麦。实践证明，这田里暗沟的排水作用也不差。因为田里少了一条明沟，种麦子的面积就会大一点，收到的麦子也更多一些。

　　我家屋前还有一块比自留地略高的面积只有八九平方米拾边地，主要用来种菜。种菜施的肥是烧稻麦草的灰烬或屋后粪缸内经过发酵的人尿粪。有一年春天，拾边地里全栽上了大椒苗，只要有足够的生长肥料，大椒就长得不错，大椒苗长高开花后结了很多大椒。因摘下来的大椒太多，自家吃不完，便隔三岔五地送半篮子大椒到学校教师食堂，让同校的老师尝尝鲜。

　　唐代诗人李绅的《悯农》诗曰："春种一粒粟，秋收万颗子。四海无闲田，农夫犹饿死。"马克思说过："劳动替富者生产了惊人作品，然而，劳动替劳动者生产了赤贫。劳动生产了宫殿，但是替劳动者生产了洞窟。劳动生产了美，但是给劳动者生产了畸形。"当今的社会，要大力发展农耕，一靠国家的制度优越，二靠先进的科学技术。

　　改革开放后，我国的农耕已经进入科学时代。"春天像刚落地的娃娃，从头到脚都是新的，它生长着；春天像小姑娘，花枝招展的，笑着走着；春天像健壮的青年，有铁一般的胳膊和腰脚，领着我们上前去。"

　　今天，我国的农耕已坚定地走在社会主义现代化大道上。

王小胡子的"三宝"

1. 钢笔

提起宝应县城"朱王刘乔"四大家姓，一位姓王的长者总让我念念不忘。他因嘴唇上面蓄有一撮又黑又浓的胡须，人们称他为"王小胡子"。王先生算是个文化人，新中国成立前他曾是宝应县教育部门的一位官员。他现已五十岁，方方的脸庞，一对又粗又黑的眉毛下，两只圆圆的眼睛炯炯有神。他常穿一身酱黄色竖领呢制服，衣服前面有三个兜儿，右上小兜儿经常插着一支钢笔，下面左右两大兜儿放笔记本等物。衣服上那五颗黄铜色钮扣，闪闪发光。王先生尊重共产党的领导，理解和服从党的各项方针政策，重视自身在劳动中的思想改造，以做毛笔为生。我看过他把一根根细细的竹管削出精致的笔管，把一束束细软的羊毛或鼠毛扎制胶固成圆锥型的笔头固定在管端。

工作之余，他还主动参加居委会组织的扫盲活动。王先生还向我这个小学生借用过语文课本，用他那一支心爱的博士牌金笔在一张张白纸抄写《开学》《我们上学》《学校里同学很多》《老师爱我们，我们爱老师》等启蒙识字课文作为自己的扫盲教本。

居委会安排他的扫盲对象是我们家东边的一个瓦匠夫人。每天下午三四点，王先生就在瓦匠家大门口坐在小板凳上教她识字。半年后，那位瓦匠夫人居然会认一千多个汉字，有时还会读读报纸。

2. 眼镜

王先生老了，眼睛也有些花了，看书读报要配戴老花眼镜才看得清楚。老花眼镜便是他随身的宝物，这老花眼镜有 150 度，水晶玻璃镜面，玳瑁镜框。黄褐色的玳瑁镜框很光滑，里面有黑色斑纹，看起来很美观大方。我爷爷常常到王先生家串门聊天，王先生说他看书读报都离不开老花眼镜。他通过看书读报、开会学习，看到了新中国新气象，由衷地发出感叹："还是共产党政府好，真正为工农劳苦大众谋福利。"是的，他在看书读报中体会到中国共产党就是全心全意为人民服务的。

3. 怀表

王先生还有一件心爱的宝物，那就是怀表。这老式怀表是德国制造，表盘上是一至十二的罗马数字。怀表经常放在王先生衣服的上方口袋里，还用一条银质链条扣连在衣服上的第二个纽扣上。我们在链条的纽扣处还清晰地看到与现在一角硬币大小一样的清代银质硬币，正面有"光绪元宝，二厘七毫"的字样。

我爷爷是居委会组长。一天，爷爷通知本组各家各户派一人下午三时到居委会开会。王先生早早地看过怀表时间，做好了开会前的准备，自己带着小板凳于下午两点五十五分坐在居委会的会场上，看看报纸，等待开会。三时整，居委会王主任宣布开会了。会后，我爷爷看到王先生就竖起大拇指，不停地称赞道："王先生不愧为大先生，懂规矩，很守时。"

　　好一个"王小胡子"。

校园高三生活剪影

安静优美的环境

我们可爱的校园坐落在县城著名的主路叶挺路向东，高三两个班的教室紧紧相邻，独特地坐落在校园的西边，大路的北侧。水面一平如镜的荷塘从西边和北边围绕着它。秋冬的课余，我们常常在荷塘边悠闲散步，欣赏鱼儿在明净的水中自由地游动。春天，在温柔的东风吹动下，荷塘上碧波荡漾，好像不停地向我们招手致意；乌黑的蝌蚪，在水面上成群结队地游动，相互追逐嬉戏。这些幼小的生灵，活泼而机灵，特别可爱。夏日的荷塘，正如宋代诗人杨万里所描绘的那样："接天莲叶无穷碧，映日荷花别样红。"风儿时时吹来令人心旷神怡的淡淡荷香。

教室的南边有一个由常年葱绿的冬青，四面而围成的花圃。花圃里长着各种各样的花儿，一年四季竞相开放。站在教室前向南望去，大路的南边就是一座小山。山坡上长满了青松翠柏，山头上高高矗立着六角形的蓊淞亭。站在蓊淞亭上向县城方向，放眼望去，整个县城的房屋好像都在我们脚下。山脚下的西边是一片浓密的竹林。清晨，在雨露的滋润下，竹林显得更加苍翠欲滴。这里的空气特别新鲜清纯，我们常在这儿捧着书本，读记课文。

匠心别具的园丁

我的语文老师叫潘大白，他的毛笔书法在家乡宝应自成一体，颇有大家风范，赫赫有名。那郑板桥般的草书风格，在自然得体中显现出"可上九天揽月，可下五洋捉鳖"的浪漫风骨。时任省委宣传部部长的陶白，也是位语文教改专家，他在语文教学中倡导"五个一"：读一本好书，讲一口好话，写一手好字，作一篇好文，做一个好人。潘老师非常赞同这个观点，也在教学中予以积极的倡导。他让班上同学每人把"五个一"的内容抄写在语文书的扉页上，要求大家身体力行。在文言文的教学中，潘老师对古文作品中的字、词、句、文讲得特别清楚透彻，使我们这些学生在学习中深切体会到古代文学的博大精深，为中华民族悠久的历史文化而感到骄傲自豪。

数学老师朱九成是学校教务处副主任，教我们平面几何。课堂上，他那抑扬顿挫的语调，在一步步解题的演示里，在严密的逻辑推理下，同学们顺利地掌握了数与形结合的解题技巧。难怪我们做许许多多的数学作业中，都没有觉得有什么解题的困难。

物理老师周凌霄是我们662班的班主任。他是泰州人。周老师真正做到了教人教心，班上同学都得到了他父兄般的关怀。物理教学中，他特别重视让同学们掌握并运用力学、电学、光学等定理公式，注重书本知识与实际运用相结合。他还指导我们学习拍照技术，还教会我们掌握相片的冲洗技术。

化学老师曹舜宝是位女老师，也是"三泰"人。别看她个子不高，才二十多岁，但她脸上一对又浓又黑的眉毛下那双有神的眼睛始终散发着深邃的目光，这是智慧的目光。在课堂上，她把书本上有机化学知识巧妙地传授给大家。李富祥、朱云祺、阚焕照等同学出于对知识的探究，常常向她提问，曹老师总是兴致盎然地一一予以解答，使我们在化学知识的学习中感到心满而意足。

丰富多彩的活动

为了牢记祖国历史，为了激励革命斗志，为了报答党恩，在团支部的组织下，我们班经常在下午课后精心排练文娱节目《黄河大合唱》。有合唱，也有朗诵和领唱。这个节目会在全校庆祝五四青年节大会上演出。当天演出非常成功，齐唱，声音响亮，节奏鲜明，铿锵有力。华澍生同学，朗诵的音质富有磁性，他的领唱高昂圆润，他的表演几乎达到专业水平。

为了响应伟大领袖毛主席"到江河湖海中去学会游泳"的号召，班主任周凌霄老师下午课后还带领全班同学到新西门大运河里学游泳。不会游泳的同学在浅水区学，会游泳的同学自动组成三人一组，横渡大运河。我和徐振美、张金桂三人在横渡大运河中始终围成小三角形，相互照应，相互保护。游泳结束后回到学校的路上，我们确实体会到那种"不管风吹雨打，胜似闲庭信步"自由舒展的感觉。

晚上，四盏明亮的日光灯高高挂在教室上空。同学们安静地在灯光下看书或做功课。清风徐徐而来，一切都是那么的和谐安谧。

中大街上美食

宋代大学者朱熹有一首著名的七绝诗："半亩方塘一鉴开，天光云影共徘徊。问渠那得清如许，为有源头活水来。"

名扬中外的京杭大运河从北而南穿宝应县而过。西边的湖，东边的荡，家乡南北与东西的水位落差较大。人人都说家乡美，美就美在家乡鲜活的水，这方热土养育了家乡人。宝应古城的中大街在盛唐就在大运河边，是城里最热闹的地方。

我家离中大街的大众食堂不远，孩提时代的我有时会跟随爷爷去大众食堂买一份洋葱爆炒鳝片带回家，让全家人尝尝这特有的美味。"不经厨子手，哪来酱烹味？"这道菜是厨艺特好的李师傅亲手掌勺，食材主要是洋葱和鳝片，选浅白色的洋葱，将其洗净、切片，里面再掺入几根鲜红的大椒丝。黄鳝则切成鳝片，炒菜的炉火要旺，烧的是钢炭，用鼓风机对着炉门鼓风。佐料炒前要配好在一起，包括一定量的食糖，少量的酱油、醋、盐、味精与勾芡的生粉。李师傅先往预热好的炒锅里倒入少许食油，将洋葱片儿炒至成熟后装入盘中。再往热锅里倒入适量的猪油，再下锅鳝片，进行爆炒。接着，他麻利地把盘子里的洋葱片儿与事先配备好的佐料一起倒入锅中翻炒两下，立即起锅，盛入盘中，再撒入一些胡椒粉，顿时香味扑鼻。吃起来，甜咸适中，是绝佳的江淮菜的味儿。黄鳝，直到现在每逢四时八节，我家掌勺人还会特地做洋葱爆炒鳝片这道菜。

小新桥东与中大街交汇处有一家名为陆稿荐的熏烧店，店主姓沈。柜台里竖有"陆稿荐"金字招牌，每个大字有一尺见方，都是丰满有力而又十分漂亮的颜体毛笔字。爷爷或母亲有时到这家店里买点五香熏鱼带回家，让全家人品尝。熏鱼的味儿独特，吃起来非常的香甜，嚼在嘴里不硬，更感觉不到鱼块里面有坚硬刺嘴的鱼骨，这鱼肉没有一般鱼肉粉嫩，反倒有点像五香牛肉那样，吃起来颇有筋道。

每年冬腊月，这店还售熟制香肠，香肠肥瘦比例适量，咸甜适中，不硬不腻，吃起来满口香味。家乡的陆稿荐熏烧店早已关闭了，但江南姑苏古城的陆稿荐这一名牌熏烧店，至今在观前街东首门口，食客还常常排着很长的队伍，等待五香熏鱼等美味佳品依然卖得火爆。不过，我们宝应人自制的香肠，像陆稿荐熏烧店做的香肠一样，不仅本地人非常喜欢吃，外地人也特别喜欢吃。

中大街北边的鱼市饭店最有特色的美食是卢师傅所做的插酥烧饼，卢师傅用擀面杖把发过酵的一竹小面团碾压成圆形的面饼，在面饼上抹上黄油、撒满芝麻，再用手把面饼贴靠在火炉的内壁面。两三分钟后，用夹剪取出了香喷喷烤熟了的插酥烧饼。这烧饼吃在嘴里，特别香脆，会有极少的芝麻和饼屑从嘴边漏出，饼儿里面像有多层卜页叠放在一起似的，咀嚼起来又非常酥软，毫无粘腻之感。虽然城里烧饼店有好多家，但全城的人都认为卢师傅的插酥烧饼做得最好吃。现今，卢师傅家里人还在泰山路和苏中路张着卢记烧饼店。

我一直钟情着中大街上的这些美食。

补　锅

春节，是中华民族最盛大的传统节日。北宋著名的文学家、政治家、改革家王安石在《元日》这首诗曰："爆竹声中一岁除，春风送暖入屠苏。千门万户瞳瞳日，总把新桃换旧符。"

全国人民都知道，年年辞旧迎新的中央电视台春节文艺联欢晚会的压轴节目是歌曲《难忘今宵》，多为著名的女高音歌唱家李谷一演唱，她那甜美嘹亮的歌声仿佛时时在我们耳畔萦绕。在20世纪60年代初，豆蔻年华的李谷一与他人所表演的湖南花鼓戏《补锅》被拍摄成电影在全国各地播放，使她一炮而红。《补锅》所展现的是当时社会的日常生活，一对热恋的男女青年走门串户，为许多人家补锅，他们相互协作，相亲相爱的故事。

我们平时做菜所用的铁锅多为生铁铸造，比较薄，易氧化生锈腐蚀，容易损坏。那个年代，铁锅即使有个小砂眼或小裂缝，人们也舍不得扔掉，花点小钱，让补锅匠补补，继续用。

补锅匠的补锅有两种方法。

第一种是补铁皮巴子。每个铁皮巴子有点像图画钉子。一个巴钉有两条腿，细细的，长长的。补锅匠用尖尖的小铁锤将旧铁锅的砂眼或裂缝最边缘敲掉一些，以便巴子将锅儿补得牢固。然后，补锅匠在锅的里面破损处布满铁皮巴子，再在锅的外边用中间有个小眼方形的铁皮垫片与每个铁皮巴子的腿儿一一相穿，并让腿儿向外边方向弯曲贴紧锅儿压牢。最后，补锅匠用腻子把铁巴子周围抹实抹平。这种补锅方法较简单，耗时短。一次补锅，所用的铁皮巴子少则几个，多则十几个，但用这种方法补过的铁锅使用的时间不长，没几天，锅儿又坏了。

第二种是火补铁巴。这正如《补锅》剧里演的那样，补锅匠先要用专门的小炭炉生火，拉风箱鼓风，使火力猛烈。在炭炉上放有生铁块的小坩埚，使生铁块在炉火的高温下熔化。然后，在锅的损坏处外边垫上石棉，用小铁勺舀上一点儿熔化的生铁液倒入铁锅的砂眼或裂缝处，再用一根头部有个小半圆球凹处的石棉棒对准铁液处往下压，让铁液冷却与铁锅的坏处铸牢相连。当然，这种补法比第一种补法花费的时间多，且难度大，却牢固很多。所以，补锅所花费的钱相比第一种要多一些。

其实，无论用哪种方法，补过的旧铁锅再使用时间也不会太长。

补锅匠有时也补接断裂的陶瓷碗。俗话说得好："没有金刚钻，怎揽瓷器活？"补锅匠首先要用金刚钻在陶瓷碗的断裂处与断裂片儿一一相对钻成小凹点。用特制的胶水把断裂片与碗儿的断裂处粘连。然后，再用小铁锤敲击像订书针一样的铜钉针，使钉针一一钻进小凹点，钉针使裂片与碗儿的裂缝吻合固牢。碗补好了，补接过的陶瓷碗也能使用一段时间。

随着科学技术的发展，社会的进步，人们生活水平提高，现在再也不用补锅了，而是买新锅。因而，补锅这个行业已慢慢从历史的进程中被淘汰了。

补锅成为工匠们曾有的一门手艺。

糖藕甜粥挑子

　　至今，在我的脑海里还时时浮现出儿时解师傅在我们里下河古城内挑着糖藕甜粥挑子，每天早晚走街串巷叫卖糖粥的情景：人到中年的解师傅，高高的个子，经常戴着一顶黑色的宽檐礼帽，腰间系着一条白色的洁净围裙，一边用竹棒有节奏地敲打他那五寸长、油光发亮的小竹筒，"笃，笃，笃""笃，笃，笃"，嘴里不断地高声喊道，"好吃的糖藕甜粥""好吃的糖藕甜粥"。

　　糖藕甜粥挑子是解师傅请木匠用高等木料精工制作而成，一头下面放个火炉，上面有铁锅里熬煮的热粥；另一头下面放有一只木制圆桶，里面盛有解师傅在家里早已熬煮好了的糖藕甜粥，木柜上面整齐地放有瓷碗、汤勺、竹筷。

　　一碗（三弘碗，即第三大的碗）糖藕甜粥解师傅只卖三分钱，价格非常便宜，可他制作这糖藕甜粥很用心。米是选用上等椭圆形的粳糯米，藕是选用东荡里的新鲜荷藕。糯米在水里浸泡一下，再用清水淘净。藕先要用水洗净去皮，后用刀子飞快地一小片一小片薄薄地削下。在锅里，糯米、藕片、红糖与水一起加热熬煮成浓稠的糖藕甜粥。食客吃起来，都感到这粥口味特别的清香、甜蜜与糯黏。

涓流

　　总有三五个食客，特别是老人或小孩，站在糖粥挑子前品尝解师傅熬煮的糖藕甜粥。住在发财巷里的中医梁老先生，几乎每天早上前来喝一碗。他一边美滋滋地喝着糖藕甜粥，一边对旁边的食客如数家珍地说："粥里藕的营养价值很高，富有植物蛋白质、维生素以及铁、钙等营养成分，可以增强体质、提高机体免疫力，对于身体健康非常有益。藕中还含有大量的单宁酸，具有收缩血管作用，可以用来止血。藕可以固精气、补虚损、止脾泄久痢，还有健脾作用。"解师傅接着说："喝了我做的糖藕甜粥，定能让你感到味美、食饱、胃暖。"

　　解师傅每天早上挑着糖藕甜粥挑子停在大新桥十字路口或鱼市口三岔路口做早市，晚上还到西门轮船码头或南门小戏院做晚市，挑子上有一盏点着的桅灯。他以卖糖藕甜粥小吃获取薄利为生，方便了城内不少人的饮食生活。个人劳作虽非常平凡，且早晚十分辛苦，但食客们吃着他的糖藕甜粥，舌尖上长留着一丝香甜，内心里对他不免增添几分敬意。

　　解师傅家住在原运输公司城中站东大门北边相隔两家的院子里。可惜，解师傅一次拉板车运货在大运河堤下坡（多子桥西边60米处）时，未能及时刹住下滚的车子，不幸被车轮碾压而身亡。

　　后来，食客们还常常惦记着挑着挑子、叫卖糖藕甜粥的解师傅，特别留恋着他熬煮的十分可口、滚烫火热的糖藕甜粥。有人吟了一首诗，赞美他：

　　　　糖藕粥挑美又俏，解家老板起得早。
　　　　叫卖声声响满街，前来食客皆夸好。

爱的奉献

"这是心的呼唤，这是爱的奉献，这是人间的春风，这是生命的源泉。"想当年，我国著名的女歌唱家韦唯在中央电视台春节文艺晚会上将《爱的奉献》这首歌唱遍了祖国的大江南北。

县中有一位学友李风生，他出生在泾河一户贫困的农家。在校读书三年，他不断从家里带来一点焦面，以便填饱肚子。他原是城镇机械厂的一位员工，改革开放后，他在城内最繁华的苏中路亚细亚商城对面开了一家灶具销售店。他不但销售城镇机械厂生产的调压阀等产品，而且代销全国其他各地厂家生产的灶具产品。那时，城里人已开始广泛使用液化气灶具。由于他市场开拓良好，又善于经营管理，所以他在这几年的灶具销售中获得了第一桶金。

他的一位同学，下乡插队后被安排在县农具厂。这位同学下岗后，先后患上心脏病、前列腺癌。李风生与这位同学亲如兄弟，两次为病者资助住院手术费用，让病者顺利完成心脏支架与前列腺切除手术，恢复了健康。更可贵的是，病者住院治疗期间，李风生一直护理并陪伴着他。病者出院后，李风生还经常到他家探访，与他聊天。李风生另一位学友唯一的女儿因患癌症而早逝，他闻讯后，不但给这位学友送去了慰问金，而且经常到这其家中陪伴聊天，帮助他走出阴霾。

学友万立德，他的两个女儿先后因车祸、身患癌症而不幸去世。万立德虽早已年老退休，家庭收入也不高，但他作为一名共产党员，经常与夫人一起关爱社会，热心参与社区的扶残助弱公益活动。县委书记王炳松特地在春节前代表县委、县政府到他家走访，赞扬了像他们这样的社会好人，并送去了慰问金。万立德的外孙近来在城北初中读书，由于耳疾导致听力严重下降，严重影响学习生活。县作协主席何洪了解到情况后，在"书僮读书会"等网群发表了一篇名为《他们两位不敢这样老》的文章，呼吁社会爱心人士捐款资助万立德夫妇的外孙恢复听力。我们许多学友纷纷去万立德家捐款，"龙之情"等社会公益团体也专门组织成员捐款。几天时间，社会各界共捐款八万多元。其中，六万元为万立德夫妇外孙购置了从德国进口的人造耳蜗，让他拥有正常的听力。万立德夫妇把剩下的两万多元捐给了县残联，算作给其他残疾人的紧急资助。

我要接着咏唱《爱的奉献》之歌："再没有心的沙漠，再没有爱的荒原，死神也望而却步，幸福之花处处开遍。只要人人都献出一点爱，世间将变成美好的人间。"京杭大运河畔这道和煦的春风，温暖了许多的人。

家乡湖荡的芦苇

　　我国古代第一部诗歌总集《诗经》中的《蒹葭》诗云："蒹葭苍苍，白露为霜。所谓伊人，在水一方。溯洄从之，道阻且长。溯游从之，宛在水中央。蒹葭萋萋，白露未晞。所谓伊人，在水之湄。溯洄从之，道阻且跻。溯游从之，宛在水中坻。蒹葭采采，白露未已。所谓伊人，在水之涘。溯洄从之，道阻且右。溯游从之，宛在水中沚。"诗中通过对蒹葭的描述，一咏三叹，抒发对爱慕者的执着追求、可望难即之情。

　　芦苇，别称蒹葭，禾木科，芦苇属，多年水生或湿生的高大禾草。花期8～12月。杆高1～3米，节下常生白粉。叶鞘圆筒形，排列成两行。叶长15～45厘米，宽1～3.5厘米。圆锥花序分枝稠密，向斜伸展，花序长10～40厘米，小穗有小花4～7朵；颖有3脉，一颖短小，二颖略长；第一小花多为雄性，余两性；第二外样先端长渐尖，基盘长丝状柔毛长6～12毫米；内移长约4毫米，脊上粗糙。具长、粗壮的匍匐根状茎，以根茎繁殖为主。

　　水乡宝应，西有湖来东有荡，在湖荡水边的湿地滩涂上自然生长着许许多多芦苇。

　　西湖的芦苇，家乡人俗称它为"大柴"。山阳等地的农家把这白柴编成柴席，或作为建盖茅屋的一种材料，或作为北方人家的炕席。农家的人一度在种田之余，把白柴用刀划成篾片，用石碌子把它碾柔韧，再编成席子，拿到供销社去销售——也成为家庭的主要收入来源之一。当然，他们也可将柴篾编成长龙席，用以围囤收获的稻子或小麦。

东荡的芦苇，较为细小，其粗细与筷子相当，俗称"小柴"。这种小柴被水泗等地的农家用作茅屋的屋面。这里茅屋是我见到过的最漂亮的茅屋。屋檐笔直成一线，屋墙有一定厚度，既保暖又隔热，居住在里面的农家人真正能感到冬暖而夏凉。这小柴也会成为家乡纸扎工匠制作纸扎品骨架的原料。他们制作的风筝，我儿时在春天放飞过；他们制作的花灯，我儿时在元宵节夜晚玩耍过。至今，我还不忘那时无忧无虑的童真与欢乐。

其实，芦苇全身都是宝。芦苇秆含有纤维素，可以用来造纸和做人造纤维。古代就有用芦苇的空茎制造的乐器——芦笛。芦苇茎内的薄膜，用以做成竹笛的笛膜。孩提时代，我们还把约20厘米长一头有节的芦苇空茎一段划开3毫米宽的缝隙，让两只蟋蟀进入，另一头用一小纸团塞住，用狗尾草撩拨蟋蟀们相斗取乐。嫩绿的芦叶，家乡人用来包粽子，芦叶包的粽子吃起来十分清香。芦苇穗可以作扫帚，花絮可以充填枕头。芦根、芦笋均可入药。

现代，芦苇对保持湿地的生态和降解污染物的功能日益受到各方的重视，许多有条件的地方，都把发展芦苇栽培作为生态建设的重要环节来进行。生态湿地公园，还利用芦苇来净化水资源。

"芦花放，稻谷香，岸柳成行，全凭着劳动人民的一双手。"愿水乡宝应恢复更多的长有芦苇的湿地滩涂，使水更清、天更蓝。

海　燕

海燕，一种小型海鸟，海燕科。鼻孔成管状，位于上喙背面，左右相接，以水生动物为食。

世界著名的文学大师高尔基写的《海燕》是一篇有巨大影响力的散文诗。这篇优秀作品，通过对海燕在暴风雨即将来临之际勇敢欢乐的形象描写，深刻反映了1905年俄国革命前夕急剧发展的革命形势，热情地歌颂了俄国革命先驱者坚强无畏的战斗精神，预言沙皇的黑暗统治必将崩溃，预示革命高潮即将到来并必然取得胜利的前景，号召广大劳苦人民积极行动起来，迎接伟大的革命斗争。

在我们身边，也有海燕式的英勇斗士。

县人民医院儿科医师童亮于1968年底与我一同下乡插队在山阳公社沿湖大队，他在西边的马庄，我在东边的朱庄。我们两个知青组共有11人，当时他只有16岁，在11人当中他年龄最小。在生产队劳动中，他特别能吃苦。在治理淮河入江水道的大汕隔堤与凤凰河切滩两年的水利工程工地上，童亮身着专门挑担的披肩，与农民兄弟一样，投入艰苦的重体力劳动。童亮最爱读书，特别是医学方面的书，不久，他在大队当上了赤脚医生。

　　由于多天在秧田挑秧把，我的右脚掌长有两个相互靠近的刺窝，走起路来感觉右脚掌有些疼，童亮医师为我进行了刺窝切除手术。后来，他又先后调至山阳医院、县人民医院工作。如今在县人民医院儿科工作，他最擅长儿童常见病、多发病的治疗，受到患儿父母的一致好评，他也成为县人民医院儿科的挂牌名医。

　　华玲，二十多岁，个子高高的，漂亮聪明，自立自强。她一个人承租了超市里一间女子服装店。她每天早上九点开店，晚上十点打烊，营业十多个小时，中途她只吃点盒饭休息片刻，她还隔三岔五地半夜乘车到常熟或上海服装批发市场进货。几年来，善于经营的她收获了第一桶金。婚后育有一男一女两个孩子，应该说是拥有一个幸福美满的家庭了。可是，她的丈夫由于长期不务正业，沉迷于打牌赌博，多次劝阻无效后，李玲毅然与丈夫办理了离婚手续。不久，她相中一个男朋友，两人真诚相爱。后来建立起了新的家庭，如今生活得幸福甜蜜。

　　"海燕叫喊着，飞翔着，像黑色的闪电，箭一般地穿过乌云，翅膀掠起波浪的飞沫。看吧，它在大笑，它又在号叫……它笑那些乌云，它因为欢乐而号叫！"

　　愿人人都像海燕一样，都像童亮、华玲等人一样，为了幸福欢乐，在生活中不怕艰难困苦，力争成为风雨中的英勇斗士。

友谊地久天长

　　2017 年 9 月 24 日清晨，美籍华人杨家骅、季家凰夫妇回国来到宝应县，邀请曾在山阳公社沿湖大队插队的知青在鱼市口晨怡大酒店聚会，畅叙相互间友情。

　　杨家骅曾与我同在宝应县中学 6301 班读初中，这是一个干部子弟班。1963 年夏初，我俩约定一起复习，迎接高中入学考试。我家大门内有一间过道，旁边放有一张方桌。这里通风透光，人少安静，是我俩复习的好地方。我俩一起看书，温习功课；我俩一起讨论，攻克很多数理化难题。几天后，我俩参加了高中入学考试，均以良好的成绩被县中录取，成为全校 90 名 1966 届高中新生中的其中两名。

　　1971 年秋，在山阳公社沿湖大队插队的我，被安排到小学至初中七年一贯制的沿湖学校任教，与季家凰等共 9 人成为"园丁"。我们上课，我们打钟，我们油印讲义，我们一起吃饭。那时，当地生产队主庄的一位奶奶为我们烧饭，大部分的菜还由老师自己做。季家凰制作的肉圆很有特色，瘦肉用刀切成的丁儿粗一点，肥肉用刀切成的丁儿细一点。先把瘦肉丁儿放在砧板上用刀剁一会儿，再放入肥肉丁儿一并用刀剁一会儿，再拌姜葱末、鸡蛋、淀粉、食盐等搅拌，然后做成一个个圆球放入油锅里煎炸一下，再放入少量的水、酱油、糖、咖喱粉等熬煮一会儿，收水成汁，吃起来让人感到特别香甜嫩滑，可口有味。这肉圆，后来俗称"狮子头"。

在那膏黄蟹肥的日子里，我与季家凰等 9 名老师每年总要举办一次蟹宴。桌子上摆着一只一斤半左右的野生螃蟹，我们蘸着有姜末的香醋，吃着完整的肉儿。这螃蟹的鲜味，是其他鱼虾所不及的。

岁月悠悠，往事如流。不久，杨家骅、季家凰就要回到美国了。我特作此文，为他们送别。

愿我们与杨家骅、季家凰等人之间的友谊天长地久！

从吹竹笛到拉手风琴

在古代，弹琴（多指弹奏古琴）、弈棋（多指围棋和中国象棋）、书法、绘画是文人骚客修身所必须掌握的技能，故称琴棋书画为"文人四友"。弹琴，能陶冶情操，修身养性。唐代诗人刘长卿作过《弹琴》："泠泠七弦上，静听松风寒。古调虽自爱，今人多不弹。"他静听弹琴，弹琴人技艺高超。诗人借古调受冷遇，以抒发愤世嫉俗之情感。而另一位唐代诗人李白在《春夜洛城闻笛》中写道："谁家玉笛暗飞声，散入春风满洛城。此夜曲中闻折柳，何人不起故园情。"他听到别人吹笛，笛声悠扬、深远。在这洛城春夜里，诗人油然而生是思念故乡之情。

我上小学五年级时，县实验小学朱德庆老师课余时间指导我与另外三位同学一起学吹竹笛。经过一段时间的训练，我们在欢庆六一儿童节联欢会上，一起登台吹奏竹笛名曲《社会主义好》。笛声整齐响亮，节奏鲜明，全校师生都沉浸在美妙的笛声中。

下乡插队后，唯一陪伴我度过那艰难困惑时光的乐器是一把国光牌口琴。小小的口琴，一寸多宽、六寸多长、上下两格、左右二十四格，共计四十八格吹孔。含在口中，气一吹一吸，舌尖一伸一缩，手不离琴，琴不离口。《歌唱祖国》《解放军进行曲》

《运动员进行曲》等曲子，我吹得滚瓜烂熟，口琴音脆嘹亮，节奏鲜明，音域宽广。在某一段时期，我最爱吹奏的口琴曲是《十五的月亮》《望星空》和《血染的风采》。在学校里，与其他老师的乐器一起合奏，浑然一体。

1987 年，我特地从宝应乘车到扬州市区文化体育用品商店买了一部百乐牌手风琴，反复练习《月朦胧鸟朦胧》这首曲子。

朝鲜民族是个能歌善舞的民族。朝鲜与我国是山水相连的邻邦，中朝人民历来唇齿相依。我的父亲曾经是志愿军电话外线兵，他与战友们爬山越岭，战斗在朝鲜这片土地的战场上。那时，中朝人民在战火中已经结成了用鲜血凝固的深厚友谊。因而，我特别喜爱朝鲜电影《南江村的妇女》中的插曲《故乡的骄傲》。我一边拉手风琴，一边深情吟唱："在祖国温暖的怀抱里，奔流的南江啊，在战火弥漫的年代里，英雄的战士，冒着枪林弹雨，日夜守卫着你。你永放光芒，你的功绩无比辉煌。啊，南江，故乡的江！啊，胜利的江！"

琴声与歌声会鼓舞着我们永远前进。

识字明理

　　爷爷去世几十年了，他的音容笑貌至今还时常浮现在我的眼前。我出生十个月时，父亲就离开家乡跟着共产党干革命，参加人民军队八年。母亲上班，幼小的我在家受到爷爷的教育影响很大。我还未上学时，爷爷就用毛笔在一张张方方正正的纸上，工工整整地写出一个个漂亮的颜体字，教我识字。在爷爷的教导下我认识了一千多个汉字。

　　爷爷在教我认识"穷"这个字时，讲了一个故事：在一个下着鹅毛大雪的严寒冬天，一位要饭的穷人吃饱后，用手在积雪厚厚的雪地里刨了个深深的坑，又把手中的碗盖在头顶上，蹲在雪坑里，自言自语道："我不如人千千万，人不如我万万千。眼下还有不少穷人不如我，正在挨着冻受着饿。"人与人相比，始终是"比上不足，比下有余"。

　　爷爷在教我认识"合"这个字时，又讲了一个故事：有一家的老爷爷躺在病床上，临终前将十个儿子叫到自己的面前。他让每个儿子拿着一双筷子，问筷子能不能被折断。每个儿子很快地将筷子一根一根地折断。他又让人拿出十双筷子捆成一捆，又问这捆筷子能不能被折断。每个儿子轮流拿着这捆筷子试了一下，都摇头表示不能折断。十个儿子这时才明白老父亲临终前的嘱咐：家有一条心，黄土变成金。一家人要和睦团结，齐心合力，就会有无穷大的力量。是啊，共产党把我们中国亿万人民群众凝聚在一起，多项制造已世界第一。中华儿女傲立在世界的东方，我们有无限的创造力。

在教我认识"聖""賢""愁""碧"这几个字时，他又讲了一个故事：

有三个神仙经常在一起饮酒，一个凡人跟随他们形影不离，欲与之饮酒作趣，三个神仙对这个凡人提出了与他们在一起饮酒作乐的邀请。吃酒前，每个人必须即兴赋一首吃酒不提吃字的诗，并自备一种佐酒的菜肴。

张神仙带头即兴赋诗一首："耳口王，耳口王，未先喝酒我先尝。桌上无菜来下酒，我割下耳朵来凑一凑。"果然，他立即用刀割下了自己的耳朵。毕竟他是神仙，在耳朵割下之处又立即生出耳朵。凡人看得傻了眼，连连叫苦，心想我可没有这本领。

李神仙接着兴冲冲赋诗一首："臣又贝，臣又贝，未先喝酒我先醉。桌上无菜来下酒，我割下鼻子来凑一凑。"果然，他随即用刀割下了自己的鼻子。毕竟他也是神仙，在鼻子割下之处又立即生出鼻子，凡人看了也傻了眼，也是叫苦不止。

王神仙又随口赋诗一首："禾火心，禾火心，未先喝酒我先请。桌上无菜来下酒，我割下手指来凑一凑。"果然，他用刀割下了自己的几根手指。他也是神仙，在手指割下之处又立即生出了手指。

这时，那位凡人不再只是内心叫苦不停，他急中生智，也随即赋诗一首："王白石，王白石，未先喝酒我先食。桌上无菜来下酒，我拔根头发来凑一凑。"

众神仙与之一笑了之，终于一起举杯开怀畅饮。

由此看来，人与人的相互来往，不能一毛不拔，都应有各自的付出，这样礼尚往来才能长处相处。

爷爷教我认识了不少字，也教我懂得了不少做人的道理。

插队劳动散记

　　1968 年 10 月，我打起背包，拎着行李，下乡插队劳动。我被安排在山阳公社沿湖大队的朱庄生产队，与我在一起的还有高启虎、范永生、华继周、朱庆庄、张礼春，共 6 人。我们知青与当地的乡亲父老曾在泥巴田里一起出力流汗，深切体会唐代诗人李绅《悯农》"锄禾入当午，汗滴禾下土。谁知盘中餐，粒粒皆辛苦"中所表现出的种田人极为劳苦的真挚情感。然而，劳动苦中也有乐。

　　朱庄生产队的耕地在宝应湖大堤严家荡段北侧，南北长，东西短，近 200 亩，地势南低北高。最南边的一块低洼田，春夏做秧池，秋冬长茨菇，秧池的水自然由风车车水供给。风车有五六米高，风帆 6 片。正如我们耳熟能详的《九九艳阳天》歌儿所唱："东风呀吹得那个风车转啦，蚕豆花儿香麦苗儿鲜。风车呀风车那个咿呀呀地唱……"有了这风车，有了这东风，水儿往上走，水流到田头。然而，"风向那个不定那个车难转"，秧池缺水，只好人工车水来浇灌。我们三个知青与本庄三个小伙子分成两班轮流踩车，不停地用力车水，人歇水车儿不歇。一梭子线儿在车轴上绕完了，人就换班。车上的水儿汩汩地流入秧池，嫩绿的秧苗美滋滋地吮吸着，车水的人儿心里也感到甜蜜蜜。休息的间隙，我们三个知青人人掏出一把口琴，齐奏一曲，他们三个小伙子一边踩车，一边跟着唱起歌来。琴声清脆，歌声飘荡，既能消除疲劳，又能欢娱身心。

队里最北边的一块高田是旱田，专长棉花。管理棉花这活儿是我、张礼春与本队叫朱长富的小伙儿三人包干的。棉苗出土后，我们就用铁制移栽器移栽棉苗，使田里棉株疏密得当。过一段时期，我们为棉株根旁土里施点化肥。再过一段时期，我们用白色1605乳剂农药、橘黄色乐果溶剂农药与水掺和在一起用喷雾器喷洒棉株治虫。接着，我们还要打杈去掉过密的枝叶。棉蕾成熟吐花了，我们及时收获摘花。来去这棉花田，要涉水经过一米深、四米宽的灌溉横渠。天气炎热时，收工的时候，我们三人便在这灌溉渠里游泳一会儿，纳凉取乐。

春末夏初，队里需大量绿肥。圩边田埂上的草儿早早地被人们割完。队里会计朱士宜丈人家在白马湖边，那里因田多人少使得湖边很多青草未有人割。队里用船把我和其他劳动男女送到会计的丈人家，在堂屋里打地铺，男女各分一边住宿。湖边的青草又高又密又壮，我们很快割满，装了一船又一船。在割草儿当中，不少人在草棵里捉到野生乌龟。大家把捉到的乌龟集中起来红烧，中午美美地在一起尝鲜解馋。虽然睡觉时床上有很多跳蚤在搔扰，但是每个人看到割下的那一船船青草，反倒笑逐颜开，收获满满。

麦收之后，到处是水汪汪一片，旱田成为水田。妇女们忙于起秧、插秧。我与队里木匠朱长全两人专门忙于运秧、挑秧。一担秧把总是24把，重量一百二三十斤。赤着脚走着，踩在水田淤泥里，总觉得有点走不稳，但我总是挺直腰杆、鼓足勇气往前行。妇女们唱着秧歌号子，把一束束秧苗栽插得整齐成行。虽然她们日晒雨淋，十分辛苦，但是听着伴着时时飘荡在水田的上空的秧歌声，心情愉悦，也算是苦中有乐了。

1969 年冬，淮河入江水道大汕隔堤水利工程兴修。我在山阳营沿湖连当宣传员，我的任务主要是定期办宣传栏。在这 3 米宽、1 米高的宣传栏里，我写写画画，文图并茂，鼓舞水利战士的斗志。一天，我正在工棚里用笔在纸上写画时，忽然看到西边工棚有一个人，行为异常。我立即跑到食堂喊人，炊事员费师傅连忙带着厨刀前来营救。说时迟，那时快，费师傅飞快的冲上前，用刀将吊着的绳子砍断，轻生的小青年得救了。据他说，昨晚他与另外三人一起赌钱，他输了很多，欠下别人不少债，不想再活下去了。我们让他不要做糊涂事，想想命与钱，谁轻谁重。收工后，连里的领导立即开导劝诫了他一番。事后，我与费师傅不禁感叹："救人一命，胜造七级浮屠。"

有几天，我被水利工程扬州市分指挥部（省为总指挥部）抽调去办宣传栏，地点就在退水闸旁。一天上午，父亲从宝应老家探亲后回金湖县财政局公产管理所，步行至涂沟上班，在退水闸旁正巧遇见了我，我请他在这里的食堂顺便一起吃午饭。这是我长大以来第一次请父亲吃饭。他满脸笑意，十分开心。我不停地用筷子夹菜到他碗里，心里想着要永远报答父亲的养育之恩。

历史上，饱尝淮河水患的山阳沟农民在水利工地上特别能吃苦，特别能战斗。他们在历年的水利工地上磨练成钢，突击抢先，在全县数一数二。为赶工期，在工程后期的日子里，我们沿湖连的严春芝连长带头干，我作为宣传员也与水利战士们一起挖土担泥造堤。大家挖得快，挑得多，走如飞。没过几天，我们山阳营一段宽大的湖堤第一个完工。我还在这完工的堤坡上，兴奋地用石灰水用毛刷写下了每个字8米长宽的巨幅宣传标语："一定要把淮河修好"。

　　整个大汕隔堤土方工程完工后，还需在外湖的堤坡上铺满石块以抵御湖水风浪的冲击，把河边船儿运来的石块运到外湖的堤坡上，有一段一里多很长的路。这条道路上，铺上了坡度较小的铁轨。铁轨上，用铁制的斗车装运石料。上坡时，靠人力推进。我们沿湖连只留下我与鲁长贵等4人继续干这一水利工程。我与鲁长贵共用一辆斗车运输石块。上坡时，我俩齐心协力，挥洒汗水，将斗车推至目的地，再很快地卸下石料。我比鲁长贵大三岁，他称我哥哥，我称他弟弟，我俩关系亲近得胜似一对亲兄弟。空车回头时，我俩注重用脚控制好刹车，车儿沿着悠长的铁轨由上而下顺势而滑。车在飞，人在飞，心儿也在飞，感觉是那样的轻松而愉快。

校园往事俯拾

宝应县中学暑假的校园，景色非常别致。大片的荷塘，可谓"接天莲叶无穷碧，映日荷花别样红"。荷花淡淡清香，不断地向四周散发。随意摘下一片荷叶，便可遮挡炎炎热日。一排排教室，在绿树的环抱下恬静地休息着。岸边的柳树，在风儿的吹拂下像靓丽的少女翩翩起舞，尽显婀娜多姿。校门内南侧的小山上的翦淞阁，在悄悄地独自迎风纳凉。

校园最北面是学生宿舍，南面是一大块菜地。开学期间，分为各班劳动园地。同学们将种植的蔬菜提供给学校食堂，保证每天都有新鲜可口的多样菜肴。

1965年暑假8月1日起，662班的我，671班的丁以专、卢崇霞、汤龙玉，672班的陈洪源、姚家驷等6名学生跟随总务处管理菜地的姚师傅为这块菜地施肥劳动两周。每天，上午七点开始，劳动两小时，中间休息二十分钟；下午三点开始，继续劳动两小时，中间休息二十分钟。施肥时，6名学生每两人抬一个粪桶，到菜地东边粪池舀取粪水，抬至菜地，专由姚师傅来浇施。劳动期间，姚师傅热情地向我们传授了不少种菜经验，要我们记住"黄瓜爱水，丝瓜爱藤""六月韭，臭死狗""要想韭菜盛，只要灰失壅（施肥）"等谚语。他还告诉我们，做人不要贪吃、贪色、贪财、贪懒、贪功、贪假、贪混、贪嫉贤妒能，要不断戒掉这八贪。在劳动中也要不怕脏，不怕累，修身以养德。

休息时，我们颇有兴致地吟诵起东晋田园大诗人陶渊明的《归园田居》："种豆南山下，草盛豆苗稀。晨兴理荒秽，带月荷锄归。道狭草木长，夕露沾我衣。衣沾不足惜，但使愿无违。"陈洪源是我们六个人中身高最高的，眼窝深凹，目光炯炯有神。他最崇拜南宋爱国主义大诗人陆游，深情咏叹着陆游的《杂感》："肉食养老人，古虽有是说。修身以待终，何至陷饕餮。晨烹山蔬美，午漱石泉洁。岂役七尺躯，事此肤寸舌。"丁以专还向我们讲了唐代大诗人杜甫的一则小故事："杜甫一家人安史之乱时在兵荒马乱中到处奔走，流离失所，生活极端贫困。有人到他家来拜访，家里只剩下六个铜板。杜甫夫人用这六个铜板，买了两个鸡蛋、几根葱、半斤豆腐渣、半斤黄酒，并精心地制做了四道菜：两个鸡蛋打开取其两个蛋黄煮熟配以葱丝，即'两个黄鹂鸣翠柳'；剩下蛋清炒熟在盘子里摆成一排，即'一行白鹭上青天'；再将豆腐渣炒熟放在盘中，即'窗外西岭千秋雪'；最后将四个鸡蛋壳放在清汤上，即'门泊东吴万里船'。"客人品着这四道独特的家常菜，畅饮着甜美的黄酒，不断含笑点头称许。

这回暑假校园菜地劳动，学校给了我们每人每天六角钱的劳动报酬。同时，我们在这劳动中也收获了很多。为此，我赋上一首诗：

劳动有感

日长篱落无人过，
唯有蜻蜓蛱彩飞。
千顷芙蕖放棹嬉，
花深迷路晚忘归。

逝者如斯夫

2019 年 3 月 8 日，八十多岁的原山阳沿湖村支书张茂芳，因病逝世。消息传来，我们曾插队在这个村子的许多位知识青年都含泪痛心，纷纷表示："茂书记，永别了，愿您一路走好！"

去年 10 月 14 日，为纪念知青插队五十周年，我们二十多位插友相约回到我们的第二故乡沿湖村，与当地乡亲父老执手相见，情真意切。我们还特地到张茂芳书记家中，送了他一些礼品，看望了已双目失明的他。那时，我请插友陈昕为我与茂书记拍了合照。看着这张合照，往日的一幕幕浮现在眼前。

1971 年 6 月底，连日的阴雨，使山阳沿湖北边的排灌河水位上涨至两岸的堤面。为了防止河水漫过堤面，沿岸的人又紧急增土加高河堤，筑起了两米宽、半米高的马鞍状堤堰。

30 日中午，乌云沉沉，风儿呼啸。大家刚吃过午饭，就听到一阵急促的"咣咣咣"敲锣声，看到敲锣人在大路上飞跑。他一边敲锣，一边大喊："陈庄北边倒堤啦！陈庄北边倒堤啦！"这就是呼救，这就是紧急命令。家前屋后，左右四邻，各个庄子的中青年男子都立即行动起来，带着兜担与铁锹，飞速地向陈庄河堤决口处奔去。我也挑着带有一把铁锹的兜担，紧紧跟随着他们。

到了决堤处，看到陈庄北面河堤南堤的一处已被凶猛的河水撕开七八米长的决口，无情的混浊泥水正在吞没刚栽下不久的秧苗，到处一片汪洋。村支书张茂芳身穿早已发白的蓝色中山服，赤着脚，卷起裤腿，站在决口旁边的河堤上指挥着众人堵住这决口。只听他铿锵有力地对大家喊着："人在，河堤在！堵住决口，保住几百亩秧苗！"十几个二三十岁的壮实汉子，手拉着手，肩并着肩，像钉子一样站在决口处，挡住洪水直冲直泻，好让装满泥土的蒲包，一包包沉入决口处的水底。取土的人，挖的挖，挑的挑，飞快地忙个不停。决口处就近水面上的土被取完了，挖泥人只能用锹在水下挖土。锹挖出的泥块有十几厘米宽、三十厘米长、七八厘米厚，重有三四十斤。陈铁柱、鲁长贵等小伙子不愧是"水中蛟龙"，每挖好一块水下的泥块，再一个猛子钻到水里。一会儿，人头露出水面，吐出一口水，吸着一口气，把泥块用双手托到水面上。泥块不好放进担子里挑，只能靠人与人站在水中用手儿一块块传递。传递人只是穿着裤头，光着上身干个不停。许多人异口同声地喊着："我们不怕苦，我们不怕累，一定尽快堵好决口！"

经过三个多小时的奋战，一个个盛土的草包在决口处筑起了新的河堤。八个打夯的汉子用力地拉着米字型的绳子，中间的圆石夯盘一上一下地夯实新土筑成的河堤。领夯人一声呼："大家加油干啦！"帮夯人齐声应："救救嫩秧苗啦！"这时，茂书记脸上才露出一丝微笑，竖起大拇指，对他们赞扬道："你们辛苦了，你们干得好！"这时，河堤东边的抽水机轰隆隆地响起来了。那抽水机的管口就像龙王爷张开的大口，田里水又流入到排灌河，被淹没稻田的水位开始降下来了，油嫩嫩的秧苗露出脸儿，全都得救了。

清代诗人龚自珍在己亥杂诗中歌曰："浩荡离愁白日斜，吟鞭东指即天涯。落红不是无情物，化作春泥更护花。"茂书记虽在这己亥年春天与我们离别了，但我还是念念不忘茂书记指挥众乡亲堵住陈庄河堤决口的那场紧张的战斗。

"死者长已矣，生者尚悲歌。"洪水无情人有情。张茂芳书记等人在抗洪中不怕苦和累，是战天斗地的英雄。

一抹亮色

北河西路，西起县城二里排河（北河）引水闸，东至安宜北路同松桥，总长 600 米，它的拓宽工程于 2020 年春末顺利完工。

唐代诗人骆宾王在《咏水》曰："列名通地纪，疏派和天津。波随月色净，态逐桃花春。照霞如隐石，映柳似沉鳞。终当挹上善，属意澹交人。"北河，在县粤海水务（自来水）公司的东侧，它通过引水闸将京杭大运河的水引入向东，一日复一日不停地流淌。

北河北岸是石块叠加的河坡，南岸则是自然土坡。近两岸水边，长有不少青绿茂盛的水草。南岸边近处有长长一排钢条防护栅栏，栅栏南侧是热电厂一线式供热管道。供热管道南侧是一条两米多宽的明渠。它的两岸护坡皆是水泥仿。明渠哗哗的流水通过东端的分水亭将水向南流入城内的河道。明渠的南侧，是一排笔直的咖啡色水泥仿木护栏，护栏的南边就是新铺设的北河西路。

北河西路的路面平坦宽阔，宽度达十多米，由水泥与柏油铺设而成。它的两侧是水泥砖面平整的人行道，宽度也有两米多。人行道有刚刚移栽的高大树木，更高更美的路灯灯杆笔直整齐地屹立在路面两旁，好像威严的卫兵为车辆行人保驾护航。最引人注目的是明渠的两岸生长的低矮的石榴树丛。五月花开，红遍两旁。当中，还夹有白杨、棕榈、泡桐、丹桂等行人乐意观赏的树木。一条铺有砖面的宽有一米多的健步小道，引来附近居民前来散步，热情投入到健身活动中。小道的路中，有两处桥面。南边，拱桥伸向人行道，让游人感觉"小桥、流水、人家"人与物的和谐；北边，栈桥伸向北河，好让游人观赏北河一水向东而去、两岸杨柳美景。这两行翠绿杨柳随风舞动，像年轻靓丽的舞女，婀娜多姿，楚楚动人。路边，竖有两块醒目的告示牌："今天你脚下留情，明天我还你绿荫""守护一片绿，增添一份爱"。是的，护绿方能增美，护绿彰显有爱。大人们推着漂亮的童车，在这绿荫小道上与车上的孩子一起在欢声笑语中游乐徘徊。每天早晚，人们在新建的铁桥公园里尽情地呼吸着新鲜氧气，步行赏景。这里，人来车往，络绎不绝，热闹非凡。这里的河水很活，这里的人气很旺。

"草树知春不久归，百般红紫斗芳菲。"北河西路美好，铁桥公园美好，家乡宝应的明天会更加美好。

花香情更浓

　　《卖花靓女》这幅国画出自于顾仁荣先生之手。他是应和何平先生之文——"卖白兰花——栀子花！从对岸小巷里飘出了一声甜脆的叫声。这声音软软的，糯糯的，听起来就像吃了陈年的醇酿，晕乎乎地周身舒泰，真使你全身三万六千个毛孔全部开通，没有一个不畅快，没有一个不熨帖"而作的。两位同是我们县中高中同学，一个是堂子古巷街坊发小，一个是文笔不辍耕耘才子。

　　白兰花，极香，花期在4—9月。它原为南方高大乔木，家乡宝应多盆栽，在温室越冬。《咏白兰》赞美它："幽谷流风动晓寒，危岩陡壁树相盘。微吟秀气舒纤叶，半敛仙姿束玉纨。落影萧萧君子意，冰心点点万民安。悠然笑看人情味，自在清芬天地宽。"唐代诗人武平在杂曲中歌颂它："轻罗小扇白兰花，纤腰玉带舞天纱。疑是仙女下凡来，回眸一笑胜星华。"宋代诗人杨万里在《白兰花》中吟唱它："熏风破晓碧连苔，花意犹在白玉颜。一粲不曾容易发，清香何自遍人间。"

　　栀子花，又名栀子、黄栀子。5—7月开花，芳香四溢。唐代诗人刘禹锡《和令狐相公咏栀子花》中诗云："蜀国花已尽，越桃今已开。色疑琼树倚，香似玉京来。且赏同心处，那忧别叶催。佳人如拟咏，何必待寒梅。"唐代诗人刘长卿在《题灵佑上人法华院木兰花》中写道："庭种南中树，年年几度新。已依初地长，独发旧园春。映日成华盖，摇风散锦茵。色空荣落处，香醉往来人。菡萏千灯遍，芳菲一雨均。高柯倘为楫，渡海有良因。"唐代大诗人白居易在《题令狐木兰花》中感叹："腻如玉指涂朱粉，光似金刀翦紫霞。从此时时春梦里，应添一树女郎花。"同样，它花香，形美，品质佳。

白兰花还可提取香精或熏茶，也可提制浸膏供药用，有行气化浊、治咳嗽等功效。栀子花可入药，有泻火除烦、清热利尿、凉血解毒之功效。

唐代杰出诗人杜牧《赠别》七绝诗中写道："娉娉袅袅十三余，豆蔻梢头二月初。春风十里扬州路，卷上珠帘总不如。"卖花姑娘在古城走街串巷，那脆亮的叫卖声，声声入耳，韵味无穷；她年轻貌美，仿佛就是香气四溢的白兰花、玉兰花，楚楚而动人。少女们买这香花，或佩戴在头发上，或别挂在外衣前，装饰添美；老年人买这香花，插在发髻边，祛邪清脑；还有的妇女买这香花，放置在房间里，让卧室香郁温馨。

白兰花和栀子花的花语是喜悦，就如生机盎然的夏天充满了未知的希望和喜悦。坚强，永恒的爱，一生的守候，不仅是爱情的寄予，而且在平淡、持久、温馨、脱俗的外表下，蕴含的是美丽、坚韧、醇厚的生命本质。

我们爱香花，我们更爱幸福的生活。

依 情

近日，我收藏了顾仁荣先生与我合作的一幅诗画。画中写着：

依 情

双鱼鲜又美，花开情更浓。

祁家堂子巷，街坊友情重。

——祥云作于庚子年春仁荣画

这幅诗画饱含着我与顾仁荣先生几十年来比邻而居浓浓兄弟般的情谊。

顾仁荣先生画的是桃花三月中一对鲜美的鳜鱼。

历代许多文人歌唱、赞美过鳜鱼。

唐代词人张志和《渔歌子·西塞山前白鹭飞》："西塞山前白鹭飞。桃花流水鳜鱼肥。一波才动万波随。黄帽岂如青箬笠，羊裘何似绿蓑衣。斜风细雨不须归。"

宋代诗人陆游《柯桥客亭》："梅子生仁燕护雏，遶檐新叶绿扶疏。朝来酒兴不可耐，买得钓船双鳜鱼。"

　　元代曲人刘秉忠《太常引·桃花流水鳜鱼肥》："桃花流水鳜鱼肥。青箬笠，绿蓑衣，风雨不须归。管甚做、人间是非。两肩云衲，一枝筇仗，尽日可忘机。之子欲何为。归去来，山猿怪迟。"

　　这与唐代张志和"桃花流水鳜鱼肥"唱和。

　　鳜鱼，又名桂鱼、季花鱼、花鲫鱼、鳌鱼等。侧扁，口大，体背侧棕黄色，腹面白色，上面有许多不规则褐色斑块和斑点。它喜欢栖息于水草茂盛、较洁净的江河湖泊中。白天一般潜于水底，夜间四处活动觅食，为肉食性鱼类，性凶猛，以鱼类及其他水生动物为食。长到200毫米长时，主要捕食小鱼、小虾。长到250毫米以上时，主要摄食鲤、鲫等鱼类。冬季停止摄食，春夏秋季捕食旺盛般多在夜间捕食。它是上等淡水食用鱼，肉性平、味甘，有补气血、益脾胃之功能。

　　顾仁荣家住堂子巷8号座北朝南的院子，我家住大祁家巷1号坐东朝西的院子，我俩的家门与家门相距10米。他属鼠，我属猪，我比他大一岁。孩提时代，我俩经常形影不离地在一起。

　　春天，他家后院园子里鲜花盛开。我喜欢从他家月季花上剪一段枝头，插栽在自家的花盆中，浇透一次水。没几天，枝头就萌发出嫩绿的叶芽。看到我家院子里从他家移栽的月季花、凤仙花、菊花开花了，他和我一样欢天喜地。

　　清明时节，我俩带着小刀和篮子，到东门外郊野挑荠菜、灰条菜、枸杞头、谷谷丁、猪耳边等野菜。回家后，将野菜分别在开水锅里焯一下，冷却挤干，用刀切碎，用油盐拌匀，吃起来感觉特别鲜嫩清香。在挑野菜时，仁荣弟特别提醒我，五灯头野菜虽然色彩鲜艳，但是有毒，不能挑来吃。有时我俩一起到河塘的水边观赏一群群游来游去的小蝌蚪。它们乌黑亮丽，灵动活泼，我俩十分喜爱。

秋天凉风习习，我俩又经常在一起捉蟋蟀、斗蟋蟀。仁荣弟告诉我，碎砖处容易捉，如翻开砖头，看到蜈蚣，那近处的蟋蟀很凶猛。果然如此，我在这里捉到的蟋蟀个儿大，叫声响。为了斗蟋蟀的盛具携带方便，我们自己动手取五六寸长一段芦苇管，一端有节，另一端有管口，用小刀子刻有三四毫米宽管缝。我俩各自把要斗的蟋蟀头靠头地从管口放里去，再用小纸团将管口塞住。撩斗蟋蟀的草是狗尾巴草，将草头中间撕开一段弯折，再用手抽抹成白色毫毛。用这有毫毛的狗尾巴草撩拨管内的两只蟋蟀，促使它俩相互撕咬相斗。狭路相逢，勇者胜。没有几个回合，败者向后悻悻逃窜，胜者开颜振翅高叫。我俩为胜者乐得开怀大笑。

有这样一种朋友，无论相隔多远，无论多久不见，都可以彼此陪伴，一直老去。仁荣弟现居扬州，我现居苏州，虽隔数百里，但仍觉得我俩像儿时般近在咫尺，友情纯真。

军人的风采

　　父亲徐洪选离开人间已经整整二十年了。直到今天，我还时时刻刻地想念着他。打开家中珍藏的相册，看着两张父亲先后参加中国人民解放军、中国人民志愿军时的照片，我深情地凝视了许久。

　　第一张是母亲带着当时五岁的我到父亲所在部队探亲时，与父亲一起三人的合影。

　　1952年春节刚过，父亲从部队寄给家里的来信中，要母亲带着我到他部队驻地上海见面。父亲日夜思念着我们，我们也非常想念他。接信后没过两天，祖父便把我们母子俩送到新西门宝应轮船码头。临上船时，祖父把他才买的四只烧饼送到我手里，在码头上与我们挥手告别，只说一句"路上注意安全"，便依依不舍地离开了。

　　我们乘着轮船从宝应直达镇江，再从镇江转乘火车到达上海。下了火车后，我们母子俩踏着一路积雪，我穿的是一双元宝口的胶鞋，由于路面很滑，母亲紧紧抓住我的手，担心我摔倒。就这样小心地走下去，我们终于到达了父亲部队所在地——宝山县罗店镇。父亲与他的战友们日日夜夜守护着长江的吴淞口，守护着上海这座大城市，守护着新生的人民共和国。看到父亲军装左胸前白底黑字"中国人民解放军"这醒目标志，我为有这样的军人父亲由衷地感到骄傲和自豪。

没过多久，父亲所在的部队奉命赶赴朝鲜，参加抗美援朝战争。父亲在部队属电话外线兵。"关山度若飞，万里赴戎机。朔气传金柝，寒光照铁衣。"父亲与他的战友们，紧握手中枪，冒着敌人的炮火，爬山卧雪，饿了啃点饼干，渴了吞点积雪，不断铺设和移动电话外线，有时甚至在敌人眼皮底下暗暗穿过，以确保指挥员与前线指战员通话畅顺。有一天夜晚，父亲他们一个班的战士，奉命从团指挥部布设电话线到一个山头高地的我军前沿阵地。路上，敌人巡逻队有所发现，朝我方扫射了很多子弹。一个班战士立即兵分两路：一路，几个战士开枪还击，一会儿消失在夜幕中；另一路，在一个向导的引导下，迂回前行，继续布线，直至前沿阵地。经过铁与火的多次激烈战斗，中国人民志愿军终于把美国侵略者赶回三八线以南，抗美援朝战争取得了伟大胜利。

1955 年春天，父亲凯旋回国退伍前，特地穿上军装拍照留影。第二张是父亲的单身军人照片。在他的左胸前，不但有白底黑字"中国人民志愿军"醒目标志，而且还挂着许多军功章。父亲是某班副班长，退伍证上记载着他荣获两次三等军功章，一枚和平奖章。有国才有家，有了父亲才有我，才有我们的家。我永远赞美父亲那军人的英俊威武的风采。

父亲，我永远敬爱你！

注：母亲为独生女，作者在家中兄弟中排行老二，随母姓杨。

父爱如山

虽然父亲离世已多年了，但是我还时时怀念着他，父爱如山，恩深似海。

父亲当过光荣的中国人民志愿军战士，参加过伟大的抗美援朝战争，1955年春从部队里凯旋回国。退伍后，由政府安排到县粮食局直属粮库工作。刚学会骑自行车的他就让还是幼儿的我跨在自行车的横杠上，在粮库里宽阔的场地上围圈打转。太阳喜滋滋地挂在空中，自行车车轮在地上不停地转动，我们父子两人坐在车上，风驰电掣般地飞速前行，都觉得非常惬意开心。

室外大雪纷飞，天寒地冻。父亲带我去浴室洗澡时，总是浴前先脱下自己的衣服，再脱去我的衣服。浴后，先帮我把内衬衣、绒线衣、外棉衣等穿好，再穿上自己的衣服。沐浴中，他还为我全身细心地擦洗。我眼睛饱含着泪花注视着他，深深感受到了父亲的爱，特别感动我的是浴前浴后父亲特别照顾我，宁可自己挨冻，也不愿让孩子受冷。

1959年初春，当时国家粮油等物资特别匮乏。一天早上，我这"半桩子，饭缸子"因以菜代粮吃多了，嘴唇突然发乌，两眼冒金星，头晕得站立不稳，向前一跨步就要栽倒在地。父亲看到我，立即把我扶住，背着我穿过堂子巷，汗流浃背地直奔南大街城镇医院。医生很快对我进行了救治，并对父亲说："孩子得的是青紫病，饮食中蔬菜的亚硝酸盐急性中毒。如若不及时救治，将危及孩子的生命。对青紫病患者，用特效解毒药物美蓝及维生素C，使被亚硝酸盐氧化的高铁血红蛋白迅速还原成血红蛋白，以恢复其载氧能力。"我永远记得，在我患急性青紫疾病危及生命时，是父亲立马背着我到医院，使我得到了及时的救治。

1967年8月初，"文革"中的县城两派群众由于观点分歧，严重对立，已经发生了武斗。父亲工作在金湖县，给母亲打电话了解到宝应情况后，让母亲带我到他那里，避开当时的宝应动乱。第二天，母亲带着我，从中港船闸西边码头处，乘船到涂沟公产管理所父亲宿舍，平安地生活了一段时期。

......

我国第一部诗歌总集《诗经》中写道："父兮生我，母兮鞠我，抚我畜我，长我育我，顾我复我。"汉代哲学著作《淮南子》中阐述："慈父之爱子，非为报也。"意大利著名美术家达·芬奇说过："父爱可以牺牲自己的一切，包括生命。"俄国著名文学家高尔基赞叹："父爱同母爱一样的无私，他不求回报。父爱是一种默默无闻、寓于无形之中的一种感情，有用心的人才能体会。拥有思想的瞬间，是幸福的；拥有感受的情意，是幸福的；拥有父爱也是幸福的。"父爱指父亲给予子女的爱，让孩子感受到父爱的温暖。父爱同母爱一样伟大。父亲从男人的角度，让子女坚强、自立。父爱如山无言而深沉。我是一只小小鸟，而父亲的爱是天空，我飞翔在父亲的关怀中。我是一条小小鱼，而父亲的爱是海洋，我游弋在父爱的温馨中。

父爱如伞，为我遮风挡雨；

父爱如雨，为我濯洗心灵；

父爱如路，伴我走完人生。

挖荠菜

春回大地，万物复苏。蓝蓝的天空，飘着几朵成团成簇棉花似的白云。和煦的风儿轻轻地吹拂着，带着一丝寒意，有些人还穿着过冬的棉衣。金色的阳光，洒满京杭大运河两岸平原大地。黄色的菜花，一大片一大片地染遍郊外田野。辛勤的蜜蜂，嗡嗡地飞舞，专心地采花酿蜜。色彩斑斓的蝴蝶，飞来飞去，展示着它们优美的舞姿。树上的燕子、麻雀、黄莺、画眉吱吱喳喳欢叫不停。萌芽而纤细的柳枝条，在风儿的吹动下像秋千一样，摇来荡去。一颗颗珍珠般的露滴，滋润着绿油油的麦苗，使它们抖擞抖擞精神，一个个昂首挺立。小溪里清澈的水儿，潺潺地流动着。嫩生生的荠菜，在微风中挥动它们绿色的手掌，招呼人们，欢迎人们。

清明前一个星期天早上，家住附近的李刚、何强、肖松三个少年相约在一起，各自拎着一只小小竹篮，篮子里放着用钢锯小断条磨成刀口锋利的刀子，去宾宁古城东郊野外挖荠菜。

三人当中，只有李刚与妈妈一起挖过荠菜，何强、肖松都是第一次挖荠菜，其实他俩并不太认识荠菜。突然，肖松在堤坡上发现了一棵"荠菜"，急忙用刀子一挖，再用手一拔，"荠菜"出来了，甭提他多高兴。小松连忙把"荠菜"递给李刚时，李刚说他挖的那棵菜不是荠菜，而是形状很似，叶面色泽较明亮光滑，颇有粉状，有毒的苦苣菜。当时，肖松很扫兴，好不容易挖到的，却不是荠菜。李刚拿出他刚挖到的荠菜，让肖松仔细观察荠菜的外形，耐心地说道："你看，荠菜都是匍匐在地上生长的，它有白色的根，叶子经过霜冻后有点发紫，呈分裂状，不整齐，叶片有毛，呈现锯齿形状。"在李刚的介绍下，肖松认识了荠菜。

何强在田埂边也找到了一棵荠菜，但他不管三七二十一，用刀子把荠菜刚挖出来，荠菜就散架了。何强再去请教李刚，李刚说："挖荠菜应该往下深挖，不能横着挖。否则，就不能把荠菜整棵挖出来。"何强渐渐地掌握挖荠菜的技巧，一棵、两棵、三棵……不一会儿就挖了满满一篮子，他满心欢喜地拿起一棵闻了闻，有一种特别的清香，让人心旷神怡。片刻，肖松左手的拇指在挖荠菜中不小心被刀子划破了，鲜血沾满了指头。何强立即从口袋里掏出一个胶布小圆盘，扯下一段胶布条，把小松受伤的拇指包扎好，伤口立即止血止疼了。

太阳走到了天空的正中，她的脸儿像一朵葵花，黄色花瓣的圆盘绽放得更大更圆，犹如美丽少女般的笑容，显得更加灿烂。

李刚眼勤手快，熟能生巧，荠菜挖得最多，满满一篮。而肖松挖的荠菜，不到半篮子。李刚毫不犹豫，一下子把自己篮子的荠菜倒了一部分到肖松篮子里，只说了一句："咱俩挖的荠菜平半分。"顿时，肖松心头涌起一股暖流，非常感激。

李刚的母亲原在京城中央实验歌剧院当歌剧演员，后来到我们宾宁古城学校当音乐老师。何强是随着母亲转学到这里来读书的，在班里，他是班长，不但学习成绩名列前茅，而且乐于助人。他每天上学比别人早，放学比别人迟，早上第一个到教室打开门窗，傍晚最后一个离开教室。在学校里，他是少先队副大队长，还是校乒乓队主力队员，年年被评为"三好学生"。李刚，一直是我同学中崇拜的偶像，也是我学习的榜样。想到这里，肖松满眼热泪，深情地说："多谢刚哥和强哥的帮助！"

走在回家的路上，李刚颇有兴趣地对伙伴们说，在他的学习笔记里写有《诗经》里《邶风·谷风》中一句："谁谓荼苦，其甘如荠。"他说，这足以证明人们食用荠菜的历史源远流长。荠菜是一种一年生的草本野菜，这苦菜的嫩叶，其味甘中略带点苦，可凉拌作美味佳肴，有广泛的药用价值。它促进消化，因为它含有大量的粗纤维，能增强大肠蠕动，促进排泄，从而增进新陈代谢。它含有丰富的胡萝卜素，可缓解干眼病、夜盲症。它抗凝血，因为它含有荠菜酸，有止血成分，能缩短出血及凝血时间。它含有乙酰胆碱、谷留醇和胺化合物，不仅可以降低血液及肝里胆固醇和甘油三脂的含量，而且能降血压。因此，它被人们誉为"菜中甘草"，俗话说"三月三，荠菜可以当灵丹"。

何强接着说，在他的学习笔记里记有齐人卞伯玉《荠赋》中的一首诗："终风扫於暮节，霜露交於杪秋。有萋萋之绿荠，方滋繁於中丘。"他说，在寒冬腊月里，经常强烈地刮着刺骨的西北风。九月重阳节秋后，大地上已出现寒露冷霜。只有在嵩山草木开始繁荣的春天里，嫩绿的荠菜刚刚滋生茂盛。清明时节前，正是野外采挖清香荠菜的好时机。

肖松也不示弱地说，在他的学习笔记里有着南宋词人辛弃疾的《鹧鸪天·代人赋》中的一句："城中桃李愁风雨，春在溪头荠菜花。"他说，荠菜在早春从泥土里萌出，给人们带来了春天的信息。当城中桃花、李花害怕风吹雨打而凋落的时候，野外小溪边的荠菜花却不畏惧风雨、朝气蓬勃地迎春盛开。他想从小认真读书，学好本领，长大当一名给他人治病，救死扶伤白求恩式的好医生。

走到池塘边，肖松忽然叫了起来："癞大鼓，癞大鼓，它从水里爬上来啦！"何强急忙说："不要惊动它！它也叫癞蛤蟆，学名叫蟾蜍。"何强平时特别喜欢看医书。蟾蜍，是专吃苍蝇、蚊子保护农田庄稼的益虫。这种两栖动物冬季多潜伏在水底淤泥里或烂草里。它皮肤粗糙，背面长满了大大小小的疙瘩，这是皮脂腺。其中最大的一对是位于头侧鼓膜上方的耳后腺，这些腺体分泌的白色毒液，是制作蟾酥这一珍贵中药的原料。全国著名的雷允上药业生产的六神丸，一个很小很细的玻璃管内，装有比芝麻还小的30粒药丸，里面少不了蟾酥、珍珠粉、犀牛黄、麝香、雄黄、冰片等中药的成分。患有咽炎、喉炎的人，吃了点六神丸，解毒、消肿、止痛有特效。所以，人们要爱护自然生态环境，要保护蟾蜍这类野生动物。

何强不时地用手抹了抹前额上的汗珠，肖松一看到他的脸，就情不自禁地笑了起来："你看，你的脸上像戏台上唱京剧的大花脸，有几条污泥黑印。"李刚连忙搭腔道："说不定，我俩脸上也有，我们还是一起到小河边，洗一洗。"随即，三人都跑到小河边洗了洗手，抹了抹脸，顿时，感觉干静清爽多了。

他们仍然走在路上，挖荠菜满载而归。随着笑声在空中荡漾，三人越谈越欢。

千层底纳的是慈母情

小时候，我穿的鞋是妈妈纳的千层底布鞋。

妈妈找来不用的门板，在上面刷好一层浆糊，将那些大大小小、零零碎碎的布块，一块紧挨一块地粘贴在上面。鞋帮需要粘贴三层，鞋底得四五层。鞋帮的鞋料粘贴一个门板，鞋底的鞋料粘贴另一个门板。粘贴好后再把它拿到院子里对着阳光晒，等晒干以后，妈妈就按我们每个人脚的尺码大小开始做鞋。先把鞋样放在鞋料上，用剪刀剪成鞋样一样大小，再用针把三四层鞋样缝在一起，冬天的棉鞋还增加层数，用白布条在鞋样边缘每层都镶上白边，最后用重物压几天，这样压出来的鞋底更容易纳。

一切准备就绪，便开始纳鞋底了。妈妈将两根细纱用手搓紧，穿进针眼。把顶针铜箍套在手指上，再用针锥在鞋底扎眼，然后用大针带着棉线在后面通过。若针不好通过，就用针拔将针夹住拔出。有时妈妈还把纳鞋底的大针往头发上擦了几下才下针，可能是针沾点头油更容易穿过鞋底的原因吧。白天妈妈在学校里工作，晚上干完家务后还常常在灯下纳鞋底。有一次，我看到针尖刺入妈妈的手指，细小的血珠由小而大，慢慢流出，真是伤在妈妈的手指，却痛在我的心里，我的眼里不禁涌出泪花。一双鞋底纳好最快也要一周，慢则更长。那纳好的鞋底上一排排一行行线脚，凝聚着妈妈的母爱和血汗。

多年过去，随着人们生活质量的提高，鞋子各式各样，商场里时尚的鞋子琳琅满目，任人挑选。现在几乎看不到纳鞋底的人，纳鞋底或许将成为永久的记忆。

关于一双未纳完鞋底的真实故事一直感动着我。解放战争期间，蒙古族萨日娜阿妈失去了两个亲人，但是她依然坚持工作，救助受伤的小战士王学之。在萨日娜阿妈的照顾下，小战士与她产生了浓厚的母子情。一天，萨日娜阿妈正在为王学之纳鞋底，敌人的飞机炸弹已突然袭来。为了保护小战士，萨日娜阿妈不幸中弹身亡，而那只紧紧攥在阿妈手中未纳完的鞋底，此后一直收藏在小战士王学之的身边，他心里深藏着萨日娜阿妈的慈母情。

歌手解小东唱的《中国娃》在我耳边响起："最爱穿的鞋是妈妈纳的千层底，站得稳走得正踏踏实实闯天下。"千层底的布鞋，材料天然生态，制作纯手工，吸汗防臭。穿着这布鞋，人走起路来感觉特别舒适轻盈。更重要的是，千层底鞋里有着妈妈浓浓的爱。

今天，我们好像还穿着妈妈纳好的千层底布鞋，脚踏实地，筚路蓝缕，砥砺奋进，高声咏唱："最爱做的事儿是报答咱妈妈，走遍天涯心不改永远爱中华。有志的中国娃！"

我的手表

手表又称腕表，是指戴在手腕上用以计时、显示时间的仪器。玲珑移点定时刻，活泼动针指分秒。

表带通常是用皮革、橡胶、尼龙布、不锈钢等材料制成，表头的制作及生产都基于一个简单而机智的发明，这就是"弹簧"。它能够收紧并储存能量，又把能量释放出来，以推动手表内的运行装置及指针，达到显示时间的功能。表头的零部件包括机芯、表壳、底盖、镜面、字面（即表盘）、指针、把的（调时间的）等。

从资料中得知，手表很早是从西方引进的。手表的英语单词是 watch，源于中世纪 wacche 这一词汇。世界上第一只手表于 1868 年由百达翡丽制造给匈牙利的 Koscowicz 伯爵夫人。1911 年，卡地亚正式推出著名的 Santos 手表。自此以后，手表便在世上开始普及。

1971 年 9 月我刚当教师时，父亲送给我一只南京手表厂制造的钟山牌全钢防震手表。可是我没戴几天，一天早上洗手脸时，不小心将手表滑落到脸盆里水中。这只手表被浸过水之后，指针不动了，表停了，表面也被水蚀得斑驳，我只好弃之不用。

一个月后，我托人领取了县商业局一张进口手表购物券，在百货公司门市部花 175 元买了一只瑞士制造的路兹牌手表。银白色的表头与表带，表盘的数字上涂有白色发光粉，时针和分针上面中间也涂有白色发光粉。它还是一只夜光表，无论白天和黑夜，只要我戴上这只表，在任何时候都能知道是几时几分，这只表伴随了我三十多年。

2019 年 1 月 18 日（深冬四九的第一天），我随旅游团去日本旅游六天，近距离地观赏了富士山的壮美雪景。旅游时我买了一只日本制造的精工牌自动手表。

随着手机的普及，戴手表的人似乎越来越少了，但手表对于我来说，不仅有看时间和装饰作用，它还记录着我为梦想奋斗，创造美好生活的时光。

我还要戴手表，我需要时刻知晓时间，掌控时间。

手抄报

    手抄报是指新闻事业发展过程中出现的一种以纸为载体、以手抄形式发布新闻信息的报纸，是手抄新闻。现存于英国大不列颠图书馆的敦煌报《进奏院状》，抄发于 887 年，是世界上现存的最早的手抄报纸。

    在我国唐代就有各地驻京"御史"主持抄发、以地方官吏为主要对象的手抄报，史称"御报"。

    宋代词人万孝友在《鹧鸪天》中写道："别后应怜信息疏，西风几度到庭梧。夜来纵有鸳鸯梦，春来空余蛱蝶图。"他感叹亲人离别后应珍惜信息的疏通，秋风常常吹拂着庭院里的梧桐，夜里会梦有男女之间的欢聚，春天来了一切如空，却还呈现出蝴蝶纷飞的美好景色。

    我作为语文教研组长，曾为县城郊中学设计以语文知识、学生文作为主的《绿野》手抄报。《绿野》手抄报是最通俗的宣传、教育工具，以经济、简便、灵活、及时、活跃、多样等优越性广泛地运用在校园学生的学习、生活中，它培养了学生写作能力、创美能力和动手描与制作的能力。

    制作手抄报主要有以下主要步骤：

首先是组稿。办报人员到学校图书室借阅一些语文知识、古代诗词等图书，通过各班语文课代表每周在同学中征收一至两篇文稿。

其次是排版。四开一张绘图纸，共需两张，共排两版。每版约3000字，每版选抄5篇文稿。每篇文稿用铅笔和直尺轻轻地画出方框，淡淡写出题目。

主要抄写文章。由两位书法好的同学先在纸面上用铅笔和直尺轻轻划成等距离的平行直线，再用黑色签字笔各将选取刊用的文章抄写一版正文。他们写的是行书体，字形大小整齐划一，笔画自如优美，字体工整秀丽。抄写者可根据方框的大小对文稿字数可作少量的增加或删减。抄写后，认真进行校对，避免无谓的多字、少字或者错别字。

最后是版面美化。刊头题字，"绿野"，字形版面最大醒目，固定刊用的毛笔欧体，字体显得美观大方、苍劲有力。各篇文稿的题目，用漂亮的美术体书写。文后尾花，由绘画者先用铅笔在纸版上起稿，适当修改后正式用彩色笔完成，再用橡皮将铅笔痕印轻轻擦掉。尾花可选取朵朵朝阳的葵花，也可选取初春羞露的桃花、盛夏玉立的荷花、深秋傲放的菊花或隆冬绽开的梅花。这尾花绘制小巧精致，起点缀作用，不抢眼。花边装饰，在文与文之间分割空白处。

每期确定一个主题。例如过了春节，文章有《欢度春节》《拜年》《守岁》《年夜饭》《压岁钱》等，语文知识有《饺子的由来》《春节古诗》等。每期确定一个主色调，红色、蓝色、黄色、绿色等。

每期《绿野》手抄报就张贴在教学楼一楼走廊里的墙壁专栏

上。《绿野》手抄报一张贴，同学们都争相观看阅读，也积极写文投稿。

在学校，手抄报是第二课堂一个很好的活动形式，具有相当强的可塑性和自由性，确实是激发学生语文学习兴趣、获得语文知识、提高写作水平的好方法。

这真是：

美园学圃舞春风，《绿野》一出满报红。

潇洒文作阅不尽，学习兴趣在萌动。

搞活经济 市场繁荣

冬至来临，数九严寒。一年又一年，新冬大似年。冬至这天，家乡宝应人爱吃名为"驴打滚"的汤圆。包汤圆时，将球状的圆子在桌上用手下压滚碾一下，让它形成椭圆状，俗称"驴打滚"。圆子里的馅心常常是把芝麻在热锅里炒熟炒香，再将芝麻碾成粉末，拌点白糖放进去，又滑又糯的汤圆，吃起来十分香甜。

三年困难之后，我县经济被调整搞活，县城大新桥十字路口一带成为最有人气的热闹地方。

"滚烫热火的肉汤下粉丝，五分钱一碗，有荤有素，有汤有水，有滋有味。不好吃，不要钱。"卖小吃的老板叫卖声喊得十分响亮，一遍又一遍。他身系白围裙，右肩上还搭着一条毛巾，面对行人，脸露微笑。有的食客坐下来想尝一尝，动作麻利的老板很快将一把粉丝放入热汤锅，用勺子搅动一下。两三分钟后，在碗里倒汤放粉丝，略撒点盐、蒜末、胡椒粉，送到食客面前。这肉汤下粉丝，食客一碗吃下去，全身感到热乎乎的，尤其粉丝滑溜溜的，嚼在嘴里微咸中还带有许多香辣。这位老板卖肉汤下粉丝，正如央视《打工奇遇》小品节目中的著名演员赵丽蓉用笔所题——"货真价实"。

"老鼠药,老鼠药,三分钱一包。老鼠吃下去,定会送性命。您给我老鼠尾巴,可换我老鼠药。"卖老鼠药的这样高声叫喊着。路边,一块三尺见方的布上放有好多包老鼠药。他卖的老鼠药起效快,经得起市场的考验。乡下城里不少行人停下来买一两包,好让家里储存的粮食不被老鼠偷吃,衣柜也免得被老鼠啃咬。

"小画书,小画书,一分钱看两本。"出租小画书的人也响亮地高声吆喝着。星期天,我们这些青少年最爱看《大闹天宫》《哪吒闹海》《劈山救母》等故事性十分引人的小画书。大家看后都非常崇拜英雄,立志从小学好本领,长大为祖国为人民干出一番轰轰烈烈的事业来。平时,成年人也喜欢到这个小画书摊看《水浒》《西游记》《三国演义》等连环画书,有图有文字,从中了解精彩的故事情节,接受潜移默化的教育。

一位走江湖的老汉,手里牵着三只猴子,停到路边敲起小铜锣,猴子们开始玩杂耍,一会儿引来了不少行人驻足观看。机灵活泼的猴子表演翻跟斗、竖蜻蜓,一遍又一遍,乐得观众发出阵阵喝彩声,大街上充满着欢声笑语,还有的观众向老汉摆在地上的铁皮盘扔上一两只硬币做赏钱。

这些小商小贩经济被搞活,市场就呈现出一派繁荣景象。

风俗多多　年味浓浓

辞旧迎新，年味浓浓。

腊月二十三，家家送灶神。

"祭灶"的风俗，源于古人对火的崇拜。周代的天子"七祀"中，就有祀灶这一项。当时允许平民百姓也立灶（灶神），可见远在先秦时代，灶神就是人们崇拜的对象。汉代以后，灶神由掌管一家饮食的火之主，摇身一变成为掌管一家人寿夭祸福的督察官。《敬灶全书》中说："灶君乃东厨司命，多一家香火，保一家康泰，察一家善恶，奏一家功过。"灶王爷成了天上玉帝派到各家的"坐探"，专门观察监视各家各户的言行举止，大小功过。

腊月二十三这天，奶奶叫孩提时代的我用红纸在厨房里折叠成灶马，在灶王爷神像前供奉一碗茶水和芝麻糖、炒米糖、花生糖、糖米糕等四样祭品，香炉里点燃三柱香，拿来了一小捆芦柴（谐音发财）与芝麻秸（象征生活水平像芝麻开花一样节节高），又取来了几根松枝，在废铁锅里燃烧起来。要灶王爷闻着香喷喷味儿，嘴里吃得甜甜的，乘着灶马腾着烟雾去述职，"上天言好事，回宫保平安。"风趣的奶奶还笑嘻嘻地念叨着，"灶王爷本姓张，一碗茶水三炷香。今年日子过得好，来年再请您吃糖。"

扫尘，又被称为扫屋、扫房、除尘、除残、掸尘、打埃尘等。除旧布新其寓意，是要把一切"穷运""晦气"统统扫出门，寄托我们中华民族一种辟邪除灾、迎祥纳福的美好愿望。

"二十四，扫尘日。"腊月二十四日，家家户户打扫环境，以求去除病疫，新年安康。我把新的条帚用绳子绑在竹竿上，清扫屋顶天花，掸拂墙壁尘垢蛛网。妹妹洒扫六间庭院，疏通阴沟。妈妈清洗桌椅等各种器具，拆洗被褥窗帘，箱柜上的金属把手等，被她用抹布擦拭得新亮。

忌讳，在现代，就是指回避某些事情或某些方面，有可能是物，也有可能是人。在我国古代社会，主要为了表示对君主或长辈的尊敬，避免直呼其名而用相同意义或相同读音的字来代替。唐代，为避唐太宗李世民的名讳，将中央六部之一的"民部"改为"户部"，之后历代沿用。又将"观世音菩萨"的"世"省去，称为"观音菩萨"。宋朝有个名叫田登的州官，对自己的名讳很重视，非常忌讳别人触犯，于是便下令其所在州内的百姓不许说"登"字以及其同音字，否则就要治罪。正月十五日元宵节，各家各户都要放灯笼。因"灯""登"同音，为了避田登的名讳，田登的下属想了个办法，即把"灯"改为"火"，并张贴公告说"本州依例放火三日"，于是全州百姓都把"灯"喊作"火"，"点灯"就说"点火"。"只准州官放火，不准百姓点灯"，人们看了布告，不禁啼笑皆非，一时之间成为了笑谈。

家里过年时，爷爷和奶奶要全家人说话时讲忌讳，图吉利。一只陶瓷碗儿被我不小心滑落在地上而打碎，奶奶随时收拾碎片，连声说"岁岁（碎碎）平安，岁岁（碎碎）平安"。我看饭在锅里已被人盛光了，她直接对我说"锅里满了"。听说有人这时去世了，奶奶对家里人说："他走了。"她教育我们说："人生今世积善积德，就是走了，转世还会来到人间的。"

守岁，又称守岁火，照岁等，其由来已久，我国汉族民间在除夕有守岁的习惯，俗称"熬年"。晋朝周处所著的《风土记》中说，除夕之夜家人各相与赠送，称"馈岁"；终夜不眠，以待天明，称"守岁"。

宋代文人苏轼在《守岁》中诗云："欲知垂尽岁，有似赴壑蛇。修鳞半已没，去意谁能遮。况欲系其尾，虽勤知奈何。儿童强不胜，相守夜欢哗。晨鸡且勿唱，更鼓畏添挝。坐久灯烬落，起看北斗斜。明年岂无年，少年犹可夸。"除夕夜，家里所有房间灯火通明，奶奶说来年家中会财富充足。吃罢年夜饭，妈妈把灶具擦洗得干干净净，全家人围坐在一起，一边悠闲地喝着香茶，一边喜看央视春晚精彩的文艺演出。这样通宵守夜，象征着把一切邪瘟病疫赶跑驱走。

"一夜连双岁，五更分二天。"它既有我们对逝去岁月的惜别留恋之情，又有对即将来临新年寄以美好希望。

过年穿新衣是我国人民古老习俗。宋代《东京梦华录》中记载，市民之风非常繁盛，每到新年这一天，大家都穿崭新的衣服，到处去逛。到了近代，"年幼盛装饰，拜尊长为泰"，新衣几乎成了春节的品牌。

以前，人们生活条件比较差，很多衣服都是"新三年，旧三年，缝缝补补又三年"。平时都舍不得穿新衣服，到了春节过年可以奢侈一把，穿新衣降吉祥，迎接新年的好运。"过新年，真热闹，穿新衣，戴新帽。又是跑来又是跳，小朋友们哈哈笑。"孩子们穿着新衣服去亲邻长者家拜年拜寿，"过年好""祝您全家大富大贵""祝愿您老寿比南山不老松，福如东海长流水"。长者听了满脸笑意，不但给孩子红包压岁钱，还两手捧着许多糖果，让他们吃得更加甜蜜。

明代诗人文征明在《拜年》诗中吟唱："不求见面唯通谒，名纸朝来满敝庐。我亦随人投数纸，世情嫌简不嫌虚。"新年，家家户户的老老小小、男男女女，穿着各式各样、色彩鲜艳的新衣服。新衣服就像在身上的春联，"新年纳余庆，佳节号长春""国恩家庆，人寿年丰""福气降临阖家福，春光辉映满堂春""天涵碧水远志谋筹风云事，地孕苍林初心系挂百姓家"是对祖国美好社会主义春天的庆贺。

家乡的年味——水鲜十菜

苏北水乡宝应湖荡河塘众多，水网密布，水中生物非常丰富。过年，家中常做水鲜十菜。

一是水芹炒卜页。水芹，家乡人喜称为"路路通"。一把水芹，去叶去根洗净，切成3至5厘米长的小段。洗净的卜页，用刀切成2毫米宽、5厘米长的细丝。用旺火将锅烧热，倒入适量食用油、葱姜细末，放水芹爆炒一下，再倒入卜页丝，加入少量的盐与鸡精，最后起锅装盘，吃起来味儿颇具清香。

二是糖醋炒小藕。嫩藕一节，去皮去根洗净，切成2至3厘米大小的薄片。热锅里倒入适量食用油，葱姜细末炒香，加入藕片爆炒，最后加入适量的醋、糖、盐、鸡精翻炒一下，收汁起锅盛盘。吃起来香脆爽口。

三是药芹炒茶干。药芹一把去叶去根洗净，在沸水里焯一下，切成2至3厘米小段，茶干切成不超过4厘米长的薄片。在热锅里倒入适量食用油，加入一点葱姜末，将药芹段、茶干片一起下锅爆炒，加入盐、糖、鸡精再炒一下，起锅上盘。药香嫩脆。

四是蒌蒿炒肉丝。蒌蒿，即芦蒿。将4至5厘米长的蒌蒿嫩段洗净。一块肥瘦相间的猪肉，切成肉丝。在热锅里倒入适量食用油，加入少量葱姜末，先将肉丝爆炒一下，倒入料酒继续炒，然后加入蒌蒿段，倒入酱油、糖、盐、鸡精、淀粉水再炒一下，收汁后起锅装盘。香甜可口。

五是洋葱炒长鱼。长鱼，即黄鳝。取几条活长鱼，放入沸水锅（里面倒入一点醋）烫熟到嘴张口，随即取出洗净，用竹片划分成脊背与肚皮两条长片。将脊背片洗净，切成5至6厘米长段片。洋葱洗净，切成薄片。取一只红椒洗净，切成细丝。在热锅里倒入适量食用油，将洋葱切片加入点盐，爆炒一下起锅。再热锅里倒入适量猪油，将鳝片爆炒一下，加入料酒、糖、酱油、鸡精、葱姜末、洋葱片、红椒细丝、淀粉水，再炒一下，收汁时起锅装盘，色彩斑斓，香嫩甘甜。

六是马蹄炒鱼片。马蹄，即荸荠。将荸荠去皮洗净，切成薄片。活黑鱼去鳞去肠洗净，切成薄片。在热锅里倒入适量猪油及葱姜末爆炒一下，倒入荸荠片，加入些料酒、糖、盐、鸡精、淀粉水，再炒一下，收汁时起锅装盘。嫩脆味鲜。

七是黑莱烧牛肉。黑莱，家乡人称之为"核桃乌"。先将一块牛肉用香料烧熟烧烂，切成薄片。黑菜洗除切成小段。在热锅里，倒入适量猪油、葱姜末，将黑菜加入爆炒一下，再加入牛肉片、水、酱油、盐、糖、鸡精，烧透时起锅上碗。菜肉俱香。

八是茨菇红烧肉。取几个不太大的茨菇用沸水焯熟。将一块五花猪肉也用沸水焯熟，切成四五厘米大小的方块。在热锅里，倒入点食用油、葱姜末，将肉块爆炒一下，倒入茨菇，加入点料酒、八角、糖、酱油、盐、鸡精、水，焖烧许久，收汁时起锅上碗。茨菇与肉皆为甜美。

　　九是白燉季花鱼。季花鱼，即鳜鱼。一条活的半斤到一斤重季花鱼去鳞破肚去肠洗净。在热锅里，加入适量猪油、葱姜细丝，将鱼放入煸炸一下，倒入点料酒、水、糖、盐、蛋皮丝、木耳、红椒细丝焖烧，收汁时起锅上碗（大青花瓷浅口碗）。色彩缤纷、味鲜香甜。

　　十是茼蒿豆腐汤。茼蒿，洗净切段。豆腐，切成四五厘米大小的薄块。在热锅里，放入适量食用油、葱姜末，倒入适量的水，再加入茼蒿与豆腐烧透起锅上碗。清淡嫩香。

　　过年时宝应水乡家里人用餐荤素搭配，品种多样。真是：六盘四碗，五味俱佳，营养丰富，十全十美，如意吉祥，幸福欢乐。

棋如人生　人生如棋

象棋，据《辞海》介绍，象棋的逐渐定型与迅速发展是在北宋末年、南宋初年。弈棋时，双方在棋盘上各放 16 枚棋子，即将（1 枚）、士（2 枚）、象（2 枚）、车（2 枚）、马（2 枚）、炮（2 枚）、卒（5 枚）等兵种各子走法不同，而棋盘则由 9 根直线和 10 根横线组成，中间划定河界，共有 90 个据点（博弈双方各占其半）。象棋手法，有口诀所云："将步不离九宫内，士只斜行相随搏。象飞四方营四角，炮横直行隔子杀。马行一步一尖闯，车横直行任意伐。兵前过河横前冲，谁的将亡谁败下。"弈棋时，以把对方"将死"为胜，不分胜负为和。

象棋主要流行于华人及汉字文化圈的国家。象棋是我国正式的 78 个体育运动项目之一，也是首届世界智力运动会的正式比赛项目之一。2008 年 6 月 7 日，象棋经国务院批准列入第二批国家级非物质文化遗产名录。

象棋作为一门高超的艺术，既要比试智慧，又要较量耐力，比赛过程波澜起伏、险象环生，充满着复杂而微妙的矛盾斗争。对弈者必须把握好全局，运用严密的科学思维，处理好进攻与防守、舍弃与取得的关系，以高超的技艺去一步一步地夺取胜利。

它为文人列为琴、棋、书、画"四艺"之一，它凝聚着中华民族传统文化的精华。执子下棋，兴趣盎然；以棋会友，其乐无穷。

在山阳严荡插队时，我与一位大队支书休闲时下过棋。他告诉我到乡下要过三"关"。生活关，离开原来的家，离开自己的父母，吃饭穿衣都应靠自己。劳动关，种田的活儿又脏又累，劳动要不怕苦和累。社会关，对待他人要掌握分寸。既要讲原则，有矛盾有斗争，又要相互尊重，和谐相处。

做教师后，我和来学校的一位负责公社文教的同志也下过棋。在交谈中，他指导我说，要热爱我们的下一代，以自己独特的知识和专长为他们服务，甘做人梯，使他们"青出于蓝而胜于蓝"。

是的，人生如同下棋，有时会成功，有时会失败。下棋，应努力趋利避害。"河界三分宽，智谋万丈深。"战场上，英勇的斗士应足智多谋。

我把人生一盘未下完的棋继续下完。

在专升本进修的日子里

五月花开的声音，在静夜的月光下，浅吟低唱。打开关了太久的那扇窗户，迎来些许新鲜空气。有太阳的味道，随风飘荡。迎合灿烂的笑容，让昔日的温柔，在凝望的目光中，老式手表再次收紧发条，兀自萌生任性生长。

乡贤、著名的文学家陈琳，是魏晋时代"建安七子"之一。他曾经说过："矢在弦上，不可不发。"（出自《魏志》）1985 年 9 月，我从望直港中学，教幼师职业高中班语文课调至城郊中学教普通高中班语文，学历必须从专科提升为本科。专升本是每个专科院校的学生所向往的，但这也是一个很大的难关。箭已搭在弦上，不得不发。为了适应形势的发展，1987 年 5 月 23—24 日，40 周岁的我在高邮师范考点，参加了成人高等教育扬州师范学院专升本的中文专业考试。考试科目有五科：心理学、教育学、现代汉语、古代文学、现代文学。其中现代汉语、古代文学、现代文学的书本，我以前在师专学习中已有，心理学、教育学的书本我向刚从扬州教育学院中文专科毕业的王文教老师借阅。在高邮师范同一宿舍内复习迎考中，还有鲁垛中学 30 周岁的周百涛老师、安丰中学 20 周岁的的杨宽荣老师，我们一起在夜晚灯光下刻苦读背考试各科目的知识要点，几乎没有躺下入睡，实在困了只打片刻瞌睡，精神高度紧张，仿佛头在悬梁，锥在刺股。考试的时候，我认真对待试卷上每一道题，优势科目要尽量少丢分，一般科目要多得分。最终，我以高出录取分数线二十多分的成绩被扬州师范学院中文系录取。和我一起被录取的我县还有李映华、杨宽荣（后来调至江苏省宝应中学，曾任语文教研组长）、周百涛、张文林、华国萍5位老师。

进修，就是为了提高业务能力而进一步学习专业知识。我在美丽的西湖南边，扬州师范学院1987—1990三年中文本科进修，每年春夏秋冬中去该校上四次面授课，每次12至13天。在课堂上每一节课，我和其他学员都认真听讲，认真记笔记。课后，有时还主动找老师解答疑惑。扬州师范学院每位上课老师中文专业知识渊博，教学态度认真负责。学校食堂给我们学员提供的饭菜，价廉物美。一份一小碗红烧肉五角钱，汁浓味香，入口回甜，收口有点咸，吃起来特别有滋味。在毕业考试中，我的各科成绩都良好。特别是我的毕业论文《写作与商业广告》被张泽民教授（扬州师范学院中文系副主任，其文作曾被国家人民教育出版社统编于语文课本中）评为高分，并热情洋溢地写上批语："别有洞天，别具一格。建议就商业广告与写作，作深入的探讨。"

1990年6月底，我领取了扬州师范学院颁发的中文本科毕业证书。这是成绩合格者获得所报考院校专业对应的学历证书，该证书属于国民教育系列学历证书，国家承认，社会认可。

咬定青山不放松。正是当初的决心，给了我前进的动力。在我看来，本科学习才是人生的起点，那里有我的向往和让我在专升本的道路上风雨无阻。

成功＝决心+耐心+恒心+经心。

灯

灯，是照明或做其他用途的发光设备。

太阳每天晚上会落下，人们在对光明的追求和渴望之下认识了火，掌握了人工取火的技术，点燃的第一堆火，就是人类制作的第一盏灯。随着人们对火的认知逐渐加强，就开始思索如何保存火种，于是照明工具，即灯就应运而生。

在原始时代，最早的灯，其实就是火炬。《诗经》中记载："庭燎者，树之于庭，燎之为明，是烛之大者。"这"庭燎"就是火炬。在距今 4 千多年前，新石器时代的宁夏海原菜村一处窑洞内壁上有很多个孔洞，这些孔洞都有长期火烤留下的痕迹，那就是火炬。

虽然有了火炬的出现，但是并不能算作真正意义上的灯。有燃料、有灯芯、有存放燃料支撑燃烧的容器，才能够称作一盏完整的灯。

我国自周代起，就出现很多青铜灯。战国青铜人型灯是浙江绍兴西施山出土的青铜灯具，为宫廷文物。这些灯的人俑形象有男有女，应为身份卑微的当地人形象。持灯方式有的站立两臂张开，举灯过顶；有的跪坐，两手前伸，托灯在前。它是研究中国古代灯具的历史变迁以及社会经济和文化的稀有实物资料。

豆形灯的"豆"原本是一种盛放食物的容器，最上面是一个圆形的盏盘，中间是一个长短不一的直柄，最下面是一个圆形的底座。后来在原本盛放食物的地方放入了灯油，再配上灯芯，就成了一个非常简易的灯。

我们家用过烛灯。烛灯，即蜡烛、矿烛。"蜡炬成灰泪始干"，是它一生为光明的高贵精神写照。

我们家用过油灯。它俗称"油老鼠"，在旧墨水瓶里盛有煤油或柴油，用白铁皮做一个铜钱大的圆片，放在瓶口处。在圆片圆心处穿过并紧固一根5厘米长、直径5毫米的铁皮圆管。在铁皮圆管穿过一股多根棉线绞合而成的灯芯，灯芯下面沉浸在瓶内油液里，让灯芯在灯芯圆管上头露出2至3毫米。点燃灯头，供我们夜晚生活照明。

唐代李昇在《咏灯》中诗吟："一点分明值万金，开时惟怕冷风侵。主人若也勤挑拨，敢向尊前不尽心。"诗中描写了灯光虽然小，但十分明亮，比万两黄金还珍贵。主人细心呵护，不让油灯被冷风侵掠。勤于挑拨，油灯也就尽心尽力，燃亮自己，报答主人。

我们家也用过煤油罩子灯。煤油罩子灯最初是从西方引进的。灯头是铁皮做的，上面可卡放葫芦状的玻璃灯罩，灯头旁边有一圆钮，可调节灯火的大小。一根宽度约1厘米扁扁的棉灯芯沉浸在灯头下面玻璃壶盘内煤油里。煤油罩子灯比蜡烛、"油老鼠"亮得多。

20世纪60年代初，我们家开始使用更为明亮的电灯。原来这电灯是1879年10月，美国发明家爱迪生以碳化纤维作为灯丝的白炽灯。随着这白炽灯大量生产，很快让电灯在美国被普遍使用。爱迪生又不断改进技术，最终确定以钨丝为灯丝，称之为"钨丝灯"，一直使用至今。常见的钨丝灯，有 15 瓦、25 瓦、40 瓦等。

我们家也使用过光亮柔和的日光灯。日光灯一般指荧光灯。传统性荧光灯即低压汞灯，是利用低气压的汞蒸汽在通电后释放紫外线，从而使荧光粉发出可见光的原理发光，因此它属于低气压弧光放电光源。1974 年，荷兰飞利浦公司首先研制成功了将能够发出人眼敏感的红、绿、蓝三色光的荧光粉。三基色荧光粉的开发与应用是荧光灯发展史上的一个重要里程碑。

现在人们广泛使用着发光二极管的电子灯。发光二极管电子灯是半导体二极管把电能转化成光能，常简写为 LED。常用的发光二极管发的是红光、绿光或黄光。这种电子灯电压在 6~24 伏之间，消耗能量较同光效的白炽灯减少 80%。电子灯，低能高效好。如今市场上，有亚克力、欧普、TB、雷士、飞利浦、木林森、皓晖、微波雷达等名牌电子灯具。

我们所生活的地球，表面积为 5.1 亿平方公里。地球上 71% 为海洋，总面积为 3.6 亿平方公里。在太空上，宇航员看地球呈蓝色。海洋上的海岸、港口有用以指引船只航行的高塔型发光建筑物，那就是灯塔。

在塔顶装有灯光设备，塔身须有充分的高度，使灯光能为远距离的航船所察见，一般视距为 15~25 海里。透过塔顶的透镜系统，将光芒射向海面。最初为火源，现多为电源。1997 年世界航标协会在全球选择 100 个灯塔命名世界历史文物灯塔，我国有上海青浦泖塔、浙江温州江心屿双塔、浙江嵊泗花鸟山灯塔、辽宁大连老铁山灯塔、海南临高灯塔等 5 个灯塔入选。

我好似一只在大海航行中的航船，在灯塔明亮的灯光指引下，乘风破浪，向着胜利的目标前行。

然而，江河长流，日月常存。为此，我赋诗一首，放声歌唱永不熄灭的日月天灯：

一出朝曦满天亮，玉轮夜挂半空上。

秋冬春夏换寒暑，永放世间日月光。

笔

笔，写字画图的用具。"聿"是"笔"的本字，最早见于甲骨文。原指手握由竹管和兽毛制成的软笔书写工具，后引申指书写、书画作品、汉字的笔画、文件数量等。它是用来学习文化科学知识、交流信息、宣传思想、联络感情等，是生活中不可缺少的文化用品。

很小的我就在老师指导下开始用毛笔在描红本上写字。那时候，用毛笔写字是要用黑墨和砚台的。砚台是石头做的，有水槽和磨盘。要写字，先要磨好墨水。黑墨呈长方体，约三寸长。用黑墨在砚台水槽里蘸点水，在直径约三寸的磨盘用力压磨，或顺时针，或逆时针，墨水就变得又浓又黑。

小学低年级做作业时，我用的是铅笔。铅笔字写在本子上，写得不好可用橡皮擦了再写。上课时老师告诉我们，原来很早在英国巴罗代尔一带的牧羊人，常用石墨在羊身上画上记号。受此启发，人们又将石墨块切成小条，用于写字绘画。1761 年，德国化学家法伯用水冲洗石墨，使之成粉，然而同硫磺、锑、松香混合，将这种混合物成条。这比纯石墨的韧性大得多，也不大容易弄脏手。这就是最早的铅笔。我做作业用的铅笔，是喜欢在文具店买"好学生"牌，三分半一支的。把这六寸长一支圆棒形、筷子般的铅笔一头，用小刀一刀一刀地将外面的木头削成圆锥形，让黑黑的铅笔芯露出4~5毫米长，再用小刀将铅笔芯削得尖细。

小学高年级时，把作文抄写到本子上，我就用钢笔了。钢笔，也称自来水笔，有笔杆、笔尖、笔帽等。笔杆里有笔胆，一般是橡皮做的，里面可吸满墨水。用的墨水，都是蓝色。

那时我用钢笔，非常粗心大意。有一次刚买了一支笔，没过几天笔帽就丢失了。一支笔三兄弟就这样分开了，大哥笔杆和二哥笔尖很伤心，笔帽小弟也很伤心。原来下课时，我一溜烟跑出去了，笔帽滚落在教室的地上，被一个同学拾到了扔到教室墙角废物篓里。我用这支笔已经有一段时间了，笔帽仍然在废物篓里闲着，笔胆里的墨水慢慢地少了许多，可是字还是写得出来。一个星期过去了，笔尖被我书写时用力过度而折断，掉在地上还不知道。这笔尖，居然掉在同桌小红的鞋帮里。她下课走路时，发现鞋里有异物是笔尖，顺手将这笔尖也扔到教室墙角废物篓里。笔尖在废物篓里面发现了笔帽，笔帽也发现了笔尖，连忙拥抱起来。可笔杆没来，笔尖耐心地对笔帽说："只要我们俩离开了笔杆，笔杆大哥就操作不起来，到时候大哥一定会跟我们相聚一起的。"一天过去了，笔尖说的没错，我把笔杆也扔到教室墙角那个废物篓里了。笔尖和笔帽快乐地欢呼起来，又和笔杆紧紧地拥抱在一起，又唱又跳。

我又买了一支笔，下决心说："从今天开始，我一定不能再粗心大意了。"我买的是一支"博士"牌金笔。这支笔笔杆与笔帽的外面，有着万花筒里看到的画图，五彩斑斓，灿烂夺目。这支笔，书写起来非常顺滑，我十分爱惜，用了很久。

现在，我们写字多用十分方便的签字笔。它专门用于签字或者签样，是办公用品。签字笔，有水性、油性和中性。水性签字笔通常用于纸张签字，用于白板或者样品上容易被擦拭掉。油性签字笔用于样品签样或者其他永久性记号，很难拭擦，可用酒精清洗干净。中性签字笔的笔尖为滚珠，所使用的墨水介于水性和油性之间。笔内装一种有机溶剂，其黏稠度比油性笔墨低、比水性笔墨稠。当我们书写时，墨水经过笔尖，便会由半固态转成液态墨水。它最大的优点是每一滴墨水均是使用在笔尖上，不会挥发、漏墨，因而可提供如丝一般滑顺书写感，墨水流动顺畅稳定。

唐代诗人贯休在五律诗《笔》中写道："莫讶书绅苦，功成在一毫。自从蒙管录，便觉用心劳。手点时难弃，身闲架亦高。何妨成五色，永愿助风骚。"他是说，不要惊讶用笔把要牢记的话写在绅带上多么辛苦，往往事业的成功在于这支毫笔。自从用了当年蒙恬使用过的管笔，便觉得要用心劳力。手里的笔用起来很难放弃，诗文的布局谋篇要高屋建瓴。不妨让笔书写诗文富有色彩，能帮助诗人形成《诗经》《风骚》之类千古佳作。

笔，是能够妙笔生花的。它，会让我们写出最新最美的文字，会让我们画出最新最美的图案。

春　花

年年春花开，岁岁有赏客。

唐代伟大现实主义诗人杜甫在《江畔独步寻花·其五》中吟唱桃花："黄师塔前江水东，春光懒困倚微风。桃花一簇开无主，可爱深红爱浅红？"诗中描写的是黄师这座宝塔的前面那一江碧波春水滚滚向东流去，微微的春风轻轻吹拂着。温暖的春天使人懒洋洋地发困，游人只想倚着春风小憩。"百花争春桃为先"，一簇鲜艳的桃花，正在含笑绽放。诗人问赏花人：你是喜爱深红的桃花，还是浅红的桃花？此时因安史之乱而颠沛流离多年的诗人杜甫在成都西郊浣花溪畔已建成草堂，暂时有了个安身之处。春暖化开，赏心乐事，诗人感到很满足，非常热爱安康生活。

唐代另一位伟大现实主义诗人白居易在《钱塘湖春行》中吟唱纷繁的花儿："孤山寺北贾亭西，水面初平云脚低。几处早莺争暖树，谁家新燕啄春泥。乱花渐欲迷人眼，浅草才能没马蹄。最爱湖东行不足，绿杨阴里白沙堤。"诗中描写的是从孤山寺的北面到贾亭的西面，湖面春水刚与堤平，白云低垂，同湖面连成一片；几只早出的黄莺，争相飞往向阳温暖的树林；不知是谁家新飞来的燕子，忙着筑巢衔泥；纷繁的花朵渐渐先后开放，使人眼花缭乱；浅浅的青草，够上遮没马蹄。诗人最爱是湖东的美景，百游不厌，在那杨柳成排绿荫中穿过一条白沙堤。他饱览湖光山色，莺歌燕舞，鸟语花香，意犹未尽地沿着白沙堤，在杨柳的绿荫底下，一步三回头，恋恋不舍而去。耳畔还回响着由世间万物共同演奏的春天赞歌，心中便不由自主地流泻出人与自然融合之趣。

　　唐代还有一位诗人韩愈在《晚春》中吟唱春花中的榆荚杨花："草树知春不久归，百般红紫斗芳菲。杨花榆荚无才思，惟解慢天作雪飞。"诗中描写的是花草树木得知春天不久就要离去，都想留住春天的脚步，竞相吐艳争芳。霎时万紫千红，繁花似锦。可惜杨花、榆钱（形似铜钱榆树的果实），没有才气和思致，只知道随风飘洒，好似片片雪花。此处诗人似乎在责怪它们的藏拙不足，但它们像飞雪一般漫天飞舞，为晚春增添一抹动感妖娆的春色。这给人以启示：一个人"无才思"并不可怕，要紧的是珍惜光阴，不失时机，春光会不负"杨花榆荚"这样的有心人。

　　宋代诗人叶绍翁在《游园不值》中吟唱红杏："应怜屐齿印苍苔，小扣柴扉久不开。春色满园关不住，一枝红杏出墙来。"诗中描写的是诗人去花园赏花，是因为花园的主人太爱惜青苔，担心被人用木底鞋踩坏，所以诗人轻轻地敲了很久用柴木做成的门，却一直没有人开门。满园的春色是没法关住的，诗人看到了有一枝红杏已探出墙外。他游园看花而进不了园门，感情上从有所期待到失望遗憾；后来看到一枝红杏伸出墙外，进而领略到园中的盎然春意，又由失望到意外之惊喜。田园风光幽默安逸，使诗人感到舒适而惬意。情感先抑后扬，跌宕而多姿。这说明一切美好、充满生命的新鲜事物，必须按照客观规律发展，任何外力都无法阻挡。

宋代另一位诗人杨万里在《宿新市徐公店》中吟唱菜花："篱落疏疏一径深，树头新绿未成阴。儿童急走追黄蝶，飞入菜花无处寻。"诗人描写的是篱笆稀稀落落，一条小路通向远方。树上的花瓣纷纷飘落，却还未形成树荫。小孩子飞快地奔跑着追赶黄色的蝴蝶，可是蝴蝶突然飞入菜花丛中，再也找不到了。这暮春农村景色，景物与人物融为一体，别有一番情趣。

宋代还有一位诗人宋祁在《玉楼春·春景》中也吟唱杏花："东城渐觉风光好，縠皱波纹迎客棹。绿杨烟外晓寒轻，红杏枝头春意闹。浮生长恨欢娱少，肯爱千金轻一笑。为君持酒劝斜阳，且向花间留晚照。"诗人描写的是漫步东城感受到风光越来越好，船儿行驶在波纹皱起的水面上。拂晓的轻寒笼罩着如烟的杨柳，惟见那红艳艳的杏花簇妍枝头。人生总是怨恨苦恼太多而欢娱很少，谁惜爱千金却轻视美女迷人的一笑？诗人手持酒盏，劝说金色的太阳，且为聚会向花间多留一抹晚霞。把春光明媚和心情快乐结合起来，诗人收获的是快乐至上。

年复一年，寒去春来。我看到几簇淡黄的憯客在大地上点缀着美丽的大自然。它的倩影米到人们的身边，意味着春天已经来临。

树木还没有苏醒，春风还没有消逝，迎春花不得不使人刮目相看。远看，它那小小的身躯分布在溪边、塘边、湖边，几抹淡黄是那么朴素，那么简洁。近看，迎春花真是千姿百态。有的朝下，像倒挂的金钟；有的朝上，像金黄的谷粒；有的随风飘荡，像漂浮不定的金沙。最令人驻足品味的就是它淡淡的芬香，像百年的陈酿回味无穷，像清新的醇茶沁人心脾。

迎春花虽比不上牡丹的娇艳欲滴，也比不上梅花的寒风傲骨，但是我对迎春花的品质却情有独钟。

当真正辉煌灿烂的时光到来的时候，春天却消失了，不留一丝痕迹，不分享任何荣誉，只为人们带来春天的信息。

当我们走在清洁宽广的大路上，你可曾想这是"城市美容师"清洁工洒下多少汗水才留下的杰作？当我们站在毕业典礼台上领取大学毕业证书时，你可曾想过这是老师们经过多少个不眠之夜的辛苦？当我们欢聚国庆夜晚时，你可曾想过这是多少战士的浴血奋斗才换来的今天？千千万万普通的人在平凡的岗位上默默无闻地工作，这不正是迎春花的高尚品质吗！

我爱迎春花，爱它那朴实无华的外表，爱它那淡泊名利的品质，爱它那对人们无私奉献的精神。

我也爱万紫千红、艳美天下的春花们。

月　光

　　两百多年前，德国伟大的作曲家贝多芬在一个秋天到莱茵河边一个小镇演出，晚上在幽静的小路上散步时，被一阵断断续续的钢琴声吸引。循声来到一所茅屋前，琴声忽然停下了，听见屋子里有人在谈话。一个女子说："这首曲子多难弹，我只听别人弹过几遍，总是记不得该怎样弹，要是能听一听贝多芬是怎样弹的，那该多好啊！"一个男子说："是啊，可是音乐会的入场券太贵了，咱们又太穷。"听到这里，贝多芬推开门轻轻地走了进去。

　　茅屋里点着一支蜡烛，在微弱的烛光下，男子正在做皮鞋。窗前有架旧钢琴，面前坐着一个十六七岁少女，是皮鞋匠的妹妹，面容很清秀，可是眼睛失明了。贝多芬对皮鞋匠说："我是来弹一首曲子，给这位姑娘听的。"贝多芬坐在钢琴面前，弹起盲姑娘刚才弹的那首曲子。渐渐地，盲姑娘听得入了迷，一阵大风把蜡烛吹灭了。月光照进屋内，感觉一切都好像披上了银纱，显得格外清幽。忽然，贝多芬弹的琴声像海面上刮起了狂风，卷起了巨浪，被月光照得浪头一个接一个朝着岸边拍打过来。兄妹俩被这美妙的琴声深深陶醉了。等他们回过神来，贝多芬早已离开了茅屋飞奔回住处。他花了一夜工夫，把刚才弹得震撼人心的

《月光曲》记录了下来。

月光，它在不少诗文中有夜明、宵晖、半白、玉镜等雅称。

唐代伟大诗人李白，有一首脍炙人口的《静夜思》："床前明月光，疑是地上霜，举头望明月，低头思故乡。"诗中描写的月光，就像天空中挂着一盏明灯，周围的景色都被镀上了一层银白色，仿佛地上铺上一层白霜。那皎洁的月色，朦朦胧胧。月光如水，从天上一泻而下；月光如洗，如同闪光而缓缓滚动的清水。故乡的月光，多么美丽安详，她像一位伟大母亲一样，照耀着四方。星星像她众多的孩子，围绕在她的身旁。她用光照宠爱着他们，多么恬静慈祥。故乡的月光，很是明亮，如此皎洁，如此善良，她爱着她的子女，正如子女拥护着母爱一样，幸福安康。故乡的月光，多么迷人漂亮。她时刻伴随着星星，星星守护着月亮，他们心相连相爱，永远难以改变，抹也抹不去，故乡的月光照入心里的光芒，明亮着爱和方向，在温暖的路上，一路平安，顺利敞亮。

中秋节那天晚上，我观赏到月亮从东方露出了她那白皙的圆脸，就像一个大玉盘挂在天边。一片片浮云，那样的轻，好似天空中的一片片白色羽毛，小心地衬托着她，让她显得更加优雅大方。深蓝色的夜空中，月亮一枝独秀，虽然没有星星们的陪伴，但她的脸上没有半丝愁容。这夜的月亮特别圆，圆得真实，圆得安详；这夜的月亮特别亮，亮得纯真，亮得动人，亮得透明；这夜的月亮特别美，美得晶莹剔透，美得洁白无瑕，美得无可挑剔。

看，月儿如明镜一般，静静地望着人间，散发出柔和的光芒，润泽天下的人们。古人王维在《山间秋暝》有"明月松间照，清泉石上流。竹喧归浣女，莲动下泛舟"的诗句，明月清泉、浣女泛舟的山水优美图景情不自禁地萦绕在我心头。我仰望着这轮明月时，想着远方的乡亲父老，我的伙伴朋友，也正面对着这清润晶亮的玉盘，与我互报平安，互道祝福。

　　天下友人都有一份思念之情，天下友人也共有一轮中秋之月。我在这皎洁的月光下祝福人民幸福，祖国富强，祝福天下太平，世事圆满。这皎洁的月光，也正饱含着为人们传递祝福的一腔热情。

可爱的家乡宝应

　　宝应，是位于我国江苏省中部、淮河下游、里下河西部、扬州市北缘的一颗璀璨夺目的明珠，世界著名的京杭大运河从水乡平原中穿过。面积较大的宝应湖、白马湖、广洋湖、射阳湖、獐狮荡、绿草荡、仁里荡、三里荡的五湖四荡面积为257.69平方千米。宝应县，总面积1467平方千米，人口85.9万，下辖14个镇。

　　宝应始建于秦朝，置东阳县，属东海郡。在现代革命战争中，宝应是苏中红色根据地、老解放区。1944年3月5日，新四军主力在车桥镇西周庄、受河、芦家滩一线与日伪军激战，6日解放了淮安、宝应以东100万人口的广大地区。1945年8月15日，日本宣布无条件投降，驻宝应县城日军撤退至徐州。根据苏中区党委指示，苏中第一军分区主力一部，苏中公学警卫连及24队，宝应县独立团及地方民兵数千人，对困守县城伪军孙良诚106团及伪保安团2000多人，于22日夜发起总攻。在我军密集炮火袭击下，城西北伪军碉堡被炸开一个大窟窿，县独立团于夜12时率先突入城内，同伪军进行激烈巷战。接着，各路部队也相继突入城里，于凌晨3时将伪军全歼于城西北隅，收复沦陷6年之久的宝应县城。这是日本宣布无条件投降后苏中收复的第一座县城。人民解放战争中的 1948 年 12 月 19 日，我强大的中国人民解放军消灭了驻守在宝应国民党反动军队，县城得以解放。

深化改革开放近年来，我县人民在党的领导下聚精会神、全心尽力大搞社会主义现代化经济建设，取得了长足的进步。2021 年，全县生产总值 841.41 亿元，跃居全国 GDP 百强县中第 61 位。其中，第一产业增加值 89.96 亿元，第二产业增加值 403.91 亿元，第三产业增加值 347.54 亿元。

今日的家乡宝应获得了这么多荣誉：中国河蟹产业先进县、全国产粮大县、中国荷藕之乡、国家出口食品农产品质量安全示范区、第三批中国特色农产品优势区、第四批率先基本实现主要农作物生产全程机械化示范县、全国农业创业创新典型县、国家生态文明建设示范县、全国绿化模范县、2006 和 2013 年全国粮食生产先进单位、江苏省生态文明建设示范县、全国品牌农业示范县、全国有机食品基地示范县、2007 年国家园林县城、2007 年全国青少年校园足球试点县、2020 年新型城镇化建设示范县、全国甲鱼生态养殖第一县、2020 年电子商务进农村综合示范县、2021—2023 年创建周期全国文明城市提名城市、首批全国县城足球典型、2021—2025 年度第二批全国科普示范县创新单位、全国农业全产业链典型县、第二批江苏省学前教育改革发展示范区、江苏省文明城市、2020 年江苏省自然资源节约集约利用模范县、第三批江苏省农产品质量安全县、2016—2020 年度全国科普示范县、2021 年中国投资潜力百强县。

在庆祝伟大的中华人民共和国成立 73 周年之际，我喜吟抒情诗一首，献给生我养我可爱的家乡宝应：

赞美宝应

五湖四荡平原上，苏中抗日先解放。

如今全力兴经济，优美水乡傲富强。

盼去台湾观慈湖

在网络上，我看到了台湾娟姐主持直播宝岛慈湖美丽的风光。

据介绍，中国台湾省桃园市慈湖，俗称牛角楠埠、埠尾，位于桃园市大溪镇，是一座人工水库，分前后两湖，前湖较大，后湖略小，状若新月。因景色幽雅，与浙江奉化的景色很相似，蒋介石为追思慈母王太夫人，故将此地改名为慈湖。

沿湖遍植黄椰子、蒲葵、修竹，形成一条苍翠藩篱，大汉溪的清流激湍映带左右，风光旖旎，成为一座小小的天然湖山公园。绿意盎然的花园，每逢初春，便百花盛开，闲步其中，如诗如画。大溪陵寝为蒋介石陵墓，可入内瞻仰仪容。此处为人工蓄水池，分前后两水塘，颇有江南山水之风貌，相传该地尽得地利龙穴之上乘。慈湖风光近似浙江奉化，是蒋介石生前钟爱的休闲之处，故蒋介石过世之后，遂遗嘱厝灵柩于此。

"好山四面绕青螺"，放眼望去，慈湖数座山就像一枚枚围着慈湖的青螺屹立在湖边。此时正是枝繁叶茂的盛夏。一进慈湖，映入眼帘的是一扇石头制成的大门，上面刻画着两条栩栩如生的飞龙，正在争夺一颗耀眼的龙珠，石头门的边上还长着几簇不大的灌木丛。里面，不远处有一座小桥。这时，阳光散发出灿烂的光芒，就像千万支利剑照下来，穿过枝叶间，地上立刻印满了铜钱大小的粼粼光斑，湖面映衬出缕缕金光。有的人躲在了大树浓荫下，饱吸着新鲜空气；有的人用手遮住眼睛，走到了阴凉的地方继续观赏慈湖。此时，湖是寂静的，宛如明镜一般，清晰地映出蓝的天，白的云，红的花，绿的树……湖边柳树的叶子落在了湖面上，好像亲吻湖面。

我不由得深情地唱起《我站在海岸上》这首歌："我站在海岸上，把祖国的台湾省遥望。日月潭碧波在心中荡漾，阿里山林涛在耳边震响。台湾我的骨肉兄弟，我们日日夜夜把你们挂在心上。"

企盼着，祖国早日统一，好让我踏上宝岛台湾，紧紧执手同胞，亲眼观望慈湖、阿里山、日月潭等优美的山水自然风光。

为此，我赋词一首《念奴娇》，以示情怀：

念奴娇·网观慈湖

慈湖镜面，伴和风细雨，碧翠欲滴。移步闲游靓景近，正是宜人天气。乐瞧网上，似迷犹醒，别是味甜溢。游客低头，万千心事遥寄。台湾早日回归，同胞执手，统一雷起。经冷香消新梦觉，更美画图绘制。甘露清流，蒲葵黄柳，游客多惬意。日高雾敛，明天呈现惊喜。

我爱枫叶美

清明时节，风和日丽。人们踏青赏春，枫树已长出新嫩碧绿的叶子了。

枫叶，其形状在绿树叶子中很是独特。它一般为掌状五裂型，长约 13 厘米，宽度略大于成人的手掌，裂片略有突出的齿，基部为心形，叶面粗糙，上面为中绿至暗绿色，下面叶脉上有毛。最值得观赏的是，秋天绿色的枫叶变为黄橙色或红色。

秋季气温不断下降，枫叶中的花青素增多。花青素位于叶片细胞中的液泡内。此时枫叶里液泡呈酸性，而液泡中的叶绿素被破坏使其逐渐消失。花青素又称为红青素，因此绿叶变成红叶了。

唐代诗歌是我国文学宝库中一颗光辉灿烂的明珠，它具有形象性，自由和大胆的想象，诗人常常借助具体的形象抒发真挚情感，歌唱生活。

唐代诗歌继承了汉魏民歌、乐府传统，大大发展了歌行体的样式，扩展了五言、七言形式的运用，创造了风格特别优美整齐的近体诗。

唐代诗坛具有"小李杜"之称的杜牧，有一首千古传诵的七言绝句诗《山行》：

> 远上寒山石径斜，白云生处有人家。
> 停车坐爱枫林晚，霜叶红于二月花。

在诗中，诗人描述沿着弯弯曲曲的石头小路登上寒山，在那白云深处隐隐约约看到有几户人家，停下马车来是因为喜爱这深秋枫林的晚景，枫叶被秋霜染过的鲜艳红色胜过二月的春花。

诗中的小路、人家、白云、红叶构成了一幅和谐统一的自然画面，表现了诗人的高怀逸兴和豪放思致。作者以情驭景，敏捷而准确地捕捉足以体现自然美的形象，并把自己的情感融入其中，使情感美与自然美相交融，情景互为一体。全诗构思新颖，布局精巧，于萧瑟秋风中摄取绚丽秋色，与春光争胜，令人赏心悦目，精神发越。

宋代词人张炎在《绮罗香·红叶》中有曰："万里飞霜，千林落木，寒艳不招春妒。枫冷吴江，独客又吟愁句。正船舣、流水孤村，似花绕、斜阳归路。甚荒沟、一片荒凉，载情不去载愁去。长安谁问倦旅。羞见衰颜借酒，飘零如许。谩倚新妆，不入洛阳花谱。为回风、起舞尊前，尽化作、断霞千缕。记阴阴、绿遍江南，夜窗听暗雨。"诗歌描绘的是当深秋万里飞霜、其他树木枝零叶落时，枫叶是寒天中唯一红艳之色，它与春花不同时节，不可能为春花所嫉妒。它耐得住风霜，经得住秋雨，迎朔风而不怯，披严霜而愈坚，越发红得更加艳美，显出无畏的风采。枫叶的红是红黛相媚，继而那红色从叶根向叶子中心蔓延；叶身竟染红了，高调地演绎，层层叠叠，酡红如醉。朴实无华的枫树，不羡慕白杨树的挺拔高大，不追求垂柳的纤细妩媚，在秋肃霜寒中默默坚守着自己的信仰；飞跃梢头那鲜红的烈度，彰显着淀积生命的成熟与自信。用自己的沉默凝聚无声的力量，用一抹红点缀大自然的靓丽，用生命的火焰点燃秋天的神韵。

我爱枫叶美。

桌子的启示

桌子，是我们生活中不可缺少的一种常用家具。它上有平面，下有支柱，可以供人们在上面放东西、做事情、吃饭、写字、工作等，它由光滑平板、腿、和其他支撑物固定起来。桌子高度一般在 71 至 75 厘米，如果低于或者超过此高度，不仅会直接影响人的坐姿，而且不利于使用者的健康。因此，人们在选择桌子时，一定要对高度有所了解，满足自身的使用需求。

我坐在桌子前，看到宋代诗人王迈在《阙题》诗中写道："此亭形胜压东州，吴越山川日夜浮。万顷怒涛胥愤烈，一舻明月蠡风流。悲鸣华青千年鹤，缥缈沙洲数点鸥。倦客来游空吊古，那堪更桌子高楼。"这是诗人为帝王的住所题写的一首诗，这里的亭子形状气势压倒东边的州城，吴越之地高山河流日日夜夜飘浮流动。伍子胥的激愤就像万顷的怒涛，范蠡的风流犹如小船般的明月。长寿多年的仙鹤在朱门绣户边悲哀鸣叫，很多的江鸥在河水里小片陆地上飞翔缥缈。困倦的客人到此游览凭吊古迹，怎么能忍受比桌子高得多的楼厦。

八仙桌是指桌面四边长度相等、桌面较宽的方桌，以 88 厘米为最标准的桌边长度尺寸，每边可以坐两个人，全桌刚好八个人的位置。据考，八仙桌至少在辽金时代就已经出现，在明清时期盛行。"摆开八仙桌，招待十六方。"我小时候，爷爷对我讲过八仙桌的传说。玉皇大帝做寿请各处神仙，铁拐李、汉钟离、张果老、蓝采和、何仙姑、吕洞宾、韩湘子、曹国舅等八仙欣然赴宴。赴宴途中，他们经过一处名山，只见古木参天，奇花飘香，百鸟和鸣，流泉叮咚，彩云缭绕，令人神往。于是，八仙之一的张果老建议大伙一起小憩一下。由于没有桌椅，八仙便各显神通变出石桌、石椅，香茗、鲜果等品尝赏景。后来人们出于敬仰和祈福之心，仿效其样式，用木材做成桌子，为八人之用，取八仙之名，故为八仙桌。现在，我的家里仍有一张柏木做的八仙桌。

爸爸曾对我讲过一个桌子的故事。从前，有一张很奇怪的桌子，会说话，会走路，会做很多事情。有一个名叫傅弥的富翁买了这张桌子，傅弥把桌子留在家中，也不使用。时间长了，桌子心想：我在这里有用吗？我还是离开吧。于是，桌子趁傅弥不注意，出门溜走了。

桌子走到一个叫郑曦的人的家里，它误打误撞地按响了门铃。"叮咚"，门开了，郑曦看到这张会走路的桌子非常惊奇，怀疑是自己的眼睛看花了。"我可以住在这里吗?"桌子问。足足过了三分钟，郑曦没有说话。又过了一会儿，郑曦才回过神来，说："可以。"桌子说："谢谢。"接着，是关门声。郑曦和傅弥家里都很富有，但两人有一个最大的不同：傅弥不珍惜东西，而郑曦很珍惜东西。桌子觉得在郑曦家这里很愉快，因为主人每天吃饭生活离不开它，桌子就决定要帮助郑曦。

有一天，郑曦外出有事，要找人看门。桌子知道了，就对郑曦说："让我来吧。""那……好吧。"郑曦说。下午，郑曦做完事回了家，看到家中宝石般的闪亮。"我家太美了！"他不禁赞叹道。桌子走出来说："下午好，主人，这是我对你的报答。"从那以后，郑曦明白了一个道理：你帮助了别人，别人会在你困难时伸出援手。

从桌子的这个故事中我得到了启示，人的一生中都得到过别人的帮助，我们要像这张桌子那样，在别人困难时立即伸出援助之手，热情帮助别人。

凌晨鸟鸣所想

　　唐代诗人孟浩然有一首脍炙人口的五言绝句《春晓》："春眠不觉晓，处处闻啼鸟。夜来风雨声，花落知多少。"诗中描写春日里人们常常夜晚酣睡不知不觉天就亮了，醒来的时候到处可以听到鸟儿的鸣叫声，夜里传来阵阵风雨声，不知花儿又飘落了多少。

　　唐代另一位诗人崔道融有一首七言诗《鸡》："买得晨鸡共鸡语，常时不用等闲鸣。深山月黑风寒夜，欲近晓天啼一声。"诗人对买来的公鸡说，平常时刻用不着你劳累，只求你在荒野深山的风寒之夜，黎明到来之前啼叫一声就行了。因为平日里太阳出来了，人们就可以知道时间，天微亮的时候人们根据天光即可判断时辰，所以说报晓公鸡虽然每到天将亮时总会啼叫，但真正需要啼叫的只是在深山月黑风雨之夜，这时晦明难辨，报晓公鸡啼叫一声，人们便可以知道天亮的早晨已经来临。

　　鸡的眼睛对光线是十分敏感的，一般在晚上的时候，鸡都是夜盲。当黎明到来之前，一些微弱的光线提前被公鸡感知，就像收到了某种信号一样，使它异常兴奋，本能地就打鸣了。人们常说，鸡啼夜半。夜半就是子时，又名子夜、中夜等，指夜晚11点到凌晨 1 点。其实，鸡叫第一遍的时间大概是凌晨 0 点 30 分到 1 点左右，每次间隔大约 1 个半小时，叫第三遍时就快天亮了，不同季节也有细微的变化，夏天 2 点至 3 点左右，冬天 4 点至 5 点左右。

历史经典书籍《二十四史》中《晋书·祖逖传（列传第三十二）》里讲了一个闻鸡起舞的故事：

晋代的祖逖是个胸怀坦荡、具有远大抱负的人。可他小时候却是一个不爱读书的淘气孩子。进入青年时代，他意识到自己知识的贫乏，深感不读书无以报效国家，于是就发奋读书。他广泛阅读各类书籍，认真学习历史，从中汲取了丰富的知识，学问大有长进。

他曾几次进出京都洛阳，接触他的人都说祖逖是个能辅佐帝王治理国家的人才。在他 24 岁的时候，曾有人推荐他去做官，但他没有答应，仍然坚持不懈，努力读书。

后来，祖逖和幼时的好友刘琨一起担任司州主簿。他与刘琨感情深厚，不仅常常同床而卧，同被而眠，而且还有着共同的远大理想，建功立业，复兴晋国，成为栋梁之才。

一天，半夜里的祖逖在睡梦中听到公鸡的鸣叫声，一脚把刘琨踢醒说："你听见鸡叫了吗？"刘琨说："半夜里听见鸡叫不吉利。"祖逖却说："我并不这样想，咱们干脆以后听见鸡鸣叫，就起床练剑如何？"刘琨欣然同意。于是他俩每天鸡叫后就起床练剑，剑光飞舞，剑声铿锵，春去冬来，寒来暑往，从不间断。

功夫不负有心人，经过长期的刻苦学习和训练，他们终于成为能文能武的全才，既能写得一手好文章，又能带兵打胜仗。祖逖被封为镇西将军，实现了他报效国家的愿望；刘琨做征北中郎将，兼管并、冀、幽三州的军事，也充分发挥了他的文才武略。

这个故事告诉我们，只有通过坚持不懈的努力，才有可能获得成功。

闻鸡起舞，后来比喻志士奋发向上、坚持不懈的精神。

在这明媚的大好时光里，我们要不断奋发读书。最可贵的是，今天许多年轻的大学生纷纷参军到部队不断锤炼自己。大学生入伍的意义在于使以后的我国知识分子行列当中，有了当过兵的知识分子。军队的锻炼环境具有特殊性，它培养人的坚强意志和爱国精神，同时我国军队有不少在战争年代，因某人或某一场战斗闻名全军的光荣部队，在这样的部队里接受传统教育，能增强自己的荣誉感，感受前辈军人英勇善战、无畏的牺牲精神。这种教育能深深影响今天的大学生情感，培养他们的历史责任感，让他们既能文又能武，掌握多种技能，又能为了民族的振兴，全力献身报效祖国。

一日之计在于晨，有的是时间，有的是希望。

水日说水

1993 年 1 月 18 日，第 47 届联合国大会做出决议，确定每年的 3 月 22 日为"世界水日"。世界水日的宗旨是唤起公众的节水意识，加强水资源的保护，为满足人们日常生活、商业和农业对水资源的需求，联合国长期以来致力于解决水资源需求上升而引起的全球性水危机。唐代诗人罗邺在七绝诗《水帘》中描写："万点飞泉下白云，似帘悬处望疑真。若将此水为霖雨，更胜长垂隔路尘。"这就是说，白云下面飞溅起万点泉水，远望好似帘栊让人怀疑其真假。如若把这里的泉水作为沛水甘霖，它长长垂落，会更好地阻隔路上的飞尘。有了云雨，才有泉水，才有江河湖海。

水，是地球上最常见的物质之一，地球有 71% 的表面被水覆盖。水在空气中含量虽少，但却是空气的重要组成部分。

人类真正能够利用的是江河湖泊以及地下水中的一部分，仅占全球总水量的 0.26%，而且分布不均。世界上有超过 14 亿的儿童、妇女及男人无法获取足量而且安全的水来维持他们的生活基本需求。水在常温下为无色无味的透明液体，被称为人类生命的源泉，是维持生命的最重要物质，由氢、氧两种元素组成的无机物，无毒，可饮用。正常人体内则有 70% 的水。水在机体内有 4 个重要功能：

1. 水是细胞原生质的重要组分。

2. 水在体内起运输作用溶解电解质。

3. 水可以传递营养物质、代谢废物和内分秘物质（如激素）等。

4. 水有较高热导性和比热，可作为"载热体"在体内和皮肤表面间传递热量，有助于人体调节体温。

我记得在学校里老师跟我们同学讲过一个水和土的故事：

水和土是一对形影不离的好兄弟。他们一起在植物园里养育着许许多多花草树木。一群群金色的蜜蜂和五彩斑斓的蝴蝶在花丛中翩翩起舞，绘画出一幅美丽的春光图。看到这迷人的景色，蜜蜂扇动着翅膀问鲜花们一个问题："你们又香又迷人，这是谁的功劳？"话音刚落，蓝色的宝石花晃动着身子说："功劳最大的应该是水了。没有水，我们就不能开放出美丽的花儿。"金色的太阳花挺直了腰板反对道："我觉得还是土的功劳大，没有土我们在哪里扎根呢?"

听到这里，土骄傲起来，闷声闷气地对水说："这里的花儿开得这么漂亮，还不是因为我的营养比你高。再说，没有我的帮忙，那些小花小草还不被你活活淹死！"水不甘示弱地说："如果没有我，你只不过是一堆破沙子。"水含着满眼泪花，掉头走了。日子一天天过去了，只有土来管理花草树木。那些花草树木的叶子一天天变黄，垂头丧气地耷拉着。不到一个月，花草树木就全枯死了。这还不算，在土的脸上，竟出现了一道道裂纹。又过了些日子，土的裂纹越来越多，布满了他的全身，就像一位生命垂危的老人。

这个故事告诉我们：如果没有水，花草树木等植物也不能在土里存活。

《歌唱祖国》中这样唱："一条大河波浪宽，风吹稻花香两岸。我家就在岸上住，听惯了艄公的号子，看惯了船上的白帆。"可见，人们常常傍水而居为家。

我国淡水资源虽总量较多，但按人口耕地平均占有率还是很低的。人均占有量为世界人均占有量四分之一左右，居世界 110 位。亩均占有量仅为世界亩均占有量四分之三。

我们要切实保护好我国的水资源：

1. 提高水资源利用率，减少水资源浪费。有效节水的关键在于水资源重复利用。另外，还可利用经济杠杆调节水资源。

2. 改进设备，加强管理，杜绝浪费。一些设备老化，漏水现象严重，应及时更新设备。

3. 加大水污染防治和水资源保护工作力度，修复生态环境。

让水永远造福于祖国，造福于世界，造福于全人类。

墙

墙是用砖、石、土或木板等材料筑成的屏障或外围。它可支撑房屋或隔开内外。墙，此字最早见于商代甲骨文，字形由"爿""啬"构成，意思是古代的人们筑墙把谷物保存起来。

人们筑土墙时，把两块木板并列在一起，左右相夹，使木板中间的宽度，等于墙的厚度，然后再在板外，用木柱把两块木板撑住，往里面倒进较潮湿的泥土，用杵捣实，泥土凝固后，把木板、木柱拆除，一爿土墙就筑成了。

现在人们用标准砖（长240毫米，宽115毫米，厚53毫米）与混凝土（黄沙、水泥）砌墙，其墙的厚度一般为240毫米（十寸）、115毫米、53毫米。

家中的墙角，是我童年美好回忆的定格点，现在它在我脑海中依旧清晰。

春天二月，我在家中墙角边泥土里丢下几粒紫色叶子菜种，没过几天，翠绿色叶芽钻出土壤。我再浇点水，施点肥，等叶茎长有一尺高，又用几根芦柴倚着墙作为支架，紫色叶子菜就纠绕着支架，越长越高，叶子越长越密。三四月，就摘取这正面是绿色、背面是紫色的叶子做菜。吃起它来，不仅口感细滑美味，营养价值也十分的高。

五月，我又在家中墙角边泥土里撒入三五粒黑色的扁豆角种。扁豆角，茎蔓生，也需用芦柴倚着墙作为支架，及时引蔓上架，让其继续生长。它，小叶披针形，花白色或紫色，荚果呈长椭圆形，扁平，微弯。家里人盛夏常吃扁豆角觉得它能促进肠道蠕动，润肠通便，还能改善失眠多梦，健胃健脾，消暑清口。

六月，我把丝瓜种子先在温水中泡几分钟，然后包在湿毛巾中。经过三五天，种子发芽了，我随即将它栽入墙角旁泥土里。没过几天，长出来的丝瓜蔓需用细长的竹条倚墙搭架，引蔓上架。及时浇水，追施肥料。"秋丝瓜儿晚发作"，中秋之后丝瓜儿挂满支架，给我不断带来了丰收的喜悦。我把丝瓜的嫩果当蔬菜吃，它长老了可用瓜瓤来做洗碗布，使用效果很好。

数九隆冬，白雪茫茫。我常与小伙伴们在墙角边玩打雪仗。墙，当然成为我得意的安全"掩体"。有时，我还和小伙伴们一起在墙边堆个大雪人，样子憨态可掬。

宋代诗人王安石在《梅花》中吟唱："墙角数枝梅，凌寒独自开。遥知不是雪，为有暗香来。"家里墙角泥土那几支梅花冒着严寒独自盛开。为什么远望就知道洁白的梅花不是雪呢？因为梅花隐隐传来阵阵醉人的香气。

世界著名的巴黎公社社员墙，是法国巴黎拉雪神甫公墓东北角76号墓区的一段灰色砖墙。弹孔深深地楔进墙中，尘封了百年前的一夜血雨腥风。墙面没有华丽的装饰，仅仅镶有一块灰白色大理石板上三行简洁的烫金法文，上面清晰地写着："纪念公社死难者 1871 年 5 月 21—28 日"。1871 年 5 月 28 日，巴黎公社最后 147 名战士在此与前来镇压的凡尔赛政府军进行了浴血战斗，最终全部英勇牺牲。这是世界上第一个无产阶级政权——巴黎公社悲壮的一幕。这段墙作为终结，角落里最后的战士血污遍身却毫不畏惧，占尽上风的政府军制服华美却身形猥琐。前者是爱国者，是人类最崇高理想的最初实践者；后者是屠杀者，是奴颜婢膝的卖国贼。

一个有心人问三个正在砌墙的泥瓦匠："你们在干什么？"第一个泥瓦匠没好气地说："你没有看到在砌墙？"第二个泥瓦匠心平气和地说："我们正在建造一座高大的楼房。"第三个泥瓦匠喜气洋洋地说："我们正在建设美好的生活。"十年过去了，第一个人仍在砌墙、做泥瓦匠，第二个人成为工程师，第三个人成为前两个人所在的一家颇有名气建筑公司董事长。这个故事说明，不同的心态，决定不同的人生结果。同样都在干一件重复而单调的工作，三个人三种态度。这三种不同态度促成三种不同的结果，成就了三种不同的人生。

"你的心态就是你真正的主人。""要么你去驾驭生命，要么生命去驾驭你。你的心态决定谁是坐骑，谁是骑师。"一个人有什么样的心态就会产生什么样的结果。命运把握在人的手中，就看你如何创造，心态是决定成功与失败的关键，而成功与失败往往是一念之间。有积极心态不一定意味着成功，还要有真正付出的行动，抱着"一定要"的意念去击垮困难之墙。

人生不能失去积极的心态，应用微笑面对生活。它似一叶轻舟，承载我们希望到达彼岸，并拾起快乐。它是一盏路灯，照亮并且指引我们前进的道路。

路

　　路，就是道，往来通行的地方。路，本来没有，走的人多了，便成了路。

　　泥土路，大雨滂沱，路面坑坑洼洼，泥泞不堪，如果人的脚陷进去，要费好大的劲儿才能拔出来，真是寸步难行。

　　沙石路，刮风时路上还有不少沙子和泥灰。有些石块还不太平整，车子在路上前行，就像孩子在玩跳房子游戏一样，蹦来跳去，摇晃不稳。

　　宽大的砖面路、水泥路或柏油路，路面平坦而整洁。

　　路还有一个含义，就是思想或行动的方向、途径。

　　上小学时，老师跟我们学生讲过一个故事。小兔子、小松鼠和一群小动物学游泳，小兔子、小松鼠却怎么也学不会，心里很难过。聪明的天鹅对它们说："我们生存需要的本领不只是一种。兔子在水里学不了游泳，就学在土里打洞；松鼠在水里学不了游泳，就学在树上攀爬。"这个故事告诉我们，人生的发展方向，生存的本领并不只有一种，何必一条路走到黑呢？只有适合自己的路，才是最好的路。只有客观地认识自己，对自己有正确的把握和定位，才能选择好适合自己的路。

古罗马诗人奥维德说："认识自己，找准自己的位置，是生命焕发光彩的前提。"

我国著名电影演员孙道临 15 岁在学校里就写出短篇小说《母子俩》，本以为会在文学方面有一条康庄大道。17 岁时他就考入燕京大学，梦想将来当一名哲学家。然而，没想到中国面临时代变迁，社会动荡，后来他转行投身于演艺事业，参演话剧、电影等。电影《大团结》《乌雅与麻雅》《渡江侦察记》《万紫千红总是春》《早春二月》等，他就是其中的主要演员。

1949—1954 年，孙道临荣获国家电影演员一等奖。1958 年，他被文化部评为"新中国人民演员"（共 22 名）。1995 年，他荣获电影世纪奖最佳演员。电影《渡江侦察记》中他扮演解放军某部李连长，率领侦察班探明敌人江防部署，协助大部队取得战役成功。这位英俊威武的李连长对人民解放革命事业有着高度责任心，对人民有着深厚的爱，身经百战，在指挥侦察中表现出干练、精明、机警、沉着、坚强。孙道临曾亲赴朝鲜，参加中国人志愿军，抗美援朝。他所饰演李连长等银幕形象，散发出明显而独特的知识分子气息。

三百六十行，行行出状元。美国的比尔·盖茨中途退出哈佛大学，创立了微软。我国的鲁迅弃医从文，成为中国人精神的脊梁。

诚然，有人说坚持到底就一定会成功。但这是建立在你选对了路的基础之上。如果一开始你就选择了不适合自己的路，那岂不是与成功与梦想南辕北辙吗？尽管你再有毅力，再有精神，就像赶车去楚地的人，再有金钱，再有粮草，再有骏马，选择的路不对，也只能眼睁睁地看着自己离成功越来越远。

　　只有适合自己的路，才是充满阳光与风景的。当然，这条路也会有崎岖与风雨。但不要懊恼，因为我们已经为自己选择了一条适合自己的正确道路。那么，我们就勇敢地拼搏，并享受这条路的风景，让自己显示出一个精彩灿烂的人生历程。

　　中华民族伟大复兴的路在前方，我们要在脚下不断奔走。

月季花

　　月季花，被称为花中皇后，是一种常绿、半常绿低矮灌木。它的花期很长，一年四季，月月都开花，所以人们都叫它"月季花"。月季花，一般为红色，或粉色，偶有白色和黄色，是观赏植物。它，也可作药用植物。

　　深绿色的老叶，新抽出的紫色嫩叶，阳光下俏丽的花瓣，静立枝头的羞涩花苞。它的茎又细又长，长满了许多小刺。这些小刺又尖又硬，是它保护自己的武器。粉红色的花儿在阳光照耀下竞相开放，依依相恋的蝴蝶色彩斑斓，在微风中翩翩起舞，婀娜多姿。

　　我种过月季花，有段时间发现它的叶子卷了。一位种花经验丰富的友人告诉我说，其实它的叶子里面没有吸收足够的水分，种花的人要喷水到叶子上，浇水后让它避阳守荫三五天。我按照他说的方法去做，没过几天叶子就自然而然地伸直了，特别的润绿油嫩亮。

　　宋代诗人徐积在《长春花·其一》中咏唱："谁言造物无偏处，独遣春光住此中。叶里深藏云外碧，枝头长借日边红。曾陪桃李开时雨，仍伴梧桐落后风。费尽主人歌与酒，不教闲却卖花翁。"他是说，谁说老天造物没有偏心的地方，为何唯独把春光长住在这月季花之中。月季花叶子里深藏云天之外的碧绿，枝头上长久点缀着像是夕阳时的红晕。它曾陪伴着桃花、李花在初春蒙蒙细雨中及时绽放，在秋风吹落梧桐树叶后仍然开放。游客尽享主人款待的歌与酒，使得那卖月季花的老翁一年到头没有闲着的工夫。

城上乡下，路旁野外，家前屋后，花园里巷，月季花都能扎根。它扎根在土壤里，无声无息地生长，或如农家少女，本分质朴；或如都市女郎，风姿妖娆。无论是在春意盎然之日，还是在秋凉渐起时分，这些月季花都不动声色地绽放着。它们安静中不失热闹，或繁盛或孤立，不炫目也不寂寞，不华贵也不自卑，在阳光中，在风雨中，捧出自己的花，充实平凡而琐细地生活。

在花园里，多年的积淀，春光秋景，游人走了又来了，来了又走了，月季花依旧生生不息，静守着花开花落这份平常而从容的事业。它们和青春作伴，与岁月相安，成为多少游人的精神家园和永恒的记忆。盛开的月季，是其欢乐的音符，飘飞的思绪，陪伴着这里的每一个游人走过春，走过夏，走过一个又一个平淡又充实的日子。

娇小的月季花，不需要太多的水，也不需要太昂贵的肥料，它都能顽强地生长着。许多棵月季花，红的、黄的、白的、粉的，五彩缤纷。红的像火，白的像雪，黄的像杏。花苞娇小，和我的拇指差不多，鼓鼓的，尖尖的，可爱极了。月季花绽放时，一瓣一瓣的美极了，散发着浓浓的香味。

雨后的月季花，花瓣上沾满了水珠，亮晶晶的像颗颗珍珠。风中的她，显得更加坚强，就像一位美丽的少女随风摇摆起舞。

月季花虽不名贵，但它是那样的美丽，那样的芬芳。我特别喜欢颇有韧性的月季花。

永远跟着党

在中国共产党百年华诞之际，我要高声唱起"唱支山歌给党听，我把党来比母亲。母亲只生我的身，党的光辉照我心"来表达我对党的忠诚和热爱之情。

1948 年，23 岁的父亲毅然成为一名中国人民子弟兵，和战友们一起，与敌人展开了拼死搏杀，为建立新中国贡献了一份力量。1952 年春，父亲听从党的召唤，离开上海宝山县罗店镇，和战友一起参加人民志愿军，跨过鸭绿江，抗美援朝，保家卫国。他任副班长，冒着敌人的枪林弹雨，翻山越岭，坚持不断地铺设电话外线，保持指挥机关与作战部队的通讯联系，先后荣立两次三等功。

在党的关怀下，1952 年起，母亲先后在师资短训班、实验小学、城镇中学参加教辅工作。三十年来，勤勤恳恳，任劳任怨，得到单位领导、教师、学生们的一致认可和尊重，大家都亲热地称她为杨阿姨。1959 年，她也光荣地加入了中国共产党。

1977 年恢复高考后，我坚信"攻城不怕坚，攻书莫畏难。科学有险阻，苦战能过关"，并顺利通过了初考和复考，我被大学录取，在学业上得以继续深造。我热爱教育事业，在教坛里辛勤耕耘 34 年。在任城郊中学语文教研组长时，我负责指导的学生梁艳在 1992 年参加江苏省第二届亿州杯高中学生作文竞赛中，荣获了二等奖（全省第 18 名，全县第 1 名），为城郊中学争光，为家乡宝应县争光。1993 年，我也光荣地加入了中国共产党。

如今，我仍笔耕不辍。近年来在《作家地带》《晚安宝应》《运河儿女》等媒体发表 60 余篇散文，用这些作品歌颂伟大的中国共产党，歌唱我们美好的社会主义幸福生活。

党是航程中的灯塔，我要永远跟着党。

为此，特赋词一首以颂党。

满江红
庆祝中国共产党成立 100 周年

熠熠生辉，明方向，众民悟醒。昔应记，后跟前倒，烈英捐命。二十八年驱晦暗，七什二载执政柄。望江山，强富又繁荣，宏图领。

龙腾鬻，舟驭令。天朗朗，红彤挺。再加油，旗舞邀程和应。酣梦美甜期待日，奋发砥砺休松劲。华夏人，协力且齐心，复兴定。

第三分卷

山水游览

心潮澎湃看大海

海洋，无比博大宽广。它以全球三分之二的面积拥抱着我们这个多彩的世界。从小生长在苏中平原的我，就盼望着快点长大，早日去看大海。

1989 年暑假，我带着刚考上县中的儿子去上海金山县走亲串友，期间特地到金山卫海边观看东海。先看涨潮，受海风吹，观海浪涌，感受"惊涛拍岸，卷起千堆雪"的气势。我与儿子都卷起衣裤，涉入海边浅水中，用双手掬起一些海水，尝了一下，味道又苦又咸又涩。退潮时，我们站在岸边，看着海水慢慢地且无声无息地退下去。

可是一位中年妇女毫无感觉，坐在救生圈中还在戏玩海水，人与救生圈向海深处移去。说也迟，那时快，旁边一个强壮男子一个箭步冲上去，站在水中把她稳稳拉住。如若那女子被退潮的海水卷入深远的大海里，后果将不堪设想。

人的一生，也有潮起潮落。生存、发展，主要靠自己把握。

2014 年春天，我与妻子为纪念结婚 40 周年，决定一起到海南三亚去旅游。到了"天涯海角"这一名胜景点，我俩都坚定地表示，今后还紧紧携手结伴，相随到永远。我们站在三亚海湾的岸边，眺望大海。这里的海水湛蓝、纯洁、晶莹，像是一颗镶嵌在祖国南疆上硕大无比的蓝宝石。岸边有翡翠般椰子树等绿色植物的映衬，天空瓦蓝瓦蓝。看到这美妙的自然景色，真让人流连忘返。我们在海水中，自由畅游，搏击浪头。站到岸边，休息片刻，饶有兴致地俯拾五彩斑斓、形态奇妙的海螺贝壳。踩在软绵绵的沙滩上，像一片银色地毯。游客们躺在沙滩上，沐浴着温暖的阳光，非常惬意。夜晚，我们与其他游客一起欢乐地乘坐豪华游轮，观赏这仙境般的海湾夜景，吟诵着"春江潮水连海平，海上明月共潮生"的名句，品尝着椰子汁的鲜美香甜。

大海啊大海，海风永远吹，海浪永远涌。时光，会永远向前。

酣游桂林山水

一

"桂林山水甲天下。"

因慕名桂林优美的山水，2017 年 6 月初，我们夫妇与县中校友、另一对夫妇相约结伴旅游，来到广西桂林，观赏它那独特的自然山水风光。

桂林之旅，从象山公园开始。象山，桂林市的城徽。它原名漓山，又叫议山、沉水山，地处市内桃花江与漓江汇流处，园内自然山水与人文景观相辉映。清代工部郎中舒书在《象山记》中写道："粤之奇以山，粤西之山之奇以石，而省城相对之象，则又其奇之甚。"杨尚昆同志说过："在象鼻山前要照相，才算来过桂林，这是独一无二的风景。"春雨朦胧，山更清，水更秀。这里是 2017 年中央电视台春节晚会的桂林分会场。我们漫步爱情岛，探寻三山两月奇妙景致。我们在这里拍照，留下永远的幸福记忆。

二

我们乘坐从桂林到阳朔的豪华游轮，欣赏漓江沿途山水风景。漓江，国家5A顶级旅游景区，桂林山水的精华。它发源于桂林北面兴安县猫儿山，流经桂林、阳朔、平乐至梧州，汇入西江，全长437公里。在这从桂林到阳朔83公里的水程中，我们一边品尝着桂林特产——罗汉果泡成的又香又甜的茶，一边站在舱顶的观光台上欣赏山水美景。漓江酷似一条青罗带，蜿蜒于万点奇峰之间。风光旖旎，碧水萦回，奇峰倒影，深潭、山泉、飞瀑参差，构成一幅绚丽多彩的画卷。游客人人感叹："船在山中走，人在画中游。"这里真不愧为"百里漓江，百里画廊"。我们在心中吟唱："清澈的江水碧波荡漾，传说是仙女梳妆的地方。如今潺潺的流水，流入田园村庄。"唐代大诗人韩愈以"江作青罗带，山如碧玉簪"的诗句来赞美这如诗如画的漓江。沿岸的浪石风光、九马画山、黄布倒影、五指山、螺蛳山等景点，我们一一拍照留念。

三

我们乘坐旅游专车，来到漓江古东景区。古东景区，位于桂林市偏东，距市区26公里。景区的幽瀑、碧潭、红枫，融原始生态、地质奇观、清新空气于一体，历史沉迹和人文传说散发淳郁的乡土气息。

在这里，我们头戴安全帽，脚穿一双当地阿婆编织的草鞋，脚踩石坑，手抓铁链，由下往上攀爬，徜徉在八瀑九潭之神龟饮涧。衣服潮了，脸也湿了，快乐地亲水走瀑戏浪，感受和煦的清风，体会澹淡的流水，探索繁美的生态，呼吸新鲜的空气，聆听山野心声，启悟生命联想。

回山路上，要走一段 200 米长的空悬吊桥。走在桥上，有点东摇西晃，我怕重心不稳跌倒，而胆战心惊。此刻，我想到当年英勇的红军战士在大渡河铁索桥上，十三根铁索上攀爬铺板开路，冒着对岸敌人的枪林弹雨，不少战士中弹，落水牺牲，众多战士还前仆后继、无畏直前冲向对岸杀敌。

我们深深体会到，今天的幸福生活真是来之不易。

下了山，我们品尝了当地独特的美食——农家米线。米线的麻辣香鲜，也是人与自然的一种和谐。

四

乘坐游船，我们来到了一个侗族村寨——"世外桃源"。这里真如陶渊明笔下《桃花源记》里的样子："桃花林，夹岸数百步，中无杂树，芳草鲜美，落英缤纷……""土地平旷，屋舍俨然，有良田美池桑竹之属。阡陌交通，鸡犬相闻。其中往来种作，男女衣着，悉如外人；黄发垂髫，并怡然自乐。"这里是央视著名广告《康美》采集地；"绿树村边合，青山郭外斜"又是绝美的山水田园风光代表。我们在这里畅游古桥流水，观赏村民绣花织布、制陶雕刻。鸟儿欢叫，笙曲悠扬。近看，四位侗族男儿在吹奏竹笙。笙，是一种竹制管声乐器，这笙吹奏起来音质悦耳，音域宽广。这里的屋舍，全是木质的矮脚楼。只有那屋顶，还盖着月牙般弧形的汉瓦。一位村妇站在矮脚楼的楼台上，在仔细地梳理着黑乌发亮的长发。这长发一直拖到地面，如同瀑布一泻而下。有许多村妇喜欢聚在屋内绣花，她们绣着五光十色的山水、栩栩如生的花鸟和仕女。我们也学着侗语，向她们热情地问好。

五

阳朔的遇龙河，俗称小漓江。它是漓江最美、最清澈、最大的支流。我们乘坐艄公撑着的竹筏，顺流而下游览。"小小竹排江中游，巍巍青山两岸走。"清澈的河水有一米多深，鱼儿在水中自由自在地欢乐游动。这水底的河床如同楼中台阶一样，缓缓地拾阶而下。我们在竹筏上，沉浸式欣赏着两岸美好的风光。竹筏顺流而下，激起层层浪花。我们在竹筏上衣服虽被浪水打湿了，但心里产生一种探险而兴奋的感觉，与同伴们还戏水打仗。

六

乘坐旅游专车，我们来到荔枝县的银子岩，观赏里面的溶洞。在几公里长的溶洞里，我们的牢记"行路不赏景，赏景不行路"这句安全口诀。溶洞，千万年来山水长期从这里穿过，洞里的岩石形成了千形万状。洞内本来没有什么路，正如鲁迅先生所讲"走的人多了，便形成了路"。在灯光引路下，我们在山洞里的岩石上忽上忽下、忽左忽右地前行。路弯弯曲曲延伸，人们得处处注意防止碰壁。音乐石屏、广寒宫、雪山飞瀑、佛祖论经、独柱擎天、混元珍珠伞，这些胜景，巧夺天工。这里是桂林山水景点中的一颗璀璨的明珠，我们驻足欣赏，不断拍照留影。

虽然在溶洞里有近两个小时的行走赏景，空气比较沉闷，但一走出洞口，便豁然开朗，心情宽松，余味无穷。

七

在阳朔的夜晚，我们观赏了著名导演张艺谋编导的《印象刘三姐》实景歌舞表演。70分钟的演出，以12座山峰为背景，两公里漓江水域实景演出，近600名演员的庞大阵容，艺术灯光及独特的烟雾效果，让我们感觉进入了一个如梦如幻的视觉境界。江水渔火，山村的渔民撑着一叶扁舟，赶放着漆黑发亮的鸬鹚在机灵地捕鱼，不由得唱起了优美动听的渔歌。

江对岸，楚楚动人的刘三姐，以清脆嘹亮的歌声与他们一一对唱。在这梦幻般的夜幕中，在这大自然的舞台上，穿着放电荧光体衣饰的男女演员们，整齐地排着队，或从左边向右边横行，或从后面向前面直行，或从后面向前面斜行，或围成圆圈翩翩起舞。那造型，如同万花筒里的画面不断变化，美不胜收。

从2010年开始，每天晚上，演员们都有两场演出，他们就是这山区里的村民。如今，他们已成为职业演员。这里的山水滋养着他们，这里的山水不断吸引着来自天南地北的游客。

八

最后，我们游览了"千峰环野立，一水抱城流"的桂林两江四湖水系。两江四湖是指漓江、桃花江、榕湖、杉湖、桂湖和木龙湖所构成的桂林环城水系，是桂林城市中心最优美的环城景带。人们都说，桂林山水甲天下。漓江是桂林的代表，象鼻山是桂林的城徽，那么两江四湖是桂林的名片。

水上游览桂林兴于唐代，盛于宋代。当时桂林城中，湖塘密布，水系发达，乘一叶小舟可尽览城中风景名胜。如今，桂林两江四湖环城水系重现昔日兴盛，形成一条与欧洲意大利的威尼斯媲美的环城水系，堪称中国一绝。这水系标志性的景物，就是双塔。两塔紧紧相靠，一座在湖中，一座在岸边，我们步行在环湖大道上，以双塔为背景，也在拍照留影。

如今的桂林，贵在它的山水，也贵在人们对它的生态保护。整个桂林，没有一座制造工业产品的工厂，也就没有任何工业的污染。桂林优美的山水，使百分之八十的桂林人从事这旅游服务业。

我由衷地感叹："愿做桂林人，不愿做神仙。"

乘着游轮观三峡

2017 年 7 月，我和夫人一起去四川绵阳亲友家作客。在回程的路上，我们听从亲友的推荐，决定到重庆，乘坐游轮观三峡。乘车沿着高速公路行驶，从绵阳经过成都，直达重庆。在重庆长江岸边的朝天门码头，我们登上了游轮，观看了盼望已久的三峡美好风光。

当游轮停靠在奉节的白帝城码头时，船上的游客都激动了，相互乐告已到了三峡，纷纷走上游轮顶层的观光台，有的观景，有的拍照。

长江三峡，西起重庆奉节的白帝城，东迄湖北宜昌的南津关，跨重庆奉节、重庆巫山、湖北巴东、湖北姊归、湖北宜昌，全长有一百九十三公里。

在游轮上，见到的第一峡就是瞿塘峡，全长 8 公里。首先进入眼帘的就是夔门，两岸冲入云霄的悬崖峭壁像高高耸立的巨人一样，张开双臂，让波涛汹涌的江水进门而过，使我们每一位游客真正感觉到夔门确实是"一夫当关，万夫莫开"。这江水，犹如万里奔腾的骏马，嘶叫着，狂跑着，撒野着，颇有一番勇往直前、摧枯拉朽的磅礴气势。几只猿猴在岸边上蹿下跳，听着它们的嘶鸣声，让人不由得想起唐代大诗人李白一首脍炙人口的七绝诗："朝辞白帝彩云间，千里江陵一日还。两岸猿声啼不住，轻舟已过万重山。"这游轮在山水间穿行，游客们觉得小小船儿江中游，巍巍青山两岸倒着走。这真是大自然的鬼斧神工。

到了巫山，游轮进入了第二峡——巫峡。它东达湖北恩施州的巴东，全长46公里。如果说，瞿塘峡以它的雄奇而著称，那么巫峡就是一幅美丽而舒展的山水画卷。巫山绮丽幽深，以俊秀著称天下。峡长谷深，奇峰突兀，层峦叠嶂，云腾雾绕，江流曲折，百转千回。"万峰磅礴一江通，锁钥荆襄气势雄"是对它真实的写照。船行峡中，时而大山当前，石塞疑无路；忽又峰回路转，云开别有天。"放舟下巫峡，心在十二峰。"屏列于巫峡南北两岸巫山十二峰极为壮观，而十二峰又以神女峰最为峭丽。我们这些游客都被这迷人的景色所陶醉。

游轮进入了湖北姊归县的香溪口，即到了第三峡——西陵峡，它直至湖北宜昌的南津关。新中国成立前，其航道曲折，怪石林立，滩多水急，行舟惊险。新中国成立后，经过对川江航道的多年治理和葛洲坝水利工程建成，现今水势平缓。这里的江上两边灯塔较多，保证了我们这游轮最后最长一段山峡江中的安全航行。

三峡，地灵人亦杰。爱国诗人屈原的家乡，当时叫丹阳，就是如今的姊归。他忧国忧民，奋笔写出《离骚》这篇长篇抒情诗。"路漫漫其修远兮，吾将上下而求索"这一佳句将永远激励我们报国为民。王昭君是我国古代四大美女（西施、王昭君、貂蝉、杨玉环）之一。她，"淡淡妆，天然样，好一个汉家姑娘"。她从家乡姊归远嫁给北方游牧民族匈奴人，为民族的融合、人们生活的和平幸福做出了可贵的贡献。

最后，我们在宜昌的南津关下了游轮，游览三峡大坝这一国家 5A 级旅游景区。站在大坝上，远眺三峡，深深体会"截断巫山云雨，高峡出平湖"那博大无比的胸怀。

优美的三峡永存，它为人类造福永在。

泰山金秋游

春秋多佳日，山水有清香。

2017 年 10 月 27 日，我们扬泰地区 9 位教师（宝应 2 人，高邮 1 人，兴化 3 人，泰兴 2 人，姜堰 1 人）因崇拜先圣孔子，相约组团去泰山旅游。我们同乘一辆旅游专车，在李导游的带领下，先去登泰山，后拜谒先圣孔子故居。

首先，我们来到了泰山脚下，游览了岱庙。

李导游向我们介绍，岱庙又称东岳庙，位于泰安市境内。1987 年被列为世界文化与自然遗产，1988 年被列为全国重点文物保护单位，是国家 5A 级景区。它是一座集建筑、古木园林、中华传统文化于一体的古代艺术博物馆，始建于汉代，是历代帝王举行封禅大典和祭拜泰山神的地方，也是古代皇帝和黎民百姓攀登泰山的起点，唐代已殿阁辉煌。在宋真宗大举封禅时，又加大扩建，现南北长 405.7 米，东西宽 236.7 米，呈长方形，总面积 9.6 万平方米。其建筑风格采用帝王宫城的式样，周环 1500 余米，庙内各类建筑房屋 150 余间。

跨入炳灵门，进入汉柏院，宋代建殿祀泰山神三太子炳灵王。院内古柏苍郁，碑碣林立。

我们观赏了汉柏连理树，树木仍苍翠碧绿。据《水经注》载："盖汉武帝所植也。"这珍贵的古树，距今有2100多年。

细看秦泰山刻石，它刻于公元前219年，系秦始皇封禅泰山于岱顶所立。公元前209年增刻秦二世颂德诏书，均由丞相李斯篆书。这里还有汉《衡方碑》《张迁碑》、唐高宗《双束碑》、宋徽宗《宣和碑》、宋真宗《祥符碑》、清康熙《唐槐林》、清乾隆《御制汉柏图赞碑》等共175座著名碑刻。篆隶真草，颜柳欧赵各类真迹，应有尽有。

再精心观赏天贶殿。它创建于宋大中祥符二年（1009年），面阔九间，进深五间，重檐庑殿顶。它重修于清康熙年间，与北京故宫的太和殿、曲阜孔庙的大成殿并称为中国古代三大宫殿式建筑。殿内祀东岳泰山之神，墙体巨幅壁画《泰山神启跸回銮图》。壁画始绘于宋代，全长62米，宽3.3米。以天贶殿北门为界，东为"启跸图"，西为"回銮图"。壁画以泰山神封禅泰山的场景为蓝本，绘制了泰山神出巡与回銮的壮观场面。画面以人物为主，间以山川树木、楼阁亭榭。图中所绘山水车马及697个不同人物，千姿百态，栩栩如生。壁画构图宏大，布局严谨，具有极高的历史与艺术价值，为我国壁画中的珍品。

我们还饶有兴致地在岱庙城墙路上浏览了一圈，参观了庙内众多美景。

第二天清晨，风高气爽，导游带领我们乘大巴到中天门，开始登攀世界地质公园——泰山。大家沿途看到壁石上刻有"山辉川媚""人间天上"、毛主席诗词。经云步桥，在五松亭外飞来石上看到五大夫松。这五松亭创建时间不详，明以后屡有重修，1956年由原三间扩为五间。据《史记》载，秦始皇于公元前219

年登封时，至此遇雨，避于大树之下，因树护驾有功，遂被封为"五大夫"。亭也因之而得名。

在前面对松山上我们看见了万丈碑。它始于清乾隆十三年（1748 年），为乾隆帝诗摩崖石刻俗称。高 25 米，宽 13 米，字径 1 米。誉为泰山巨幅画卷的印章。

再前面就是十八盘。它是泰山盘路中最险要的一段，70 多度陡坡，下迄开山，上达南天门，全长 800 米，垂直高度 400 余米，石阶 1600 余级，山坡陡峭，势如天梯。我默默记住"世上无难事，只要肯登攀"这句名言，一级一级"之"字形地登，力气花费很大，汗水挥洒不少，进入龙门，再入升仙坊，最终到达了南天门（古称"天门关"）。这南天门为元中统五年（1264 年）道士张志纯创建。跨道门楼式建筑，上为"摩空阁"。

休息了一下，我们相聚来到了西天门。两石相对如门，位于岱顶之西，故名西天门。明代钟惺在此题刻"西阙"。此处怪石嶙峋，幻如仙境，又名仙人石闾之称。

我们漫步在天街上，因位于天门之上，故名天街。它西起南天门，东至碧霞祠，全长 600 米。在此仰观俯察，飘然仙境。

进入蓬元山门，我们来到了碧霞祠，仰望匾额上书有"赞化东皇"四个大字。

再往前走，我们在观摩泰山石刻。唐摩崖，叫大观峰，上有唐开元十四年（726 年）玄宗御书《纪泰山铭》。形制恢弘，蔚为大观。东为宋摩崖，西为清摩崖。国务院 2001 年 6 月 25 日公布为全国重点文物保护单位。

到达了玉皇顶，我们欣赏着崖壁上书写苍劲有力的"五岳独尊"四个大字。这里海拔 1545 米，是泰山的顶峰。许多人在这里拍照留影。这里也有玉皇庙，古称太清宫，玉帝观，始建年代无考。内祀玉皇大帝，我们看到了他的雕像，宫内匾额上题为"柴望遗风""天左一柱""雄峙天东"等。在孔子小天下处，我默诵着唐代大诗人杜甫著名的《望岳》诗："岱宗夫如何？齐鲁青未了。造化钟神秀，阴阳割昏晓。荡胸生层云，决眦入归鸟。会当凌绝顶，一览众山小。"

我们在山上宾馆住了一宿。凌晨，人们兴致勃勃地早早起身来到日观峰。它是岱顶观日最佳处。峰高傲让绝顶，轩旷可穷天东。6时20分，在海天苍茫中我们欣喜若狂地看到，晨曦初露，金轮喷薄，这应是天下奇观。

在下山的路上，我们从南天门乘索道缆车很快到达中天门，再乘车去曲阜孔庙、孔府、孔林，这里是孔子故居，也是世界文化遗产，国家首批 5A 级旅游景区。

进入景区，首先映入眼帘的是欞星门。它建于明永乐十三年（1415 年），清乾隆十九年（1754 年）改为石柱铁梁。"欞星门"三字为乾隆皇帝手书。欞星即灵星，又名天田星，古人认为它"主得士之庆"。古代帝王凡祭天先祭灵星，表示祭祀孔子的规格如同祭天一样，尊孔如尊天。

再看太和元气坊。建于明嘉靖二十三年（1544 年）。"太和"指天地、日月、阴阳谐和，"元气"意为宇宙原始物质的自然之气，喻儒家思想为构成世界万物的原始之本。

来到孔庙，我们肃然起敬。它又称至圣庙，是祭祀我国伟大的思想家、政治家、教育家孔子的庙宇。孔子所创立的儒家学说在封建社会里一直被奉为正统思想，并影响了朝鲜、日本、越南等许多国家。为表示对孔子的尊崇和对儒学的推重，历史上曾有

12位皇帝亲临曲阜致祭，并将孔门弟子和历代儒学大师172人配祀孔庙。它始建于春秋，历经两千多年历朝各代百次增修扩建，至明清时形成现在的规模。孔庙南北长约1300多米，东西宽150多米，占地14000平方米，三路布局，九进院落，贯穿于一条中轴线上，左右对称排列。庙内存有汉以来历代石刻1000余块，尤以汉魏六朝碑刻、汉画像石和明清雕龙石柱驰名中外，是研究政治、历史、文化艺术的宝库。孔府面积之大、时间之久、气魄之雄伟，保存之完好，被中国古建筑学家称为世界建筑史之奇迹"唯一的孤例"。它不仅是儒家文化载体，更是一座屹立于世界东方的文化艺术殿堂。

我们走进至圣庙坊。它始建于明弘治十三年（1500年）。原坊额篆刻"宣圣庙"，清雍正七年（1729年）改建时易名"至圣庙"。坊上华表，辟邪等饰物具有威严、庄重之义。

再入圣时门。始建于明永乐十三年（1415年），时为孔庙大门、清雍正八年（1730年）钦定名"圣时门"。圣时，意为孔子是适应于任何时代的圣人。又入弘道门、大中门。

走了几步，我们便看到成化碑，它立于明成化四年（1468年）。明宪宗朱见深御制碑文，极力赞颂孔子及其思想，是曲阜诸碑中对孔子拍崇最高的一幢。其书法浑厚得体，多为楷书临摹之范本。

走过洪武碑亭，我们来到奎文阁。它原名藏书楼，因"奎主文章"之说更名为"奎文阁"，为收藏历代帝王御赐图书典籍而建。初建北宋天禧二年（1018年），金明昌二年（1191年）重建，明弘治十七年（1504年）扩建，是我国著名的木结构阁楼之一。

进入大成门。它始建于宋崇宁三年（1104 年），因大成殿而得名，东为金声门，西为玉振门。清雍正二年（1724 年）火灾后重修，世宗题写门匾、对联。

我们仰望着雄伟的大成殿，它是孔庙的主体建筑，是祭祀孔子的中心场所。唐时称文宣王殿，共五间。今扩为七间，九脊重檐，黄瓦覆顶，雕梁画栋，八斗藻井饰以金龙和銮彩图，双重飞檐正中竖匾上刻雍正皇帝御书"大成殿"三个贴金大字。殿高 24.8 米，长 45.69 米，宽 24.85 米，坐落在 2.1 米高的殿基上，为全庙最高建筑。

驻足于前面的杏坛。这里相传为孔子讲学授徒之处，孔子四十五代孙孔道辅改旧基为露天的三层砖台，环植以杏。金明昌年间在坛上建亭，明隆庆三年（1569 年）改建为重檐十字杏，上覆盖琉璃瓦，牌匾为乾隆皇帝御题。清代皇帝谒庙时，作为陪祭王公大臣礼拜之处、鸣钟击鼓之所。

我们看到大成殿后面是先师手植桧。它，依然那么郁郁葱葱。我们人人都去亲身拥抱拥抱这株古桧。

再向前走，我们就进入了孔府。圣府，圣人之门，门额上书有"恩赐重光""诗书礼乐"字样。里面就是二堂，又称退厅，是衍圣公大堂礼毕奉茶小憩之处。东间为启事厅，负责收发公文，内禀外传；西间为伴官厅，负责衍圣公进京朝觐事宜。

进入宅内门，看到西侧院墙嵌放石雕流水槽。这是挑夫将水由此倒入，隔墙流进宅内水池，供孔子及眷属使用。

走向前去，那是前上房。它是孔府接待至亲和近支族人的客厅，也是本府举行婚丧娘娶礼仪的地方。

走到孔府西路，那是西学，是历代"衍圣公"读书学习、吟诗习礼和接待客人的地方。有红萼轩、忠恕堂、安怀堂及花厅等院落。我们在孔子像前敬拜了他，大家铭记像柱旁一副对联："教无类一代平民宗师，人不倦千古西宾典范。"

我们也游览了铁山园。修建于明弘治十六年（1503 年），为孔府私家园林。为明代"大学士"李东阳监工设计，后经多次扩建达现存规模。清嘉庆年间因七十三代孙"衍圣公"孔庆镕在园内置入奇异铁矿石，又名"铁山园"。我们注视着五柏抱槐。这是后花园内树龄五百余年的自然生长景观，柏树五枝合围中寄生出嫩绿的槐苗。

乘着马车，我们前行 7 公里去观看孔林。这里占地 3800 亩。进入至圣封山门，先过洙水桥。桥下流水居然是由东往西。再经两旁设有华表、文豹、用端、翁仲四对石仪，我们先拜谒孔伋墓。

孔伋墓即沂国述圣公墓，在孔子墓的南面。孔伋（前 482—前 402），孔子嫡孙，战国初期著名哲学家、儒家学派重要传承者，与孔子、孟子、颜子、曾子比肩，共称五大圣人。孔氏族人尊孔伋为"三世祖"。

接着，拜谒孔子墓。孔伋墓的北面是孔子墓，即大成之圣之墓。孔子（前 551—前 479），名丘，字仲尼。这位古代伟大的思想家、教育家、儒家学派的创始人也是世界十大文化名人之一。孔子受到人们的尊崇，被誉为"圣人"。孔氏族人尊为"始祖"。

再拜谒孔鲤墓。孔子墓的东面偏南是孔鲤墓，即泗水侯墓。孔鲤（前 532—前 481），孔子之子，先孔子而亡，孔氏族人称为"二世祖"。

我们也参拜了"子贡庐墓处"。孔子死后，弟子们守墓三年，相继离去。只有子贡又守了三年。后人为纪念他，便在孔子墓西侧建了三间西屋，立碑题"子贡庐墓处"。

　　周游孔庙、孔府、孔林后，李导游带领我们九人乘着旅游专车踏向返程的路，结束这愉快的神山圣人之旅。

　　回家的路上，我们一行九人一路高歌："十月遍地桂花香，十月金秋好阳光。歌唱我们好生活，歌唱伟大共产党。"

冬游日本

日本，是位于亚洲大陆东岸外的太平洋岛国。

2019 年，我们夫妇俩去日本旅游观光。1 月 18 日，我们乘中国南方航空公司的飞机抵达日本名古屋中部机场，入住机场酒店。

第二天上午七时，我们乘着坐日本旅游公司专用大巴车，全车连同驾驶员共 28 人，去古都京都府游金阁寺。金阁寺原名鹿苑寺，1937 年建成，因寺庙外墙全部饰有金箔而得名。从远处望去，金阁寺金光闪闪，辉煌夺目。

参观完金阁寺，我们驱车前往平安神宫。平安神宫建于 1895 年，是为纪念迁都京都 1100 年，作为市民参拜的总社而建的。我们信步进入神宫，观看均为模仿平安京大内正厅而建的应天门和太极殿等建筑，徜徉在占地约 3 万平方米的池泉神苑。

后游大阪城公园。大阪城是日本三大城堡之一，丰臣秀吉于公元 1583 年在石山本愿寺遗址上初建，至今已有 400 多年历史，是当时日本第一名城，也是日本历史上前所未有的最大的城堡。公园里的天守阁高耸入云，巍巍壮观。

我们还去了心斋桥大型综合店，购买品牌时装、药物、化妆品等，品尝汤豆腐料理、日式大阪烧等美食，夜晚住宿在大阪酒店。

第三天，我们又去奈良游览。奈良县，位于日本的中西部。四世纪中叶，日本统一为一个国家时，将首都建在县西北部的奈良盆地南部的飞鸟地区，从那以后直至八世纪末期，飞鸟作为日本政治、经济的中心得到了繁荣和发展。其后，都城迁至现在的奈良市——平城京。唐代名僧鉴真，就在这奈良的招提寺度过他的后半生。

这天大寒，我们游客在蒙蒙细雨中游览奈良公园和春日大社。奈良公园位于奈良市的东边，面积广阔。公园里最引人注目的是梅花鹿，1200 头鹿自由自在地生活在这里，它们或攀登山坡，或闲步在路上，温顺而讨人喜爱。游客纷纷给萌鹿喂食并与之亲近合照。

春日大社就在奈良公园里面。它是日本本土神道教的宗教参拜场所，建立于 710 年，距今已有上千年的历史，已被列入世界文化遗产之一。它由强大的藤原家族建立，供奉的是藤原家的四位守护神灵，如今是全日本重要的祭祀场所。

随后我们又去长岛著名的奥特莱斯购物城，这里有 240 间特价商店的物品让游客们选购。我们在自助烧烤店吃饱喝足，晚上住东京海滨温泉酒店，在温泉舒心地泡了澡，消除旅途中的疲乏。

第四天清晨，我们早早起床到海边等待观看海上日出。不一会儿，一轮红日从海平面冉冉升起，阳光越来越明亮。我们脸上洋溢着喜悦之情，纷纷拍照留影，有幸在东方之国海洋之滨亲眼观看海上日出。

　　早餐后，大巴车把我们带入了静冈县富士山四合目。这里海拔两千多米，虽然寒风凛冽，但是游客们纷纷下车，兴致勃勃地远眺这海拔 3776 米富士山的雪峰。

　　阳光明媚，雪峰晶亮。富士山的山体呈圆锥状，太古时代火山反复喷发堆积形成山体，成为铂状层，山顶有巨大的火山口，直径约 800 米，深约 200 米，是世界上最大的活火山之一。我们在这里拍照留影，作为旅游宝贵的纪念。冬季，富士山积雪最厚，此时前来观赏雪峰是最美。如果，你夏天到这里观山，富士山山峰的冰雪早已全都融化了，见到的只能是光秃秃的一片。

　　接着，去山梨县忍野村，观赏忍野八海天然美景。错落有致的御釜池、底无池、铫子池、浊池、涌池、镜池、菖蒲池八个清澈的涌泉水，是富士山融化的雪水流经地层过滤而成的。我们品尝这里的清冽泉水，味道非常甘甜，游客们都誉它为"日本九寨沟"。

　　导游又带我们到入雷门浅草寺游玩。浅草寺为日本观音寺总堂，相传在古天皇三十六年 3 月 18 日有 3 位渔民在出海捕鱼时，看到有观音显现，就建立浅草寺来供奉观音。游客们观赏着古寺，心里想着：人以慈善为本，社会才会和谐。晚上，我们住宿在东京一家酒店。

　　第五天上午，我们乘车去皇居前广场游览。它位于丸内高层楼街和皇居之间，是由凯旋濠、日比谷濠、马场先濠、大手漾及二重桥前的湟池所包围的广大区域。二重桥下的护城河，水平如镜，宫宇苍垂柳倒映其中，格外优美。

　　我们再眺望刺破天幕的东京晴空塔。塔高 634 米，是世界最高的自立式电塔，2012 年 5 月 22 日在东京墨西田区业平桥和押上地区开业。

下午，游客们再次去免税店里购物，买了许多日本特色产品，准备回国送给亲朋好友。晚上再次入住在名古屋中部机场酒店。

在日本的四天旅游观光已经结束，我们所乘的日本大巴车上，司机虽已年过花甲，但他开车很认真专注，严格遵守交通规则，驾驶技术精湛。他特别吃苦的是，游客们转换住宿酒店，大巴车每停一处时，他都把游客的行李箱一一拿出或整理到行李舱里，从不抱怨劳累。与他分手时，27 位游客都发出热烈的掌声，向他表示衷心的感谢。

第六天上午，我们都乘班机回国。

冬游东瀛，难以忘却。我以一诗而咏之。

七律·旅日

乘坐银鹰飞快行，
隆冬出境游东瀛。
阔洋观日海滨图，
富士登峰雪顶景。
京都金寺阁萌光，
大社奈良鹿有情。
带水一衣共命运，
和平发展齐前进。

踏青赏春

前一段连续的阴雨天，终究挡不住春天温暖脚步的到来。2019 年 3 月 16 日，阳光灿烂、暖意融融，我与爱人一起，乘车来到苏州太湖国家湿地公园，欣赏美丽的春色。

苏州太湖国家湿地公园坐落在我国第三大淡水湖太湖之滨。它西枕太湖，东接东渚，南连光福，北靠"中国刺绣之乡"镇湖，总面积为 4.6 平方公里，是 4A 级国家旅游景区。

走进大门，穿过像一幅幅美丽窗帘一样、花儿盛开的百米长紫藤架走廊，我们来到游客步行大道，按照逆时针方向，迈着轻盈的步子，观赏这园内种种美景。仰望天空，看见半空中飘浮着几朵白云，那天幕湛蓝一片，明净、纯洁。这里的空气特别新鲜，好似上帝恩赐给我们的天然大氧吧。岸边的杨柳开始萌芽，在春风的吹拂下，像少女一样摆动着柔美的舞姿。路边一行行高大而笔直的水杉树像雄壮的士兵，迎接我们游客的光临。路边金黄的迎春花、粉白的樱花、洁白的丁香花、鲜红的茶花以及其他不知名的花儿，竞相开放，香溢四方。小草暗暗地从土中悄无声息地钻出来，嫩嫩的，绿绿的。一个小女孩，拿着一米多长，一杆脸盆大的渔网，蹦蹦跳跳地跑到水边，想把那水里三寸多长野生的小鱼儿捕入网中。网刚从水中捞上来，那机灵的鱼儿早已箭一般飞快地窜到远处，大家见此都乐得呵呵大笑。我即兴吟诗一首："蓝蓝天空白云飘，白云下面游人笑。挥动双手振臂膀，幸福歌儿传四方。"

圆圆的风车，直径七八米，屹立在塘边，高大而魁梧。我们不由得低声咏唱《九九艳阳天》："东风呀吹得那个风车转那，蚕豆花儿香呀麦苗儿鲜……东风吹呀麦苗儿鲜，风车转那不停唱哎，九九那个艳阳天来哟。"

远处有一座砖木结构的宝塔。塔的第一层较宽较高。向上各层塔身逐层向内收缩，塔身高度也逐层降低，出檐亦逐层减少。全塔轮廓姿态形成高耸、卷刹、翼角会成耘飞，给我们游人向上、柔和、美好的感受。

我们慕名来到世博苏州新馆。建筑整体显出苏州吴门古风，粉墙黛瓦，结构简洁而轻巧，高低建筑错落有致。色彩淡雅，层次丰富。沿河而建，前通街，后临河，确实是"小桥，流水，人家"。馆内，展示着核雕等各种手工艺术品。游人们观看动画投影《盛世滋生图》，仿佛把大家带入当年吴言软语的市井繁华之中。这独特的吴文化，永远散发着艺术的芬芳。

我们又来到熊猫生活馆。素有"活化石"之称的大熊猫，是我国特有的珍稀动物，是大自然留给人类不可多得的自然遗产。它那毛绒绒黑白相间的外表，胖乎乎的体态，粗壮的四肢，动作憨态可掬，性格温驯善良，惹得我们游客十分喜爱。它是珍贵动物中的骄子，在世界上有的客居在美国、法国、日本等许多发达国家供游人观赏，是和平和友谊的使者。这熊猫生活馆内有两只熊猫，是一对姊妹，分别叫新月和竹韵。妹妹年轻个儿小，毛色显得特别鲜亮夺目。

拾级而上，我们登上三层楼高的木质观鸟台。放眼望去，绿茵大地，清澈湖水，你靠着我，我靠着你，相互拥依。鸟儿在空中振翅鸣叫，十分悦耳动听。

我们在园内尽兴游玩了四个多小时，最终依依不舍地离开。

观光粤港澳大湾区

1

为迎庆伟大的中华人民共和国 70 周年华诞，2019 年 7 月初，我与其他游客共 34 人组团，一起观光粤港澳大湾区。

第一天，我们抵达广州，入住整洁、舒适的白云宜宾酒店。

次日早晨，我们乘旅游专车游览国内最大的绿化公园——越秀公园。这里山水秀丽，文物古迹众多，处处花团锦簇，风景优美别致，我们纷纷在五羊雕像前拍照留念。

接着，我们参观世界著名四大军校之一的黄埔军校旧址纪念馆。它坐落在珠江河畔，皆为二层楼大型院落。楼宇虽不太高大，却显得十分整齐、威武。周恩来同志曾在该校任政治部主任，我们参观了他曾办公的政治部办公室，凝视着这里的一桌一椅，久久不愿离开。

再接着，我们去珠海中山（中山原为香山县）翠亨村参观孙中山故居。它是全国重点文物、国家一级博物馆、国家 5A 最高级旅游景区。孙中山故居房屋座东北向西南，占地面积 500 平方米，建筑面积 340 平方米。

2

下午，我们旅游团队一行 34 人游览经济特区珠海海滨美丽的香炉湾。我们眺视茫茫南海，轻松自如地漫步于情侣路，最后在珠海渔女这尊巨型石雕面前集体拍照留影。

夜晚，我们入宿在该市南屏区弘桥酒店。

3

第三天上午，我们乘坐旅游专车从珠海拱北口岸出关进入澳门特别行政区。来到澳门，首先映入我们眼帘的是澳门的标志性建筑——大三巴牌坊。导游告诉我们，大三巴原是葡萄牙人创办的"圣保禄神学院"的大门，前后经历过三次大火，1835 年的那场大火足足烧了两个多小时，整体建筑全被烧毁，前壁却屹立不倒，故只剩下教堂正门前壁。又因状似牌坊而得名"大三巴牌坊"，在粤语音译中"圣保禄"听起来就像是"三巴"，于是便就有了今天"大三巴牌坊"这个名字。2005 年，该建筑列为联合国世界文化遗产。

接着，我们游览了有 500 多年历史的澳门最古老的庙宇——妈祖庙和金莲花广场。

最后，大家参观极尽奢华的澳门威尼斯人酒店。酒店厅堂处处极其豪华富贵，又有别样的地中海风情。

1999 年 12 月 20 日，我国的五星红旗在澳门金莲花广场开始升起，澳门终于回归强大的祖国。今天，我们在这里欢庆澳门回归祖国 20 周年！

午后，我们乘旅游专车再过拱北关至珠海，夜晚再次入住南屏区弘桥酒店。

4

第四天早餐后，我们乘坐大巴车经珠港大桥前往香港特别行政区。在车上，我们十分激动，满脸喜悦地欣赏这伟大的工程——港珠澳大桥的无限风光。汽车像蛟龙一样一会儿飞腾于海上，横越波光涟漪的海洋；一会儿钻入海底，穿行畅通无阻的隧道。到达香港后，我们首先游览的是紫荆广场和会展中心。

1997 年 7 月 1 日香港回归，五星红旗就在这里升起。广场上矗立着中央人民政府赠送给七百万香港人民礼物——紫荆花巨型金色雕塑。1840 年鸦片战争后，香港几番惨遭践踏，命途多舛。幸得无数仁人志士的努力，1997 年，香港终于回归祖国。

我们再乘车去太平山顶观赏台，俯视这香港东方之珠的迷人海景。接着，我们游客游览黄大仙庙。

傍晚，海风迎面吹拂，我们乘着观光游船游览维多利亚港湾。维多利亚海湾地处香港岛与九龙半岛之间，海阔水深，是世界著名的天然良港，具有独特的魅力。海轻轻地吹，海浪轻轻地摇，让我们的心情更为舒畅。我们好似躺在母亲摇篮里的婴儿，徜徉在这优美的港湾，流连忘返，欲睡入梦。

游船回程靠岸，我们乘车从皇岗口岸出关，进入深圳，夜宿鹏城酒店。

5

　　第五天早晨，我们乘车赴深圳市中心区北端莲花山公园。一路上，我们看到路边两旁生长着芒果树，树上挂满香甜的果实。下车后，我们兴致勃勃地攀登上莲花山顶。山上主峰矗立着邓小平同志的巨大铜像。铜像高6米，重6吨。这时，有人唱起了歌曲《春天的故事》："一九七九年，那是一个春天，有一位老人在中国的南海边画了一个圈。神话般地崛起座座城，奇迹般地聚起座座金山。春雷啊唤醒了长城内外，春辉啊暖透了大江两岸。啊，中国，中国，你迈开了气壮山河的新步伐，走进万象更新的春天。"许多人不由得随声和音齐唱。今天，深圳特区已成为我国建设社会主义现代化强国的城市范例。下午，我们乘车离开深圳准备返程回家。

骑游宝应湖国家湿地公园

"一年一度秋风劲，不似春光，胜似春光。"在这硕果累累的金秋时节，我和朋友于 2019 年国庆节这天上午，骑着自行车，从城内骑行十多公里到达运西正润路，兴致勃勃游览宝应湖国家湿地公园。

宝应湖国家湿地公园，规划总面积一万亩，荣获"江苏宝应湖国家湿地公园""全国农业旅游示范点""江苏省四星级乡村旅游点"等称号。

进入园内，映入眼帘的是排列整齐的青翠苍绿的水杉树。

与我一同游览的朋友向我介绍说，杉木生长快，材质好，纹理通直，结构均匀，不翘不裂，是我国特有的速生商品材树种。杉木树耐旱，由于生长快，易培育大径材；冠幅小，单位面积产材量高；材质优良，为优质用材树种；其材质轻韧，强度适中，质量系数高，有香味，材中含"杉脑"，能抗虫耐腐；加工容易，广泛用于建筑、家具、器具、造船等方面。游友还介绍说，二十世纪六十年代，一批热血知识青年到这片沼泽湖滩，战天斗地，种下了八万余株杉树苗。斗转星移四十余载过去，当年的幼苗已经长成了参天大树。2003 年 5 月，有一批上海正润人踏上这片原生态森林湿地，不惜投入巨资，封杉育林，还原生态。这一举措不仅保护了这片水杉林，还将此地打造成国家级湿地公园、长江三角洲休闲养身基地、江苏循环有机农业核心区。游友还饶有兴致地介绍说，2015 年 9 月 23 日，国家领导人访美期间专程去到全球创新学院（清华大学与华盛顿大学、微软公司在美国联合创办）看望工作人员。在邱勇校长、华盛顿大学安娜·玛丽·科斯校长和微软总裁布拉德·史宏斯陪同下，参观会场中心并赠送誉为植物王国的"活化石"水杉，祝福两校友谊常存，祝愿这树苗茁壮成长。

　　我们徜徉在这杉树成荫的公园里，呼吸清新的空气，沐浴着温暖的阳光，放飞心情。有着丰富养身经验的游友告诉我，森林浴要的是一种酣畅淋漓、彻头彻尾的感觉。森林中散发的有益物质，能给我们带来许多好处。郁郁葱葱的树木在新陈代谢中会产生大量负离子。一间屋内负离子只有 50 多个，而林草每立方厘米空气中就含有 3 万多个负离子。我们置身于负离子浓度高的幽静环境里，脉搏每分钟可以减少 5~10 次。更重要的是，负离子能够直接作用于神经中枢系统，提高脑啡肽水平，从而使人心情舒畅，精力充沛。

　　在游友的引导下，我们一起观看了杉林园东侧的铁皮石斛种植基地。那些铁皮石斛种苗嫁接到水杉树上，寄生在千亩水杉林中，吸杉林精华，享阳光雨露，受天地灵气。浙江一草堂科技有限公司的一位同志向我们介绍说，他们在有关部门的关怀指导下，依托南京野生植物综合研究院，通过产学研联合科技攻关，在野生态环境下，在这 2000 多亩的水杉树上移植铁皮石斛 5 万余株，将成为我国唯一一家最大的野生态水杉林铁皮石斛种植基地。

在宝应湖边，我们观赏了许多较为独特的水生、陆地植被和野生动物。例如：葫芦，菱，萍，莲，香蒲，茭白，梭鱼草，伞草，水生美人蕉、茨菇等。特别是那水生茨菇，叶似箭头，翠绿欲滴。它有肉质球茎，可食，西湖东荡生长颇多。岸上茂盛的长着梅、柿、樟、竹。柿子树上的柿子正红，随手可摘。湖中游动着鲤鱼、草鱼、虾、黄鳝、大银鱼、泥鳅、鲶鱼、大闸蟹等。天上飞着白鹭、翠鸟、绿头鸭、银鸡、布谷鸟、东方白鹳等珍稀鸟类，难得一见。花儿在飘香，且有鸟语鸣。

宝应湖湿地是天然形成的沼泽地，有静止或流动的淡水。湿地是家乡的肾，水杉森林是家乡的肺。丰富而优美的自然环境，我们可要加倍保护。

阅尽湿地公园美景，我们爱恋依依，久久不能离去。

金秋登阳山

2019年11月1日上午，我与妻子在姑苏虎丘区龙山路乘1号有轨电车，再换乘357路公交汽车抵达文殊寺站，到阳山游览太湖东畔4A级国家森林公园景区。

进入足球门式的大门，横框上写着"慢生活，森呼吸"六个醒目大字。穿过数米高大浓密且翠绿的凤尾竹小道，我和许多游人一边爬山，一边呼吸着这山林中的新鲜空气。我们张开双手，仿佛紧紧拥抱着这不可多得的天然森林。

山门前，空中高挂着数个大红灯笼，随风飘舞，好像在热情欢迎游客的到来。游人们一步一个脚印，拾级而上，虽然大家累得汗流浃背，但都没放弃向上攀登。攀爬的过程中，我身边的一位游客介绍说，山上的半山亭为纪念春秋时期被吴王夫差冤杀的公孙圣而建。春秋时期，公孙圣擅长解梦。吴王夫差征伐齐国之前做了一个怪梦，即召公孙圣解梦。公孙圣直言不讳，劝夫差停止伐齐，因而被凶恶的夫差击杀并抛尸这阳山的半山处。后来吴王夫差被越王勾践追围，困于阳山，自刎前深悔不听公孙圣劝言，面对山谷三呼公孙圣，居然幻觉听到公孙圣空中三次回应。后人怜公孙圣直言，称其为直臣，这亭旁南侧山涧传为公孙圣被害抛尸处。我与许多游客一起向这里深情地鞠了一躬，表示对直臣公孙圣的由衷敬仰。

沿着山道，向右继续攀登，我们来到了名为"秦余积雪"的景点。作为清代浒墅关八咏之一，因阳山别称秦余杭山而得名。

登上阳山北峰常云峰，有一处名为"四飞致爽"的景点。向南行二三百米，我们来到了此行最重要景点——文殊殿。殿里的僧人告诉我们，文殊寺创建于东晋年间，创始人为东晋名僧支遁，亦称支道林。他是河南陈留人，25岁时，他出家修行就隐居这秦余杭山（阳山别名）。文殊寺为其隐居阳山时建立的第一座寺庙，距今已1600余年。殿前的支公井，就是当年的寺庙主人支遁生活取水的地方。殿外东墙上有着苍劲有力的颜体"无量功德"金色大字，劝诫人们一生中要仁爱行善，积功积德。

下山时，我们心情都显得轻松而愉快。由此，我赋诗一首：

七律·金秋登阳山

黄菊丹桂秋清爽，
飘落芦花山路上。
路面拾级攀险峰，
林中披绿吸活氧。
欢观天际海升日，
喜望水边湖映靓。
不被乌云遮望眼，
向阳致远心明亮。

东南亚新马行

　　2019 年 11 月下旬，我跟随旅游团一行 27 人来到东南亚的新加坡、马来西亚两国旅游观光。

　　第一天早晨，飞机降落在新加坡樟宜国际机场（世界第七大国际机场），我们入关后，由朱导游（北京人）带领我们游览市行政中心。巨型鱼尾狮塑像坐立在新加坡河畔，狮头的嘴里不断喷出一股股清泉。鱼尾狮是新加坡国家的标志。导游向我们介绍说，新加坡国土面积 719 平方公里，人口 560 万，70% 是华人。新加坡这个世界经济发达国家是从一个小渔村发展起来的，这个渔村当时称为 Temasek（淡马锡），古爪哇语意为"海滨小镇"。狮头，则代表了新加坡最早期名称 Tingapura，马来语意为"狮城"。1972 年 9 月 15 日，时任总理李光耀在新加坡河口为这高达 8 米鱼尾狮雕像揭幕。雕像位于浮尔顿酒店正前方，面向滨海湾，是雕刻家杜南和他的两个孩子于 1972 年共同雕塑完成的。我们纷纷在鱼尾狮雕塑前拍照留念。

　　在许多人的认知里，新加坡是靠马六甲海峡致富的。可是导游说，马六甲海峡不属于任何一个国家，是由新加坡、马来西亚和印度尼西亚三国共同管辖。

涓流

马六甲海峡长 800 多公里，是亚洲联系欧洲和中东地区的重要海运通道，控制着全球四分之一海运贸易。每年有 5 万艘商船经此到达新加坡。全球近一半的油轮都途经这里，大约每十艘油轮中有六艘油轮是我们中国的。时至今日，马六甲海峡仍是我国重要的海上运输通道。

我们颇有兴致地参观了滨海湾经济发达世界里帆船式巨大金沙酒店。酒店高 198 米，共 57 层，三个巨型风帆式高楼象征着福、禄、寿，楼顶有 200 米长的巨型游泳池，是奥运会泳池长度的 3 倍。

我们还瞻仰了行政广场上高高竖立的英雄纪念碑，它是为纪念第一、第二次世界大战中为正义而战的英雄们而修建的。

中午，我们吃的是海南鸡肉饭。

下午，我们去圣淘沙岛游逛。导游告诉我们，新加坡由 63 座岛组成，该岛面积最大。游客们可在海洋馆里观赏世界最大的水族箱，里面色彩斑斓的水生动物品种繁多。我们发现多角三棱鲀的真实身份，了解双髻鲨眼观六路的本领和蓝血贵族北太平洋巨型章鱼，见到了史前活化石匙吻鲟、变性的伊氏石斑鱼、朱古力海星等，发现海鳗牙齿的秘密，探索主刺盖鱼的成年变色之谜，找出了爱玩、爱捉迷藏的草海龙，认识了日本蜘蛛蟹和其他长寿动物。

晚上，许多游客慕名去品尝肉骨茶。肉骨茶，就是边吃排骨肉边饮茶。肉骨是选用上等的包着厚厚瘦肉的新鲜猪排骨，加上丁香、肉桂、八角、茴香及芫荽等佐料，一起将排骨炖得软软的。汤汁茶色鲜泽，口味清鲜咸香。

夜晚，我们住在庄家（Aslnd）酒店，在酒店游泳池舒适地游泳，仿佛能洗尽白天奔波的疲劳。

第二天上午，我们乘车去仁济药店，许多人购买了新加坡独特配方的千里追风油等药品。正如药店门口对联所写"有钱有权有成功，没有健康一场空，爱妻爱子爱家庭，不爱身体等于零"，许多中医良药能祛除筋骨伤痛。接着，我们驱车离开新加坡，入关马来西亚。

在马来西亚华人黄导游的带领下，我们首先参观三宝庙和三宝井。这里是 500 年前马六甲最辉煌的地标，明朝三宝太监郑和曾从这里登陆，与当地人通商丝绸、瓷器等货物。宝山亭，是华社头人料理华人丧葬、婚仪、救济贫弱、排解纠纷以及召开华商和社团领袖会商民事对策的地方。有许多华人安葬在三宝山麓下，它们墓碑都朝向祖国与家乡方向。三宝井是马六甲苏丹为汉丽公主在三宝山脚下挖的一口井，井水的凝聚力较大，在碗里盛满井水，不少游客投进许多硬币，水却一点也不溢出。

下午，大家驱车前往联合国教科文组织于 2008 年 7 月 7 日宣布的世遗古城——马六甲。大部分游人乘坐人力三轮车，周游观光古城。这里有荷兰广场、圣保罗基督教堂、葡萄牙古城门炮台古炮及荷兰红屋。导游告诉我们，1511 年葡萄牙远征军攻占了马六甲，用红色的巨石修筑堡垒，被称为圣地亚哥城堡。号称当年东南亚最大、最坚固的城堡。1607 年，荷兰人从葡萄牙人手中夺取了马六甲统治权，保留了葡萄牙人古城古炮。荷兰红屋建于十七世纪，三百多年来它一直是政府机关所在地。十八世纪初，作为荷兰总督官邸并兼为荷兰行政中心直到 1824 年。在英国殖民马六甲时期，被英国人作为行政中心直到 1979 年改为马六甲博物馆。圣保罗基督教堂建于 1753 年，是荷兰人为庆祝统治马六甲一百周年而建，也是马来西亚目前使用中最古老的教堂。广场上喷泉的前面有一座红色钟楼，是荷兰人用来度量城市与城市距离的坐标。1824 年，英国人接管马六甲，取消荷兰殖民政府统治下的"甲必丹"制度（任命前来经商、谋生或定居的华侨领袖为侨民的首领，以协助殖民政府处理侨民事务）。喷泉是英国殖民者于1901 年为庆祝维多利亚女皇 60 周岁生日所建。现在，广场上经常有头戴色彩缤纷头巾的马来妇女带着玩耍的孩子，他们笑脸迎人，让游客们倍感亲切。

晚上，我们住在康卡酒店。

第三天上午，我们游览波德申。这里一直是马来西亚巴生河流域家喻户晓的旅游胜地，是距首都吉隆坡最近的海滩。波德申海滩简称 PD，是马来半岛最漂亮的海滩。全长 18 公里的海滩上，到处可见木麻黄树。我们乘气垫船冲浪，又乘摩托艇滑浪，在海边自由游泳，穿上橙色救生衣浮游，尝试"牵罟"，体验马来人捕鱼捉蟹的技巧。

结束海边水上活动后，我们回到酒店游泳池放松。中午，品尝海鲜大餐。下午，我们去城市农场，观看马来人饲养的各种动物。在路上，黄导游拿出割胶刀在路边橡胶树上割胶，胶液像乳汁一样流出来。他告诉我们，割胶工每天必须在凌晨六点前割胶，并把胶液运到工厂加工。因为，6 点以后割下的胶液会很快凝固起来，变成废品。马来西亚全年处于赤道热带，高温多雨，土壤肥沃，森林面积占一半，以橡胶作物为主，确实是一个橡胶王国。

晚上，我们住在 Concokrpe 酒店。

第四天上午，我们去马来西亚首都吉隆坡行政区太子城。太子城有大片绿茵茵的草坪，中心有装饰着缤纷各色鲜花的喷水池，周围飘扬着十四个州的州旗。1957 年 8 月 30 日，马来西亚宣布独立。这里有世界最大的广场之一——独立广场；有世界最高的国旗旗杆；有高大的国家清真寺——歌德式圣玛利教堂。教堂占地 5.5 公顷，由首任总理拉赫曼于 1957 年倡议修建，1965年竣工。远远望去，银色双峰尖塔直插云霄。它号称世界最高的塔楼，是马来西亚经济蓬勃发展的象征。

下午，我们参观皇家雪兰莪锡蜡博物馆。导游告诉我们，马来西亚不仅锡矿业发达，更以锡器闻名于世。马来西业的锡矿储量世界第二，而锡矿的品质世界第一。一到博物馆门口，我们首先被矗立在那里的巨型锡金啤酒杯所吸引，这是世界上最大的锡制的杯子，已列入吉尼斯世界纪录。进入博物馆内，陈列室展示着皇家雪兰莪品牌近一个世纪的发展历程，一代传一代，渐渐地成就了品牌的历史遗存和深厚的文化底蕴。展示馆以摩登现代化的空间设计，展示锡制的艺术品，琳琅满目的锡制品，让人眼花缭乱。这些多种多样、大小不一、闪亮的锡制品雕刻精美，做工精细，已畅销到二十多个国家。

晚上，我们仕宿在安曼达酒店。

第五天上午，我们去参观皇宫。皇宫，也叫苏丹，是世界最大的仍居住着皇族的宫殿，集西方与伊斯兰教建筑艺术于一身的皇宫拥有 2200 间房，内有清真寺。三公里长的地下通道设有冷气马房，可容纳 2000 名宾客。皇宫大门由骑着骏马的士兵守卫，我们惊喜地与身穿马来服装的警卫一起合照。

下午，我们去吉隆坡东北 50 公里外乘缆车游览云顶高原。云顶高原，原名珍丁高原，坐落在海拔约 2000 米高的古老热带雨林中。这里全年气温 22 摄氏度左右，气候凉爽，是马来西亚最大的高原避暑地和娱乐中心。海拔 1772 米的乌鲁卡里山，在云雾的环绕中犹如云海中的蓬莱仙阁，又如海市蜃楼。里面设有全国唯一合法的赌场，但穆斯林教徒不准入内。

晚上，我们住在新山奥曼莎酒店。

东南亚的新马行，就这样愉快地结束了。有人随口吟诵了一首诗："太阳月亮轮回上，江河湖海水流长。喜马拉雅山最高，亚洲人民气昂昂。"

登天平山

秋风飒爽，枫红稻香。时令已至霜降，2020 年重阳节这天，我乘车来到姑苏古城西南 14 公里的太湖之滨，登游天平山。

天平山南连灵岩山，西北通华山、天池山，北接寒山岭和观音山，占地 77 公顷。这里是太湖国家 5A 级风景名胜区的核心景区，也是我国四大赏枫胜地（北京香山，苏州天平山，南京栖霞山，长沙岳麓山）之一，有"吴中第一山""江南胜境"之美誉。适逢天平山第 27 届红枫节，到这里的游客如潮水般，都兴致勃勃地上山观枫赏叶。

进入公园大门，百米长的走道挂满了成行的红、黄、蓝彩色风车，在风儿吹拂下飞速哗啦啦地旋转，好像在热情拍手迎接客人们的来临。

乾隆御道，路面宽阔平坦。想当年，乾隆江南游巡时，由此道从姑苏枫桥京杭大运河边五马并驱，经寒山岭，过童梓门直达天平山。那时御道用砖铺成人字形，寓意乾隆苍天之下、万人之上的地位。如今我们看到的御道，已经改修过了。

经过十景塘。十景塘由原天平山庄主人范允临于庄前开凿，塘一分为二：大为荷花池，面积约五亩，盛夏在这里可观叶赏花；小为玩花池，五颜六色的鲜花朵朵露着笑脸。大堤相隔，池上驾桥，红栏曲折。走在曲转的凌波曲桥，看到此处山水相映，使人萌发悠悠睿思。大自然会赐给人们美，人们还可以创造更多美。

走进高义园，牌坊上蟠龙金匾上"高义园"三个字是乾隆于辛未年（1751 年）第一次登临天平山，因感佩范仲淹德行御赐。牌坊左右有一副醒目对联："想子美高飘水萍云在，意尧天旷致月到风来。"当年乾隆还在御书楼上休息，听苏州评弹艺人来弹唱，乐为逍遥。

进入岁寒堂，见到《木渎小志》记有："宋范仲淹命岁塞堂前二松为君子树，赋诗云：'二松何年植，清风未尝息。天矫勾庭户，双龙思霹雳，岂无桃李婆，贱皱非正色。岂无桂兰芬，贵此有清德，万物怨换落，独如寿山碧。乃知天地威，亦向岁寒惜，有声若江湖，有心若金璧。雅为君子树，对之每前席，或当应自然，化为补天石。'"

堂前原有两棵松树，范仲淹誉之为君子树，故取"岁寒"为堂名。原为范仲淹祠堂，后称范参议公祠，为范仲淹十七世孙范允临祠堂。如今，这里辟为苏州干部学院教育基地，倡导人民公仆要有范仲淹"先天下之忧而忧，后天下之乐而乐"一样的博大胸怀。

上天平路，过了龙门，拾阶而上，经一线天、飞来石、望枫台。一线天，路窄仅容一人宽，山势峭峻，岩石奇险。

原来这山形成于一亿三千六百万年前的造山运动，山峰为长岩花冈石组成。当地壳隆起为山时，地层的一部或数部上下错位或扭曲。它的断层倾斜幅度较大，近于垂直。经亿万年风雨冻曝，风化剥落，残有坚挺耸立，仿佛万笏朝天。站在望枫台上，观赏东南山麓红枫，叶呈三角形，植树较高大，粗壮挺拔，主干高约十层楼房，两三人才能合抱。近年来，又栽种枫树 2000 多棵，与原先的古枫林融成一片。10 月下旬，枫叶从青变黄，从黄变橙，从橙变紫，从紫变红，堪称"五色枫"。这时的火红枫叶，像蝴蝶展翅，随风飘舞；似珊珊灼海，红霞万丈。

再经中白云亭、卓笔峰、照湖镜，至山顶。

白云亭，唐代大诗人白居易《白云泉》为此留下壮丽诗篇："天平山上白云泉，云自无心水自闲。何必奔冲山下去，更添波浪向人间。"是的，白云泉泉水清澈而晶莹，山上的白云随风飘荡，舒卷自如，十分闲散自在。山腰的清水淙淙潺流，自由奔鸿，从容自得，毫无牵绊。

登上山顶，山顶正平。上百游人环顾四周，绿地林立，延绵群山，浩瀚太湖，绘成一幅充满时代气息的江南山水书卷，这里生机勃勃，瑰丽壮观。

为此，我欣然赋词一首以歌之：

水调歌头·登天平山

秋爽去山处，欲攀此峰巅。应为吴境高地，誉胜号南仙。适遇红枫节点，乘兴重阳赏景，今日幸福连。极目勔勔劲，举足步上前。

飞来石，亭子上，镜湖烟。古枫远望，火红片染天边。泉水白云空弥，清澈淙淙甘冽，好个渺漂园。蕴岳铭怀中，舒卷扫绊牵。

畅游冀蒙陕晋名胜

2020 年 9 月中旬，我们 20 多位游客组团用时 9 天先后畅游了冀蒙陕晋四省区共 22 个名胜景点。

一、西柏坡

首先我们来到河北省石家庄市平山县国家 5A 级红色旅游景点西柏坡。听导游说，1997 年这里被中央宣传部指定为"培育爱国之情激发报国之志"全国爱国主义教育基地。1948 年至 1949 年 3 月 23 日，这里是中共中央所在地。在这里，党中央和毛主席指挥了解放战争辽沈、淮海、平津战役，召开了七届二中全会和全国土地会议，解放全国，故有"新中国从这里走来"之称。我们瞻仰了广场中央毛泽东、朱德、刘少奇、周恩来、任弼时五位领导人的青铜铸像。铸像均高 2.5 米，高大伟岸。我们又参观了党的七届二中全会会址、九月土地会议会址、中央军委作战室、书记们旧居与防空洞等。

西柏坡在华北平原和太行山交汇处，在一片向阳的马蹄状山坳里，三面环山，一面环水，西扼太行山，东临冀中平原，距华北重镇石家庄仅 90 公里，交通方便，易守难攻，既适宜危机时刻向山里撤退，有利时又便于向城市进军。这里村庄稠密，沿滹沱河分布，依山傍水，滩地肥美，地广粮丰，稻麦两熟。这里确实是个好地方。我们了解到，1949 年 3 月 5—12 日中国共产党七届二中全会在这里召开。全会提出了促进革命取得胜利和组织这个胜利的各项方针，确立了工作重点的方向，制定党在全国胜利以后，政治、经济、外交等方面的基本政策，提出实现中国由农业国转变为工业国、由新民主主义社会转变为社会主义社会的总任务和主要途径，向全党提出"务必使同志们继续地保持谦虚、谨慎、不骄、不躁的作风，务必使同志们继续地保持艰苦奋斗的作风"的告诫，为新中国做出了政治上、思想上和组织上的准备。

二、五台山

我们乘车游览山西省忻川市五台山。五台山是我国四大佛教名山之一（另为浙江普陀山、四川峨眉山、安徽九华山）。《名山志》载："五台山五峰（东、南、西、北、中）耸立，高出云表，山顶无林木，有如垒土之台，故曰五台。"导游带领我们分别游览了殊像寺、镇海寺和五爷庙。

殊像寺，位于五台山台怀镇西南 1 公里处，五大禅林之一，因寺内供奉着文殊菩萨而得名。导游告诉我们，殊像寺始建于元代，明代弘治年间和万历年间重修。我们参观了寺内前后两大建筑。会乘殿前气势宏敞，肃穆庄严。会乘殿后假山雄峙，真山上又置假山曲径，阁殿堂都建于假山之中。游览完此地，我觉得这里的假山在外八庙中规模最大，园林气象最浓郁。

镇海寺，位于五台山台怀镇南清水河西侧。导游告诉我们，镇海寺建在陡峻的石山嘴上。我们看到，紧邻大院的前脸，树有幡杆，蹲有石狮，筑有山门、天王殿和钟鼓二楼。我们了解到，它始建于明代，同一寺旁海底泉上建有镇海培而得名，现为藏传佛教格鲁派寺院。

五爷庙，又称五龙王殿。导游告诉我们，五爷是佛教传说的财神，是龙王的第五个儿子，名为圣衍，人们向龙五爷求财，凡有求必应，应之必灵。五爷庙坐北向南，始建于清代，民国年间重修时增建殿外前庭。殿内除了供金脸五爷外，在背后也左右排列了大爷、二爷、龙母、三爷、雨神的塑像。到这里的信男善女们要净（洗）手，左手请着香，虔诚地烧香拜佛。在他们心目中，五爷庙成了有求必应的象征。

三、悬空寺

跟着导游的脚步，我们游览了山西省大同市浑源县恒山的悬空寺旅游景点。导游告诉我们，悬空寺建在恒山金龙峡西侧翠屏峰的峭壁间，有"悬空寺，半山高，三根马尾空中吊"的说法。据说，它是北魏时了然和尚所建，距今已1400多年的历史。这里山势陡峻，两边是直立百余米、如同斧劈刀削一般的悬崖，寺庙立于崖壁上，给我们一种可望而不可即的感觉，但层层叠叠殿阁，只有数十根像筷子似的木柱子把它撑住。大片赭黄色岩石，好像微微向前倾斜，瞬间就要塌下来似的。俗话说"万丈高楼平地起"，可是这悬空寺反其道而行，悬空建在这绝壁上。虽然它给我们第一印象是一栋危楼，但出于好奇和探险的冲动，我们都愿意踏上寺门，踏上那连接殿宇之间栈道。

我们不约而同地抬起脚，屏住呼吸，小心翼翼地踩在木头上，生怕脚重，寺塌下来，自己做了"空中飞人"。然而，脚底下的木板虽然吱吱作声，但贴在岩石上的楼台，却岿然不动。侧身探头向外仰望，但见凌空栈道只有数条立木和横木支撑。这些横木又叫"铁扁担"，是用当地特产铁杉木加工成方形木梁，深深插进岩石里去。

我们觉得，其实悬空寺之所以能够悬空，除了借助"铁扁担"之力外，立木（即柱子）也立下汗马功劳。这些立木每根柱的落点都经过精心计算，以保证能把整座悬空寺撑起来。为什么要把这佛、道、儒三教合一寺庙建在这千尺峭壁之上？导游解释说，原来以前这里是南去北往大同的交通要道，悬空寺建在这里可以方便来往的信徒进香。其次，浑河河水从寺前山脚下流过，常常暴雨成灾。河水泛滥，人们以为有龙儿作祟，便建浮屠来镇压，于是在这百丈悬崖上悬空修建了寺庙。

四、应县木塔

我们乘车来到山西省朔州市应县，去城西北的北佛宫寺内参观木塔。导游向我们介绍，木塔全称"佛宫寺释迦塔"，俗称"应县木塔"，建于辽清宁二年（1056 年），金明昌六年（1195年）增修完毕，是我国现有最高最古且唯一的一座木构塔式建筑，是国家 4A 级旅游景点。它与意大利比萨塔、巴黎埃菲尔铁塔，并称"世界三大奇塔"。2016 年，它获吉尼斯世界认定，是世界最高木塔。木塔高 67.31 米，底层直径 30.27 米，纯木结构，无钉无铆。塔内供奉着两颗释迦牟尼佛牙舍利。1961 年，它成为首批全国重点文物保护单位。因是受保护文物，故游客不能登临塔上。从外边观看，塔共 9 层。整个木塔，有 54 种斗拱，共 480朵。每朵斗拱就像盛开的莲花，固定木塔结构，堪称"百尺莲开"。

我觉得这木塔，就是"斗拱博物馆"。

五、云冈石窟

我们乘车慕名来到山西省大同市城西 16 公里处武州山南麓游览云冈石窟。导游告诉我们，云冈石窟是国家 5A 级旅游景点。石窟依山开凿，东西绵延 1 公里长。存有主要洞窟 45 个，窟龛252 个，石鹏像 51000 余躯，为我国规模最大的古代石窟群之一。石窟的开凿从文成帝和平初年（460 年）起，一直延续至孝明帝正光五年（524 年）止，前后有 60 多年。

我们主要观看了二十个洞窟。

第一窟、第二窟，为双窟，位于云冈石窟东端。一窟中央雕出两层方形塔柱，后壁立像为弥勒，四壁佛像大多风化剥蚀，南壁窟门两侧雕维摩、文殊，东壁后下部的佛本故事浮雕保持较完整。二窟中央为一方形三层塔，每层四面刻出三间楼阁式佛龛，窟四壁面还雕出五层小塔。

第三窟，是云冈最大的石窟。前面断壁高约 25 米，传为昙曜译经楼，窟分前后室。前室上部中间凿出弥勒窟室，左右凿出一对三层方塔。后室南面两侧雕刻有面貌圆润、肌肉丰满、花冠精细、衣纹流畅的三尊造像。本尊坐佛高约 10 米，两菩萨立像各高 6.2 米。

第四窟，窟的中央雕一长方形立柱，南北两面各雕六佛像，东西各雕三佛像。导游说，南壁窟门上方有北魏正光纪年铭记，这是云冈石窟现存最晚的铭记。

第五窟，位于云冈石窝中部，与六窟为一组，双窟。窟为前后室，后室北壁主像为三世佛，中央坐像高 17 米，是云冈石窟最大的佛像。窟的四壁满雕佛龛、佛像。拱门两侧，刻有二佛对坐在菩提树边。顶部浮雕飞天，线条优美。

第六窟，窟平面近方形，中央是一个连接窟顶的两层方形塔柱，高约 15 米。塔柱四面大龛和窟东、南、西三壁及明窗两侧，雕出 33 幅释迦牟尼从诞生到成道的佛传故事浮雕。此窟规模宏伟，雕饰富丽，技术精炼。

第七窟，窟前建有三层木构一檐，窟内分前后两室。后室正壁上层刻有菩萨生于狮子座上。东、西、南三壁布满雕刻的佛龛造像，南壁门拱上的六个菩萨形象优美逼真。窟顶浮雕飞天，生动活泼，各以莲花为中心，盘旋飞舞，舞姿动人。

第八窟，窟内两侧有五头六臂的鸠摩罗天，东侧刻有三头八臂骑牛的摩硫首罗天。这种雕像在云冈极为罕见。

第九窟，分前后两室。前室门拱两柱为八角形，岩壁上刻有佛龛、乐伎、舞伎。造像生动，动感力强。

第十窟，与九窟同期开凿，分前后两室。前室有飞天，体态优美，比例协调。明窗上部，石雕群佛构图繁杂，玲珑精巧，引人注目。

第十一窟，有直达窟顶的方形塔柱，四面雕有佛像。正面，菩萨像保存完好。窟的四壁刻满造像和小佛。

第十二窟，正壁上刻有伎乐天人，于执弦管、打击乐器，神情迥异。

第十三窟，正中一尊交脚弥勒佛像，高 12 米多。

第十四窟，雕刻多风化。

第十五窟，雕有一万金尊小佛坐像，人称万佛洞。

第十六至二十窟，最早开凿，为云冈石窟昙曜五窟。第十六、十七、十八窟，封闭性保护整理。

第十九窟，主像是三世像。窟中的释迦坐像超过 16 米高，是云冈石窟中的第二大像。

第二十窟，造像完全露天。立像是三大佛，正中的释迦坐像，高 13.7 米。这尊佛像面部丰满，气魂浑厚，为云冈石窟雕刻艺术的代表作。

历史告诉我们，北魏时大同都市非常繁华，人们走西口去塞外必经此处。我们领略到了云冈石窟雕刻艺术空前高超的风采。

六、内蒙古博物馆

乘坐汽车，我们来到内蒙古呼和浩特市区新城区华东街，参观内蒙古博物馆。它是国家 4A 级旅游景点，国家一级博物馆。

我们观看了第二楼层的远古世界、高原壮阔、地下宝藏、飞天神舟四个基本陈列。

远古世界，内蒙古自然古生物化石陈列，展示自三十亿年前至一万年前起落恢弘的内蒙古远古生态环境的巨大变迁，尤其突出中生代恐龙和第三纪、第四纪哺乳动物化石标本，这些化石标本的发掘使内蒙古有"化石之乡"的美誉。

高原壮阔，内蒙古自然现生生物陈列，展出现今生存于内蒙古的动物与植物标本，以东部森林、中部草原、西部戈壁沙漠的典型环境生物为点。

地下宝藏，内蒙古地质矿产标本陈列，展示内蒙古盛产的各类贵重金属矿产、有色金属矿产、非金属矿产、能源矿产和建筑材料等标本，呈现内蒙古煤炭、稀土等丰富的地质矿产资源。

飞天神舟，以内蒙古为基地中国航天科技陈列，展示内蒙古人民对我国航天事业的巨大贡献。它激发我们发扬草原开放人文精神情感，进一步探索宇宙太空奥秘。

七、希拉穆仁大草原

我们乘车来到内蒙古包头市达尔罕茂旗希拉穆仁镇大草原。希拉穆仁，蒙语意为"黄色的河"，是内蒙古第二大草原。这里海拔 1700 米，丘陵起伏，芳草萋萋，一派辽阔壮美的草原风光。这里昼夜温差大，中午热得我们只穿短袖 T 恤衫，夜晚气温下降至接近零摄氏度，住在蒙古包里冷得要盖棉被，开空调取暖。真正体会到了，"早穿棉，中穿纱，晚上围在炉旁吃西瓜"的感觉。我们热爱这片大草原，因为这里的天空湛蓝，空气很清新，河水很清澈。

在这大草原里，我们观看两个蒙古族青年小伙子激烈而精彩的摔跤比赛。有的游客在牧民的保护下，好奇地骑着马在草原上肆意奔跑；有的游客，坐着响铃马车去敖包尽兴游荡。

接下来，我们乘车去红格尔敖包山上，观看由 60 多名青年演员表演的大型实景剧《漠南传奇》。只见骏马飞奔，箭飞鸟鸣，狼烟滚滚，人喧马嘶。部落征战，圣祖成吉思汗出征，安达和亲，那达慕盛会。英雄上马，弯弓射日，驰骋草原，追逐梦想。这是一场五彩缤纷的视觉盛宴。我们真正感受到，蒙古族是一个战斗的民族，是一个英雄的民族。

夜晚，我们穿上蒙古族盛装，在大型蒙古包里参加诈马宴。诈马宴是蒙古族特有的庆典宴飨全牛席或全羊席。诈马，蒙语是指褪掉毛的整畜，把牛或羊宰杀后用热水退毛，去掉内脏，烤制上席。会场中间，蒙古族男女青年演员尽情放声高歌，优姿劲舞。我们坐在贵宾席上，接受主人献给的蓝色哈达，一边观看精彩的歌舞演出，一边畅饮着内蒙古特产闷倒驴美酒、品尝着烤全羊等美味佳肴。宴会一结束，主人们随即在室外沙地点燃篝火，并邀请我们一起围着篝火跳舞。在优美乐曲的伴奏下，我们手拉手，围着圆圈尽兴地跳舞，真正体会到了蒙汉人民一家人，蒙汉人民亲又亲。

八、公主府

我们来到呼和浩特新城区赛罕路，参观清代公主府。公主府建于清代康熙年间，是康熙皇帝的云女儿和硕恪靖公主居住过的府邸，是塞外保存最完整的一处清代四合院群体建筑，是全国重点文物保护单位。和硕恪靖公主就是在这里嫁给了蒙古族人敦多布多尔济。我们游览这塞外清代四合院建筑群，瞻仰一座写着"59 军抗日阵亡将士公墓"的纪念碑，纪念碑下嵌有一块由胡适撰写、钱玄同书写的碑刻。

我们还观看了室内珍藏的许多文物精品，深深为这些艺术品叹服。

九、蒙亮民族文化风情园

我们乘车去呼和浩特市回民区成吉思汗西街，参观蒙亮民族文化风情园。在乌兰图雅家蒙古包里，我们品尝着香甜的奶茶，聆听女主人的家庭介绍。她与内蒙古著名歌手乌兰图雅同名，今年 47 岁，全家 22 人。每一个牧民拥有 80 亩草场，每家可养 10 头牲口。这是党好的民族政策，让她家真正富裕起来了。她的爷爷 93 岁，还在行医。她在风情园内就业，每月可领取丰厚的报酬。

许多游客在这里购买了内蒙古特产银碗、银梳、牛肉干、奶粒、黄米粒等物品。

十、美岱召

我们来到内蒙古包头市以东 50 公里的土默特右旗，参观美岱召。导游介绍说，美岱召，原名灵觉寺，后改寿灵寺。美岱召四角筑有外伸约 11 米的墩台，上有角楼。进入泰和门，迎面就是大雄宝殿，是喇嘛教传入蒙古的一个重要的弘法中心。平面呈长方形，总面积 4000 平方米。明代隆庆年间（1567—1572 年），蒙古土默特邨主阿勒坦汗受封顺义王建寺。西藏迈达里胡图克周于万历三十四年来就传教，即为美岱召。

美岱召依山傍水，建筑有独特风格。它仿中原汉式，融合蒙藏风格而建，是一座"城寺结合，人佛共居"的喇嘛庙。经过修缮的城门，古朴典雅，虽说没有藏传佛教寺院四周的经幡飘动，但建筑选址、格局还是透着别样韵味。

十一、银肯响沙湾

我们来到内蒙古鄂尔多斯市达拉特旗，游览银肯响沙湾国家 5A 级旅游景点。导游介绍说，这里沙高 110 米，宽 400 米，滚滚沙丘，面临大川，背风向阳坡，地呈月牙形，坡度为 45 度倾斜，形成一个巨大的沙上回音壁。

"我是一粒沙"——这是每一位响沙湾人迎接每一位远道而来远道客人的一句心语。

"一粒沙世界"——这是每一位响沙湾人与我们宾客融为体的、溶于大自然的、充满了自由自在的、神仙般的、永无止境的欢乐境界。

游客们乘着飞快的跑车，登上"银肯"沙丘顶，往下滑溜，沙丘发出轰隆声，轻则如青蛙"呱呱"的叫声，重则像汽车、飞机轰鸣，又如惊雷贯耳，感觉像是一曲激昂澎湃的交响乐。

男女伉俪们坐躺在沙漠中的双人摇椅上，享受着人生相爱的浪漫之情。

我们蹬着沙漠中的有轨自行车，沉浸在无尽的欢乐之中。

我们骑着沙漠中的骆驼，跟随驼队，听着那一路悦耳的驼铃响声。

我们坐着沙漠中的过山车，或左或右，忽上忽下，风驰电掣，惊心动魄。

自由自在的欢乐世界，使这里成为了人间仙境般的世外桃源。

十二、康巴什新区

我们乘车来到内蒙古鄂尔多斯市中南部的市委、市政府驻地。导游告诉我们，这是一座背山面水，在荒原上崛起的新城。它是鄂尔多斯新的政治文化中心、金融中心、科研教育中心和装备制造基地、轿车制造基地，全国首个以城市景观命名的国家4A级旅游景点。

我们游览了成吉思汗雕塑广场。这里景色优美，建筑宏伟，道路宽敞，绿草成片，绿树成行，但路上行人却很少。据了解，这是一座按设计规模可容纳百万人口的新城，而今这里只生活着15万多人口，大量的建筑被空置。

我们期待着，这座美丽的城市能进一步繁荣发展。

十三、镇北台

我们乘车去陕西省榆林市城北4公里的红山顶上，游览镇北台。我们观看这明代长城遗址，感觉它规模宏大，气势磅礴，被誉为"万里长城第一台"。它据险临下，控南北之咽喉，如巨锁扼边关要隘。镇北台呈方形，共4层，高30余米。台基北长82米，南长76米，东西各长64米，占地面积5056平方米。台周边长有杨树、松树、柏树、柠条等植物。台之各层均青砖包砌，各层台顶外侧砖砌约 2 米高的垛口，垛口上设有瞭望口，各层垛口内四周相通。第一层周围有屋宇环列，乃当年守台营房，至今基座尚有。

1607 年 4 月至次年 7 月，当时的延绥巡抚涂宗睿在长城南北最险要的红山上、款贡城西南角筑起镇北台，居高临下，观察敌情和汉蒙人互市情况。我们今日登上镇北台，不由得生发了"但使龙城飞将在，不教胡马度阴山"那保卫家乡的战斗豪情。

十四、波浪谷

我们乘车去陕西省靖边县东南 22 公里龙川乡闫家寨子，游览波浪谷景点。导游介绍说，波浪谷的岩石是红砂岩，学术上称为"砒砂岩"。这种红砂岩形成于古生代二叠纪和中生代三叠纪、侏罗纪、白垩纪之间。沙丘不断地被一层层浸渍了地下水的红沙所覆盖，天长日久，水中的矿物质把沙凝结成了砂岩，形成了层叠状的结构。

我们看到，红色石头像泥石流一样呈现出一种流水状，一圈圈、一坨坨、一湾湾地向沟壑中淌去，闫寨子沟对面的长嘴坪，那些层层叠叠的石头像一大批铺盖在地面上浸染过后曝晒的红色布匹，一层层、一卷卷、一盘盘在夕阳的渲染下，异常鲜红，又似黄土中冒出的一段红水缓缓向低处流淌。我们再沿着红石一直走，眼前豁然开朗，一条绕似峡谷的河沟横在前面，红色石头全都呈流水状凝固在这里，像一株株红色的冰挂，又似一股股封冻的岩浆，与沟底一处流淌细小的河水和远处覆满绿色松被山顶上转动的风车构成一幅优美图景。

我们被这处"红沙峁"优美丹霞地貌迷住了，流连忘返。

十五、枣园

我们乘车去陕西省延安市城西北 8 公里处游览红色景点枣园。枣园是革命旧址，1944 年至 1947 年 3 月是中共中央书记处所在地。这里原是一家地主庄园，中共中央进驻延安后，此处遂改名为"延园"。中共中央书记处在此地期间，继续领导全党开展整风运动和解放区军民开展大生产运动，筹备召开党的七大，领导全国军民夺取抗日战争的最后胜利，领导全国人民为争取民主团结、和平建国、同国民党顽固派进行针锋相对的斗争，为粉碎国民党反动派"全面内战"做了充分的准备。

我们怀着无比崇敬的心情参观了毛泽东、周恩来、刘少奇、朱德、任弼时等同志的旧居以及"为人民服务"讲话台、书记处小礼堂等。书记处小礼堂坐落在延园中央，为砖木结构。中央书记处的会议室，关于重庆谈判的决策就是在这里确定的。

我们看到，这里的园林景色秀丽，环境清幽，风光迷人。

十六、杨家岭

到延安城西北 2 公里，我们参观了杨家岭革命旧址。导游说，杨家岭革命旧址是红色旅游景点的经典，是国家 5A 级旅游景点。1938 年 11 月至 1947 年 3 月，毛泽东等中央领导居住址和中共中央机关就在此地。这期间，中共中央继续指挥抗日战争敌后战场并领导了解放战争，领导了大生产运动和整风运动，召开了党的"七大"和延安文艺座谈会。我们参观了 1942 年在此建成的中央大礼堂。1945 年 4 月 23 日至 6 月 11 日，在这里召开了中国共产党第七次代表大会。在这会议室里，我们观看并抚摸着毛泽东、朱德、周恩来、刘少奇、任弼时坐过的座椅。在外边，我们还观看了毛主席亲手种过的菜地。

走进周恩来旧居，让我们印象最深刻的是那张黑白照片。他骑马过河时不幸摔倒，右臂被撞在石头上，以致粉碎性骨折。毛泽东送他去苏联医治，但他放不下手中的工作，坚持采取保守治疗，最终右臂残疾。

走进朱德旧居，看到房子很简朴，一张床，一张破的桌子，还有一些锅碗瓢盆。有一张照片上是朱德、贺龙和徐向前在延安机场视察部队训练，从他们的严肃表情看出他们工作的认真严谨。

走进毛泽东旧居，看到的他的床被、床单真的是太简朴了，办公桌也特别简陋。一张他住在窑洞里竟然穿着补丁裤的照片，可以想象那个时候他生活非常艰苦。杨家岭承载着革命时期的精神。今天我们要不忘初心，继承和发扬延安的革命精神，在社会主义大道上砥砺前行。

十七、南泥湾

我们乘车到延安南泥湾，参观这全国重点文物保护单位、红色旅游景点。导游介绍说，这里自古以来水源充足，土地肥沃。到了清朝中期，战乱使这里变成野草丛生、荆棘遍地、人迹稀少、野兽出没的荒凉之地。抗日战争爆发后，八路军三五九旅旅长王震率领战士们在南泥湾开展了著名的大生产运动。南泥湾是延安精神的发源地，也是中国农垦事业的发源地。如今，这里湿地公园，碧绿色草地，水稻一大片金黄，路边开着漂亮的格桑花，好像欣喜地迎接我们客人的到来。

这时，有人唱起《南泥湾》："花篮的花儿香，听我来唱一唱，唱呀一唱。来到南泥湾，南泥湾好地方。好地方呀，好风光，到处是庄稼，遍地是牛羊。"我们深刻地认识到，"自力更

生，奋发图强"是延安精神的内核，它激励我们一代又一代中华
儿女战胜困难，夺取胜利。

十八、壶口瀑布

我们乘车去延安市宜川县，游览壶口瀑布。导游说，壶口瀑
布是我国第二大瀑布，是国家 4A 级旅游风景点，是国家黄河壶
口水利风景区，也是国家地质公园和地质遗迹保护区、国家重点
风景名胜区。我们看到，黄河奔流至此，两岸石壁峭立，河口收
束狭如壶口。瀑布上游黄河水面宽 300 米，在不到 500 米长距离
内，被压缩到 20~30 米宽度。1000 立方米/秒的河水，从 20 米高
的陡崖上倾注而泻，形成"千里黄河一壶收"的气概。

"壶口"一名，最早见于我国战国时代《尚书·禹贡》："既
载壶口，治梁及岐。壶口、雷首，至于太岳。"可见这里的壶口，
与大禹治水的路线与策略有关。滔滔黄河之水倾泻而下，激流澎
湃，浊浪翻滚，声震数里。站在壶口瀑布边，我们不由得唱起
《黄河进行曲》："风在吼，马在叫，黄河在咆哮，黄河在咆哮。
河西山冈万丈高，河东河北高粱熟了。万山丛中抗日英雄真不
少，青纱帐里游击健儿逞英豪。端起了长枪洋枪，挥动着大刀长
矛。保卫家乡，保卫黄河，保卫华北，保卫全中国。"是的，中
华儿女千古以来，生生不息，迎风破浪，勇往直前。

十九、大槐树寻根祭祖园

我们乘车来到山西省洪桐县，游览大槐树寻根祭祖园。导游
介绍说，这里为国家 5A 级旅游风景点，山西省重点文物保护单
位。2008 年，大槐树祭祖习俗被列入国家非物质文化遗产名录。
此次我们分别游览移民古迹、祭祖活动、民俗游览、汾河生态四
大主题区域。

明代洪武年间，朱元璋为了巩固自己统治的经济基础，移民南迁形成高潮。移民屯田，对恢复生产、增加人口、发展经济、开发边疆、文化交流等具有一定的历史意义。我们观看了碑亭、二三代大槐树、千年槐根、广济寺、石经幡、移民浮雕图、中华姓氏苑等。

二十、广胜寺

我们乘车到洪洞县城东北 17 公里处，游览全国重点文物保护单位、国家 4A 级旅游景点广胜寺。据导游介绍，广胜寺东汉建和元年创建，唐代宗御赐"广胜寺"，意为"广大于天，胜名于世"。元大德七年地震毁坏后重建，明清两代屡经修葺。

我们游览了广胜寺的上寺、下寺和水神庙。

飞虹塔、《赵城金藏》、水神庙壁画，并称为"广胜三绝"。

我们观赏的八角十三层飞虹塔是五座佛祖舍利塔和我国现有四座古塔（另为河南登封嵩岳寺塔，云南大理崇圣寺千寻塔，山西应县木塔）之一，也是迄今为止发现的唯一留有工匠题款、最大最完整的琉璃塔。这里还是央视 1986 年版《西游记》中《扫塔辩奇冤》唐僧扫塔的拍摄场地。

《赵城金藏》是宋代我国第一部木刻版开宝大藏经。《开宝藏》这部藏经是唐代三藏大法师玄奘自天竺取回的梵文经卷中译善本，全世界只此一部，因而被视为稀世瑰宝，与《永乐大典》《四库全书》《敦煌遗书》并称为国家图书馆四大镇馆之宝。

水神庙壁画，以祈雨、行雨、酬神内容为主。这些壁画具有极高的历史与艺术价值。

二十一、王家大院

我们乘车来到山西省灵石县城东 12 公里处的静升镇，游览王家大院。它是全国重点文物保护单位，国家 4A 级旅游景点。导游告诉我们，王家大院由静升王氏家族经明清两朝，历 300 余年修建而成，包括五巷六堡一条街，总面积 25 万平方米。我们看到的王家大院建筑群，有大小院落 35 座，房间 342 间，主院为三进四合院，每院除有高高在上的祭祖堂和两旁的绣楼外，又都有各自厨院、家塾院，并存共同的书院、花院、长工院。周边堡墙紧围，四门择地而设。大小院落珠联璧合，上下左右相通的门多达 65 道，又独立成单。红门堡建筑群，是堡，又似城，依山而建。从低到高分四院落排列，左右对称，中间一条主干道，形成一个很规整的"王"字造型。同时隐含"龙"的造型，堡内 88 座院落各具特色，无一雷同。

王家大院由静升王氏十七世孙王汝聪、王汝成兄弟修建于明代嘉庆元年（1796 年）至嘉庆十六年（1811 年），面积达 19572 平方米。院内雕艺精湛的砖、木、石三雕装饰品，题材繁多，内容丰富，集中展示了王氏家族独特约治家理念。

王家大院是一座具有传统文化价值的建筑艺术博物馆，其建筑格局继承了我国西周时形成的前堂后寝的庭院风格，既提供了对外交流的足够空间，又满足了内在私密氛围的要求，起居功能一应俱全，完整充分地体现了官宦门第的威严和宗族礼制。

二十二、平遥古城

我们最后游览了山西平遥古城。古城始建于周宣王时期，明代洪武三年（1370 年）扩建，距今已有 2700 多年历史，较为完整地保留着明清时期县城的基本风貌，是我国汉民族地区现有最为完整的城，并成功申报世界文化遗产。

平遥古城的交通脉络由纵横交错的四大街、八小街、七十二条蚰蜒巷构成，市楼位于城市中央，明清街位于南北中轴线上，古城建筑分为两部分：城隍庙居左，县衙居右，文届庙居左，关帝庙居右，道教清虚观居左，佛教寺院居右。平遥也被称为"龟城"，南门是头，北门是尾，东西南北四座城门为四条腿，城内四大街、八小街、七十二条蚰蜒巷仿佛是龟背上的花纹，组成一个庞大的八卦。

平遥人希望在城墙的护卫下，将这里成为一个远离战乱的世外桃源。为维持古城原貌，这里没有水泥路，没有柏油路，这里也没有学校，这里只住着少量的原城内平遥人。

平遥古城在我国历史发展中，为人们展示了一幅非同寻常的文化、社会、经济及宗教发展的完整画卷。

狮子林涉趣

元代狮子林与宋代沧浪亭、明代拙政园、清代留园并称为苏州四大名园。

相传，1341 年，元代高僧天如禅师来苏州讲佛经，弟子们买地置屋为其修建禅林，起名狮子林寺。佛家认为，佛乃人中狮子，佛之座处称狮子床。因园内"竹林万固、竹下多怪石，状如狻猊（狮子）者"，又因寺中峰禅师曾倡道于天目山狮子庙，取佛书"狮子吼"之意，因而将寺易名为狮子林。1918 年，富商贝润生（世界顶级建筑大师贝聿铭的叔父）买下该园，重建扩建。新中国成立后，贝氏后人将这私家园林捐献给国家。经苏州市政府整修，该园于 1954 年对公众开放。这一古典园林占地 15 亩，为世界文化遗产、全国文物重点保护单位、国家 4A 级旅游景区。

"城中佳处是狮林，细雨轻风此首寻。" 2020 年 10 月 16 日，我与友人一起乘车来到狮子林，在园内一边散步，一边颇有兴致地观赏各种美景。

燕誉堂。堂名出自《诗经·小雅》："式燕且誉，好而无射。"意为燕而娱乐，始终不已之意。它为全园主厅，原是园主宴客所用。这鸳鸯厅梁上站三位神仙、一位小童，有吉星高照的意思。

大厅内用屏门，挂落隔成南北两部分，两厅相连，但布置相异。北厅梁柱用圆木，南厅梁柱用方木，两厅的门窗图案、家具布置各不相同。前厅是主人招待男宾之所，后堂是女主人会见女客之处。

小方厅。庭院坐南向北，厅上高悬"园涉成趣"匾额。语出东晋陶渊明《归去来兮辞》："园日涉以成趣，门虽设而常关。"厅上对联："石品洞天，标题海岳；钟闻古寺，境楼娜嬛。"院墙辟有四窗，窗花分别为琴、棋、书、画四物，雕刻精美古雅。

指柏轩。指柏，取自"赵州指柏"典故。原为禅僧讲公案、斗禅机之处，后由贝氏重建为两层，是园内正厅，为接待亲朋密友之处，也是园主写诗作画之所。由此可见，园主为颇有才艺的文人雅士。

见山楼。人在室内，可坐楼观山，故名。此处建筑为两层，站在楼上，览尽园中各处佳景。

古五松园。清代康熙年古五松园内有五棵参天古松，现为东西向厅堂。"古五松园"匾由苏局仙题。匾额下有吴致木作绢质五松联屏一幅。厅北小院堆叠假山，巨峰气势雄伟，形体俯仰多姿。

花篮厅。见山楼西，荷花池畔，面水而筑。前有平台，厅南十四扇落地长窗刻有唐诗各一首，厅北六扇长窗均刻有山水人物故事，厅门人步柱不落地，柱端刻成花篮形状及梅、兰、竹、菊，厅中间设屏门四扇。盛夏赏荷，此处极佳。

真趣亭。它在古五松园南。1765 年，清代皇帝乾隆巡游狮子园，见此处峰峦俯仰多姿，石洞剔透空灵，环境幽雅清静，写下《游狮子林即景杂叹》七绝三首、七律一首，并御赐"真趣"匾额一块。亭名取自宋代王禹偁《北楼感事》中"忘机得真趣，怀古生远思"诗意，意为悟得山林真正意趣。此建筑为卷棚歇山顶，外观典雅庄重，内饰豪华，插金刻花，富丽堂皇。亭中挂有六扇屏刻，系清末名家杰作。亭柱有对联："浩劫空踪，畸人独远；田居曰涉，来者可追。"句出唐代司空图《诗品》，表现了园主向往自然、求新求变的生活情趣。

暗香疏影楼。楼名取自"疏影横斜水清浅，暗香浮动月黄昏"。依湖而建，是楼非楼，接通道上山，可以欣赏园景大部。

飞瀑亭。南行数步即是。此处为卷棚歇山方亭。南有瀑布自山顶飞流直下，亭中有一方石桌与四只石鼓墩座。坐在此处，听到响亮清脆的水流飞溅声。

问梅阁。阁名出自马祖问梅禅宗公案故事。它是西山中心景点，阁外有梅数枝。东眺山地，全园山色历历在目。

双香仙馆。它位于园中西南，问梅阁下。建筑为长方形单檐亭，屋顶与廊共用。三面围木栏杆，亭内设汉白玉石台。所谓双香指梅荷之香。亭外近处有梅花，山下有荷花池。冬日，梅花暗香浮动；夏天，荷花清香益远。此处享受梅荷两种清香，好似仙人居住之所。

扇亭。外形像折扇的扇面。扇形月洞，扇形吴王靠，扇形平台。置身其中，饱览园景。

修竹阁。它飞跨池水之上，西连湖心岛，东通复廊。阁内南北墙上分别有"通波"与"飞阁"砖额。修竹南北不设墙。阁内北望，可见小溪，蜿蜒于山间，曲折幽深；南望则见曲折错落的石岸围住一泓湖水，似山中小湖，颇有野趣。

卧云室。踏着光滑的青石台阶，见山巅有座方形小屋，上面挂着"卧云室"横匾。卧云,语出金代元好问诗句"何时卧云身,因节遂疏懒"。此室建于假山中央,原为寺僧静坐养心禅室。建筑为凸字形,两层,上下各六只戗角飞翘,造型奇特,楼阁周围空间极狭,似石壁重重山坳之中。

立雪堂。原是禅宗传法之处。立雪,指北宋扬时和游酢一起去向程颐请教,程正午睡,两人侍立等候,这时已下雪了,等程醒来看到他们时积雪已一尺深。堂内有一副对联:"苍松翠竹真佳容,明月清风是故人。"这反映园主以松竹风月为友、脱俗超尘之情趣。

假山。东边为"旱假山",西边为"水假山",是我国园林大规模假山仅有者。这些"透、漏、瘦、皱"的太湖石堆叠假山通过模拟与佛教故事有关的狮形、兽像等,喻佛理于其中。山峰分上、中、下三层,有山洞 21 个,曲径 9 条,山顶石峰有"含晖""吐月""玉鱼""昂霄""狮子"诸峰,各具神态,千奇百怪。

"枕水小桥通鹤市,森峰旧苑认狮林。"狮子林虽缀山不高,但洞壑盘旋,嵌空奇绝;虽凿池不深,但回环曲折,层次深奥。游人穿梭其中,群峰起伏,奇峰怪石,时而迂回洞壑峰峦之间,时而飞瀑流泉隐没于林木之中,如入梦幻的迷宫,游览趣味无穷无尽。

参观中国南社纪念馆

2020 年 10 月 28 日，我参观了中国南社纪念馆（张公祠堂）。通过观看馆内展出的大量珍贵历史资料，我了解了南社的发展历史。

1909 年 11 月 13 日，柳亚子、高旭和陈去病等 17 位文人在张国维的祠堂里举行第一次雅集，宣告成立中国近代史上第一个革命文学团体——南社。

南社成员中，有民主共和的先驱，有献身祖国的英烈，有女权运动的楷模，有新文化运动的前导，更有政治、经济、文化各领域为新中国崛起而拼搏的时代精英。南社的历史见证了他们为中华复兴而呐喊奋斗的伟大历程。

柳亚子（1887—1958），江苏吴江人。1906 年，由高旭、马君武、刘师培等人介绍，加入中国同盟会。后又由蔡元培介绍，加入光复会。首任中华民国总统府秘书。1923 年组织新南社，同年加入改组后的国民党，任中国国民党中央监察委员、中央政治会议委员。1927 年"四一二"蒋介石政府反革命政变后，因反蒋被通缉，逃往日本。抗战时，与何香凝等从事抗日民主活动，被国民党开除党籍。抗战胜利后，曾任民革中央常务委员兼监委主席、民盟中央执行委员。1949 年，出席全国政协第一届全体会议，任中央人民政府委员、第一届全国人大副常务委员长。1945年，中共中央毛泽东主席飞抵重庆和国民党谈判，他曾写诗给毛主席："阔别羊城十九秋，重逢握手喜渝州。弥天大勇诚能格，遍地劳民乱倘休。霖雨苍生新建国，云雷青史旧同舟。中山卡几双源合，一笑昆仑顶上头。"同年 11 月 14 日，毛主席词《沁园春·雪》在《新民报·副刊》发表，他将它称为"千古绝唱"，谓"虽东坡、幼安，犹膛乎其后，更无论南唐小令、南宋慢词矣"。

沈钧儒（1875—1963），浙江嘉兴人。1904 年中进士，1907年毕业于日本东京政治大学，1912 年加入同盟会，1922 年任北京政府参议院秘书长，1933 年加入中国民权保障同盟。抗战前，1936 年 11 月被国民政府逮捕，为"七君子"（沈钧儒、邹韬奋、李公朴、章乃器、王造时、史良、沙千里）之一。1937 年 7 月出狱。1944 年将中国民权保障同盟改组为中国民主同盟。抗战胜利后，任中国救国会主席。1949 年出席全国第一届政协全体会议，任中央人民政府委员。1953 年 11 月 13 日，中央人民政府成立宪法起草委员会，任委员。首任中央人民政府最高人民法院院长，前后任民盟第二、第三届中央主席，全国人大副委员长、全国政协副主席。

马叙伦，又名马寅初（1886—1970），浙江余杭人。1902 年，参与创办《选报》《新世界学报》。1922 年起，先后任浙江教育厅厅长、北京政府教育次长、代理总长、国民政府参事、国民党政务次长等职。1945 年，在上海组织中国民主促进会，任常务理事。新中国成立后，任政务院文教委副主任、教育部部长、高教部部长等职。1953 年，任中央人民政府宪法起草委员会委员，参与制定 1954 年新中国第一部宪法。

何香凝（1878—1972），生于香港，广东南海人。1902 年赴日本留学，1905 年加入同盟会。1923 年，与丈夫廖仲恺一同参加南社，并任国民党妇女部长，出版《妇女之声》，提倡"妇女在法律上、经济上、教育上一律平等"。1947 年，何香凝与李济深组织中国国民党革命委员会。1948 年，中国民革在香港成立。1949 年，她参加全国政协第一届全体会议，任中央人民政府委员。这位中国女权运动的先驱之一、爱国画家，曾任全国人大第二、第三届副常务委员长、全国政协第二、第三届副主席、华侨事务委员会主任、中国美术家协会主席、全国妇联名誉主席。

......

南社受孙中山先生领导同盟会影响，取"操南音，不忘本也"之意。陈去病说："南者，对此而言，寓不向满清之意。"高旭说："一洗前代结社之积弊，以作海内文学之导师。"柳亚子说："思想界中革命，凭文字播风潮。"他们提倡民族气节，反对满清王朝的腐朽统治，为辛亥革命做出了非常重要舆论准备。

由此可见，南社不同于古代地域性的诗社、文社，是在近代化交通、通讯、出版业有所发展条件下，以共同政治、文化倾向为基础的集结。以苏州、上海为中心，社员籍贯遍及 20 多个省市。有许多少数民族社员，更有朝鲜志士到中国来参加革命，并加入南社。当时南社中的主要人物都在海外参加了同盟会，这也决定了南社成为内外交流型、具有国际视野的社团。

百年南社，凝聚了许多思想与文化精英。早在 1906 年南社先辈就开始在中国的法制实践。新中国第一部宪法起草委员会中有多位南社社员，新中国首任司法部部长史良、首任最高人民法院院长沈钧儒，均为南社社员。他们作为新中国法制进程的宣传者、参与者和实践者，为新中国的法律体系建设作出了巨大的贡献。

总题，中国南社纪念馆：

祠宇傍山塘小筑莳红成胜绩，
讴歌道吴会大名韦白并传人。

游览网师园

庚子年立冬日，我游览了江苏省苏州市园林中型古典山水宅园代表——网师园。该园始建于南宋，是藏书家扬州文人史正志的"万卷堂"故址，初名为"渔隐"，几经易主，清初改为"网师园"。1950 年，园主何氏将该园捐献于国家，苏州市人民政府对它进行了多次修葺。1982 年，被国务院公布为全国重点文物保护单位；1997 年，被联合国教科文组织批准列为《世界遗产名录》；2003 年，被评为国家 4A 级旅游景区。

网师园是典型的宅园合一的私家园林，跨入两旁有石鼓的朝南大门，穿过轿厅，进入万卷堂。堂厅为园林建筑的主体，原为园主办事与接待宾客之处。屋宇高敞，装修华丽，堪称江南第一门楼。堂前砖雕门楼高约 6 米，宽 3.2 米，厚 1 米，雕刻精致，饱经沧桑 300 余年后仍古雅清新，完好无损，华美绝伦。门楼东西两侧是黛瓦盖顶的风火墙，古色古香。顶部是一座飞角半亭，单檐歇山卷棚顶，戗角起翘，黛色小瓦覆盖，造型别致，挺拔俊秀，富有灵气。屋檐下枋库系四方青砖拼砌在木板门上而成，并以梅花形铜质铆钉嵌饰，美观大方，牢固实用。大厅面阔五间，正厅是方梁弯椽，梁上雕有花卉装饰图案。前廊为鹅颈长椽，廊下一排十八扇落地长窗，厅堂正面设一排十八扇门。厅内正面高悬明代文人文征明书"万卷堂"横匾。两旁竖有张辛稼书"紫髯夜湿千山雨，铁甲春生万壑雷"对联。东西两壁，对称挂大理石山水画屏。大厅的陈设仍保持左右完全对称的格局，突出大厅中央正面的天然几、供桌、方桌和太师椅。堂内为一套明式形体方正、工艺考究的红木家具。主人在这里家藏万卷书，不愧是书香门第。

向北进入撷秀楼。楼名撷秀，有摘采秀色，即收取秀色之意，为住宅区的后厅，也称女厅，主要供园主起居兼会客之用。厅内陈设椅子、茶几之类家具，中央摆着一套精巧别致的红木圆桌圆凳，正面纱内放置大理石坑床，下有脚踏，具有浓厚家庭生活气息。楼前天井东西对称两株桂树，东为金桂，西为银桂。登楼全园景色尽收眼底。极目远眺，天平山、灵岩山、上方山塔尖、瑞光塔在窗前隐现。

还向北走，进入五峰书屋。五峰书屋，取自唐代诗人李白"庐山东南五老峰，青天削为金芙蓉"一诗。庭前院后峰石罗列，挺秀而名。此处花木扶疏，自成一幽静的处所。旧为园主读书之处，南宋时为史正志"万卷堂"故址。

再向北走，到了集虚斋。取自《庄子·人世间》："惟道集虚。虚者，心斋也。"即意消除思想上杂念，让心头澄澈明朗，为修身养性之所。这里，也是园主读书之处。

向西走，就到了看松读画轩。此主室为赏冬景所在。轩南庭中有相传为万卷堂时遗留下的一株古柏，为园中最古、最高的大树，树梢已枯，中倒枝垂挂干上，依然苍翠。另有罗汉松、黑松、白皮松等，多是百年之物。子曰："岁寒，然后知松柏之后凋也。"严冬万木凋零，惟松柏长青，此时观赏，更见精神。用"读画"一词，深入体味其神韵。真是，"风风雨雨暖暖寒寒处处寻寻觅觅，暮暮朝朝莺莺燕燕花花叶叶卿卿"。

再向西，就是殿春簃。殿春，出自宋代邵雍"尚留药殿春风"。"簃"，指楼边的小屋，类似今天的"小书屋"。殿春簃位于园中西北处，属独立小院，占地不足一亩。主体建筑将小院分为南北两个空间，北部为一大一小宾主相从的书房，是实地空间，但实中有虚，藏中有露，屋后另有一天井，芭蕉翠竹倚窗而长，从室内花窗外望，竹蕉石构成阴阳对比。南部为一个大院落，散布着山石、清泉、半亭。南北两部形成空间大小明暗、开合、虚实的对比。院内的花街铺地与中部主圆的浩深渺水成水陆对比。一是以水点石，二是以石点水，处处有水可依，特别是用卵石组成的渔网图案使人与渔夫联想与"渔隐"主题合拍。景观丰富而又不觉局促，富有明代庭院建筑工整柔和、雅淡明快、简洁利落特色。

1979 年美国纽约大都会博物馆以"殿春簃"为原形建造了中国式庭院"明轩"，次年作为中国古典园林走向世界的首例蓝本，从而使中国园林闻名于世。明轩，宛如一轴画卷，把秀美多姿的中国庭院展现在世人面前，架起了中外文化交流的桥梁，讲好苏州故事，讲好中国故事，影响极其深远。

向南走，到了濯缨水阁。其名取自《楚辞》："沧浪之水清兮，可以濯春缨。"水阁建筑精致，雕刻中间隔窗两面刻有八骏图、《三国志》人物、花篮博古等阁。这里，是扶栏小憩、清澈的彩霞池水中数鱼观景极佳之处。

沿着园内风雨长廊，走进面向朝东的蹈和馆。蹈和馆，取自

"履贞蹈和"一语，有"和平安吉"之意。此馆与"小山丛桂轩"共为一区，居住宴聚之用。小庭院，空间狭仄封闭，走廊蟠回宛转，环境幽深曲折，中部地水藏绿，成功地运用了古典园林中以暗视明、以小视大和人工对比的手法。南面是园主闲时操琴的琴室，墙砖刻有"铁琴"二字。

小山丛桂轩取《楚辞·小山招隐》"桂树丛生山之阿"之境界，取意于北周庚信《枯树赋》"小山则丛桂留人"。它深藏于黄石假山中。四面皆为福扇四面厅，四周环以檐廊。轩内四周均为漏雕门窗，透过门窗观赏景色，别有洞天。

向北走，来到竹外一枝轩。它在看松读画轩东南方，有廊连接临池，轩为卷棚硬山屋顶，东西狭长三间，临水而设吴王靠坐槛，远望似一叶小舟。在轩闪隔地远望，池上理山的云岗黄石假山，成为园中山景。在轩中读书赏月，亦为赏心乐事。

沿走廊向北，来到梯云室。梯云之意，取唐代张读《宣室志》中载周生八月中秋以绝为梯，云中取月的故事。前庭院假山，均用太湖石云头皱手法堆叠而成。主峰在五峰书屋东山头，倚楼叠成楼房山，可攀登山道而进楼中，有周生梯云取月之趣。

再往北走，由园中后门而出。

网师园全园仅占地近十亩，布局紧凑，比例适度，叠石理水尤具匠心，堪称江南古典园林中上乘之作。

这真是：

> 南宋溯风流，万卷堂前渔歌写韵；
> 莳谿增旖旎，网师园里游侣如云。

乐游留园

江南园林甲天下，苏州园林甲江南。苏州古典园林以深厚的人文内涵、优美的自然景观、精妙的造林艺术而闻名遐迩。

2020 年 11 月 11 日，我慕名乘车来到苏州阊门外留园路 338 号，欣然游览这国家 5A 级景区、中国古典园林——留园。

进入大门，在曲折而狭窄的过道穿行 50 多米，过道尽头是迷离掩映的漏窗、洞门，中部景区的湖光山色若隐若现。绕过门窗，眼前景色一览无余，达到了欲扬先抑的艺术效果。

先看古木交柯景点。原古柏与女贞交柯连理。现古柏处已植翠柏、山茶，南面庭院靠墙筑有明式花台，正面墙上嵌有一方"古木交柯"砖匾。树木、花台、砖匾，以粉墙作纸，形成一帧秀美的立体国画。

进入绿荫轩。绿荫，取自明代文人高启《葵花》诗："艳发朱光里，丛依绿荫边。"小轩临水而筑，轩外景色溪山深秀。朝北整面无墙，完全敞向山地。轩南庭院墙上嵌有钱大昕书"花步小筑"。三种墙面，掩映、透漏、敞开表现手法各不相同。

观看冠云峰。冠云峰，又名观音峰。冠云，取《水经注》中"燕王仙台有三峰，甚为崇峻，腾云冠峰，高霞云岭"之句，形神兼备，其名由此而来。这一世上仅存最大的太湖岩石高6.5米，重5吨，相传为北宋宋徽宗"花石纲"遗物。它集太湖石"瘦、皱、漏、透"四奇于一身。石巅高耸，四展如冠。游人纷纷在这自然之美巨石国宝前拍照留影。

走入涵碧山房。涵碧山房，清嘉庆时为"卷石山房"。后因建筑就园池，水清如碧，宛如朱熹诗句："一水旁涵碧，千林已变红。"门外有一亲水平台。一池夏荷，阵风拂来，绿叶起舞，红花摇曳。荷塘北面，假山、土丘、凉亭、参天百年银杏。置身这平台，高高低低地势、层层叠叠布局、弯弯曲曲走廊，似乎与池塘里荷花荷叶构成无声的美学呼应。

再入闻木樨香轩。木樨，即桂花。闻木樨香，取晦堂禅师启发黄鲁直闻桂香而悟禅道的禅宗公案故事。典出宋《罗湖野案》，言禅道如同木樨花香，虽不可见但上下四方不弥满，故无隐。此轩四周遍植桂花，为赏秋丹桂飘香极佳之处。

跨进远翠阁。楼上"远翠阁"，取唐代诗人方千诗句"前山含远翠，罗列在窗中"之意命名；楼下"自在处"，佛教语，言心得自在之处。它坐北朝南，阁实为楼。楼上三面有明瓦和台窗，单檐歇山顶，檐角飞翘，周围建筑走廊。陆游诗句"高高下下天成景，密离疏疏自在花"借花的志心自在之意，表达游人水刷石自我的自在心意。

走上可亭。可亭，取自香山可以容膝，可以息肩，当其可斯可耳之意，指此处有景可以停留观赏。亭为六角，飞檐攒尖，结顶为一花瓶倒扣。这一山顶小亭，亭中南望，涵碧山房与明瑟楼形如一艘航船，停泊在水边。

远观小蓬莱。《史记》中写道："海中有三神山，名曰蓬莱、方丈、瀛洲，仙人居之。"它是园中水池构筑的三座"仙山"。它坐落在水中，四面景色就像展开的画轴。西北两侧山峦起伏，再造了太湖流域山水缥缈的自然风光，而东南两侧相互错落的楼、馆、轩、廊等，组成与西北山林相对比的画意，体现"君行姑苏见，人家尽枕河。古宫闲地少，水港小桥多"的水上都市特色走上明瑟楼。

明瑟楼，取《水经注》中"目对鱼鸟，水木明瑟"之意。楼为二层，近水而筑，体态轻盈，造型精巧。卷棚单面歇山造，楼上三面置有明瓦和台窗，楼梯在外，用太湖石堆砌而成，梯边一峰屹立，上镌"一梯云"三字。楼梯面东墙上，有董其昌书"饱云"砖匾。楼下方室名"恰航"，取杜甫《南邻》诗句"野航恰受两三人"之意。人憩其中，仿佛置身舟中。

再去濠濮亭。濠濮其名，出自《世说》："晋简文帝入华林园，顾谓左右曰：会心处不必在远，翳然林水，便自有濠濮间想也，觉鸟兽鱼，自来亲人。"濠，即濠上；濮，水名，古人观鱼之地。亭为方形四角，单檐歇山造，其北挑出水面面筑。旁侧地畔立有一石，倒影池中如圆月。

步入清风池馆。清风，既有诗经《大雁·丞民》"穆如清风"之意，喻太平盛世，又有苏东坡《前赤壁赋》"清风徐来，水波不兴"之实。前有濠濮亭、小蓬莱、曲桥紫藤，形成一小景区，颇有水院风味。水榭向南敞开，平临近水，环境舒适。

走上曲溪楼。《尔雅》："山渎无所通者曰溪，又注川曰溪。"曲溪，亦即曲水，此处借用。建筑坐东朝西临水，三间，二层，单檐歇山造，楼只有前半爿，下为过道，狭长，进深3米，南北长10余米。西墙有空窗和洞门。门洞也被当作造景框，廊中每一扇窗景都是一幅立体画，有移步换景之妙。

步入揖峰轩。轩名，出自宋代朱熹《游百丈山记》："前揖庐山，一峰独秀。"此建筑有一湖石名独秀峰。轩前庭院称"石林小院"。建筑为硬山造，外观两间半，实为一间半。院内有晚翠、迎晖、段锦等太湖石峰。明代园主刘恕钟爱奇峰异石，借米芾拜石典故，称其轩为揖峰轩。通过走廊、漏窗、矮墙、围栏的分隔，营造庭院深深几许的独特景象，展现了园林小中见大、密中见疏、步移换景的造林美学艺术。

进入涵碧山房。涵碧，取自宋代朱熹"一水方涵碧，千林已变红"诗意。俗称荷花厅。建筑三间，卷棚硬山造。房厅高大宽敞，陈设朴素，周围老树浓萌，风亭月榭，迤逦相属，楼台倒影，水地之美如画。

沿西边土山，观北坡至乐亭。亭外皆植果树，园主取名至乐，取自晋代王羲之生平笃嗜种果、谓此中有至乐存焉的典故。建筑为平面圭角六边形，屋顶似庑殿顶形式。这在江南园林中少见。

再欣赏活泼泼地。明代文人殷迈自励诗："窗外鸢鱼活泼，床头经典交加。"此处鸢飞鱼跃，天机活泼，借以为名。建筑为水阁，或称水榭。单檐歇山造，四面有走廊。阁前上望空中飞鸟翱翔，下视清水池水里锦鲤闲游，游人心地活泼开朗。

走进五峰仙馆。此处明代万历年为"后乐堂"，清代同治间园主盛康觅得文征明停云馆藏石，取名为"五峰仙馆"，喻指馆前厅山为庐山五老峰。该处建筑华丽、精美，集江南园林厅堂经典之最。

最后去林泉耆硕之馆。林泉，指山林泉石，游憩之地；耆，指高年；硕，有名望的人。这是东边的主建筑，坐南朝北。厅为四面厅形式，单檐歇山造，其北两角飞檐上有凤穿牡丹图。三开间九架梁屋，环有走廊，以中堂屏风分为双厅，即鸳鸯厅。厅内正上方悬挂"齐石寿太古"匾额，地上摆设精美的明式桌椅。北厅为男主人会客之地，南厅为女主人之用，这里是隐逸高士聚会之处，具有浓郁的书生气。

　　向北尽头到汲古得修绠处。这里房屋单独一间，一桌一椅，为园主书房。汲古得修绠，取唐代韩愈诗"归愚识夷涂，汲古得修绠"之意题匾额名。绠，井索，即长索，意思是钻研学问好像汲深井水一样，必须得用长绳。

　　在游乐中我们深深感到，短绠不可以汲深井之泉。当今新时代，人更要善于学习，潜心耕读，学懂弄通，内化于心，外化于行，学以致用，知行合一。

游太湖东畔渔洋山

　　2020年12月初，我与几位友人一起乘车沿环太湖大道至苏州明珠度假村站，先进入渔洋山景区，再游览苏州太湖国家5A级旅游度假区中心区。

　　渔洋山形如鳌头，三面临湖，东接胥口古镇，北对光福邓尉、玄墓、贡山，南望东洞庭山，西抗西洞庭山。太湖大桥宛如长虹卧波，串联西山、叶山、长沙诸岛。

　　渔洋山，得名于伍子胥"赠山报恩"的故事。春秋时期，楚国人伍子胥身负父兄被无道昏君残杀的深仇大恨，投奔吴国，借力向无道昏君报仇。逃亡路上，仍遭受无道昏君追兵的捕杀。他逃到吴江口时，幸得一老渔夫仗义相救，方得解围。后来伍子胥当上了吴国的相国，为报答老渔夫救命之恩，赠送老渔夫一艘新船，将老渔夫一家人安置在太湖边兴业，还把这地方命名为渔洋山。

　　穿过百亩桃林，漫步在林木密布的山坡，我们一边呼吸着大自然大氧吧中的新鲜空气，一边欣赏各种山林美景。过了一个小时，就来到海拔171米山顶，见到了高耸的渔洋阁。渔洋阁，号称"江南第一阁，太湖第一美景"。高27.1米，有5层楼阁。

一楼阁门有副醒目的清代文人王士禛书写的对联："澹如秋水闲中味,和似春风净后功。"进入阁内,南壁有苏东坡《洞庭春色赋》玉雕漆画。画长9米,宽2.2米,是目前世面上最大的独幅玉漆雕壁挂。

二楼阁内壁有漆雕《洞庭两山图》。这两山是洞庭东山、西山。该图为明代才子"吴门画派"宗师沈周的创作。它长8米,宽2米,是目前我国整幅最大的漆雕作品。

三楼阁内壁有青花瓷板画《海洋诗韵》工艺品。它采用传统的烧制工艺,瓷板长3.3米,高1.5米,是目前我国瓷都景德镇烧制的最大瓷板画,由景德镇国家高级工艺美术大师蒋小华而作。画面选自明代著名书画家董其昌的《设色山水画》作品,描绘了渔洋山的苍翠景色,树木葱茏,山石秀润,景色秀丽。画上题诗《望渔洋山》的作者为清代文坛领袖王士禛。整幅作品诗情画意,古味盎然,辅以青花工艺表现,更凸显渔洋山的秀美山水神韵。

四楼阁内壁是砖雕《渔洋山传奇图》。清代"神韵说"代表王士禛游览苏州,酷爱渔洋山美景因筑别墅于山上,自号"渔洋山人",一时间渔洋山成文人墨客云集之地。

五楼阁内设有青铜合金"泰福吉祥钟"及十二生肖玉钟。楼顶金饰雕花,地面由纯玉铺设。"泰福吉祥钟",高2.3米,重2.16吨,钟面上刻有《论语》中儒家《儒行仁义》,《道德经》中道家《道法自然》和《吉祥经》中《佛传吉祥》三大主题。十二生肖玉钟净重225斤。这些精美的钟玉,好像为游人默默祈求平安幸福。

太湖东畔吴地地灵人杰。明清科举状元357人,江苏60人,吴地就达 19 人，独占鳌头。

　　站在烟雨楼上远望，渔洋山山峦叠嶂，郁郁葱葱；太湖烟雾缭绕，波光潋滟。这时，人人皆心旷神怡。心似白云常自在，意如流水任东西。

云南秀美山水行

2020 年 12 月中旬，我与其他游客共 28 人组团进行了四天云南秀美山水行。第一天，从昆明乘车行 78 公里来到石林彝族自治县境内，游览石林国家 5A 级风景名胜区。这里被联合国文教科组织评为"世界地质公园""世界自然遗产风光"。导游告诉我们，这里是喀斯特地貌奇迹。喀斯特地貌，是地下水与地表水对可溶性岩石溶蚀与沉淀，侵蚀与沉积，以及重力崩塌、坍塌、堆积等作用形成的地貌，以欧洲斯洛文尼亚的喀斯特高原命名，为我国五大造型地貌之一。

先游小石林。此处有石芽与溶沟，喀斯特漏斗，落水洞，溶洞洼地，峰丛、峰林与孤峰。这里是阿诗玛的故乡，是优秀影片《阿诗玛》拍摄基地。这里的石林，讲述着"马铃儿响来玉鸟儿唱，我陪阿诗玛回家乡。我跟阿黑哥回家乡，远远离开热布巴拉家，从此妈妈不忧伤"彝族青年男女动人的爱情故事。

后游大石林。这里山峦叠嶂，千姿百态，鬼斧天工。我们在刻有"石林"这两个醒目隶体大字的石壁前石林胜境处，换上彝族盛装，纷纷拍照留影。登上望峰亭远看，感觉这里以其"幽""奇"在自然景观中堪称一绝，不愧被誉为"天下第一奇观"。

傍晚，我们参加了当地很有民族特色的活动——彝族长街宴，品尝了彝族朋友做的美味佳肴。坎锅浓烈，坨坨肉、荞麦粑粑，吃起来爽口至极，回味无穷。饮醇香彝族大家酒，一首首霸道的敬酒歌尽显彝族人的豪爽，一张张淳朴的笑脸传递彝家儿女火一般的热情，千人同醉，举杯畅饮。

夜晚，熊熊的篝火燃起来，闪闪的火把亮起来，精美的月琴弹起来，悠扬的彝山调子唱起来，有力的彝家左脚舞跳起来，人们手拉着手，一片欢声笑语，彝汉人民一家亲。

第二天，我们乘车先到云南大理郊区洱海风景区。导游告诉我们，洱海虽然称之为海，但其实是一个湖泊。因为云南深居内陆，白族人民为表示对海的向往，所以称之为海。洱海是全国第七大淡水湖，北起洱源，长约 42.58 公里，东西最大宽度 9 公里，湖面面积 256.5 平方公里，平均湖深 10 米，最大湖深达 20 米，因形状像一个耳朵，故取名为洱海。洱海水清澈见底，自古以来一直被称作"群山间的无瑕美玉"。

我们乘着游轮，尽情地在金梭岛四周巡观美景。成百上千只白色海鸥，在这里觅食栖息。游人给鸟儿喂食，鸟儿紧依着游人，人与鸟非常亲近和谐。洱海是白族人民的母亲湖，白族先民称之为"金月亮"。每年 9 月 28 日左右，大理洱海开渔节，百艘渔船在这里巡游，白族人手摇双橹，以鱼鹰、鱼罩、扳罾、手撒网等开始捕鱼一个月。这里的白族人，阿鹏哥俊，金花妹美；这里，水清鱼也肥。

接着，我们乘车静静地在穿梭这充满故事的古城墙内，游览国家 4A 级风景区——大理古城。导游介绍，大理古城始建于明洪武十五年，棋盘式格局，是国务院公布我国首批 24 个文化名城之一。古城南门上面镌刻着文化名人郭沫若题写的"大理"二字。古城内复兴路，沿街的民族特色店铺一字排开，大理石、扎染、民族工艺品、珠宝玉石等鳞次栉比。人民路现存一些老宅，仍可寻昔日风貌。东西走向的护国路，现称"洋人街"，一家挨一家的中西餐馆、咖啡馆、茶馆，吸引着无数的国内外游客。我们走在这古城的大街小巷，看"三房一照壁，四合五天井，走马转角楼"的白族民居建筑特色。旧日的屋檐在阳光里闪烁古老的记忆，听风拂过青苔绿瓦，奏响生命的进行曲演绎不老的传说。

第三天，我们乘车去丽江北面 15 公里处，游览这国家 5A 级旅游风景区玉龙雪山。玉龙雪山全长 75 公里，是北半球最近赤道终年积雪的山脉。主峰扇子陡最高海拔 5596 米，终年积雪的雪线高度在 4800—5000 米之间。玉龙雪山在纳西族语被称为"欧鲁"，意为"天山"。其十三座雪峰连绵不绝，宛如一条巨龙腾越飞舞，故称"玉龙"。又因其岩石主要为石灰岩与玄武岩，黑白分明，所以又称为"黑白雪山"。它是纳西族人的神山，传说是纳西族保护神"三朵"的化身。

坐上高原索道，我们来到海拔 3200 米的云杉坪。这里，是冷杉、红杉、云杉组成的针叶林带，月平均温度 6～18℃，四季温和。站在一望无际的云杉坪草甸上，深灰色的玉龙雪山雄伟的身影便呈现在我们的眼前。高耸入云的山顶上终年不化的积雪在蔚蓝的天空下显得更加雪白。天空飘来缕缕轻云，它们的影子映在雪山顶上，灰白相间，煞是好看。空中拂来阵阵微风，温柔的阳光洒在雪山上、绿树中、我们身上。干净清爽的空气钻入我们鼻孔，仿佛还带着微微的普洱茶香，我们舒心地吮吸着这完全没有污染又而宝贵的空气。导游吟出一首"虫入风窝不见鸟，七人头上长青草，细雨下在横山上，半个朋友不见了"，要我们从诗中猜出四个字。聪明的游客很快便猜出谜底：风、花、雪、月。

从山坪下来，那神圣的玉龙雪山、健壮的马儿、香甜的普洱茶、黑色的牦牛不时浮现在我的眼前，还有那身着民族服装美丽的"盼金妹"对我的嫣然一笑及"盼金哥"跨上马儿的雄姿更是让我念念不忘。

黄山的秀丽远近驰名，泰山的雄伟闻名遐迩，华山的险峻无人不知，而玉龙雪山"山舞银蛇，原驰蜡象，欲与天公试比高"的美丽神奇更让我流连忘返。

第四天，我们乘车游览丽江古城。导游告诉我们，美丽的丽江古城，又名大研镇，坐落在丽江坝中部，始建于宋末元初（公元13世纪后期），面积为7平方公里。丽江古城是我国以整座古城申报世界文化遗产获得成功的两座古城之一。

丽江古城城内街道依山傍水而建，以红色角砾岩铺就。城中无规矩的道路网，无森严的城墙，古城布局以三山为屏、一川相连；水系利用三河穿城、家家流水；街道布局始终设置有着曲、幽、窄、达的风格。古城的格局是自发性的形成西北朝东南的朝向形式。

在这丽江古城，青石地面悠悠放光，当年马锅头的马蹄印仍在青石地面上。雪山依傍之下，小桥流水又在诉说着曾是江南的风光。我们在古城中寻味民族的纯朴文化，体验小桥流水闲适，品尝街头美食。

夜晚，我们游客观赏了纳西族大型民族歌舞《丽水金沙》。演员都是纳西族的俊男美女，它荟萃了丽江奇山异水孕育的滇西北高原民族文化意象，全方位地展现了丽江独特而博大的民族文化和民族精神。

南国风光，云南的山水，确实异常的秀美。

同游普陀山

宋代文学家欧阳修在《渔家傲》词中描写仲夏："五月榴花妖艳烘，绿杨带雨垂垂重。"2021年端午节后两天假日，我们一行10人，分别乘坐两辆轿车，从苏州出发，自驾去普陀山，同游这里的名胜景点。

普陀山又名补陀洛迦山，为我国佛教四大名山之一，素有"海天佛国""南海圣境"之称，在浙江省舟山市普陀区。

第一天开车300多公里，下午来到普陀区朱家尖细沙路7号，落脚在"香樟小筑"风景区，享受农家乐。

傍晚，我们步行十分钟来到海边，观赏海景。朱家尖地处浙北沿海，它的西南泥螺山涂塘建有牢固的围垦工程。围垦工程总长4370.6米，防潮标准50年一遇。在海塘边，安静地停泊着许多艘渔轮。见此，我们几个人不由得轻声吟唱："海风你轻轻地吹，海浪你轻轻地摇，年轻的水兵多么辛劳。回到祖国母亲的怀抱，让我们的水兵好好睡觉。"

在海堤边，一位六十多岁的老渔夫正在扳罾捕鱼。渔夫将十多平方米的渔网绑在十字形的竹棍上，中间坠上砖块重物，让罾能沉入水底，待鱼儿游到网的上方，渔夫及时拉绳提升网具，再用抄网捞取渔获物。十来分钟，渔夫捕获（每条有一斤多重）了三条鲥鱼。老渔夫一边捕鱼，一边饶有兴致地向我们介绍鲥鱼。他说，鲥鱼是鱼中之王，别名黎氏鲥、三来鱼等，因"鱼肉细嫩，富于脂肪"而名。我们仔细看它：体长椭圆形，头侧扁，前端钝尖，口大，端位口裂倾斜，下颌稍长，上颌正中有一缺刻，后端达于眼后缘的下方；体背及头部灰黑色，上侧略带蓝绿色光泽，下侧和腹部银白色，腹月鳍、臀鳍灰白色，尾鳍边缘和背鳍基部淡黑色。老渔夫还向我们介绍说，鲥鱼属半淡水鱼类，每年春夏之交，从海洋溯江产卵繁殖后复回大海，称之生殖洄游。这时，我想起了明代诗人何景明的《鲥鱼》诗："五月鲥鱼已至燕，荔枝卢橘未应先。赐鲜偏及中瑞第，荐熟谁开寝庙筵。白日风尘驰驿骑，炎天冰雪护江船。银鳞细骨堪怜汝，玉筋金盘敢望传。"诗人通过歌咏鲥鱼，运用对比和衬托手法，揭露封建帝王的生活已达穷奢极欲的地步。

我们一行 10 人又沿着原路，回到这"香樟小筑"风景区。门前，挂有浙江省人民政府现役军人事务部监制的"光荣之家"醒目匾牌。院内东南方向长有一株高大而古老的香樟树，花围上开满各种色彩鲜艳而饱满的绣球花，池鱼中一条条金鱼自由自在地游动。因这家有株高大而古老的香樟树，故名"香樟小筑"。

晚上，这家女主人热情地为我们提供了丰盛的海鲜产品，让我们在一楼餐厅一边畅饮香醇的啤酒，一边舒心品尝鲍鱼、鱿鱼、带鱼、鲥鱼、竹节蛏贝、斑点海螺等海鲜大餐。餐后，我们回到各自房间沐浴，很快进入甜美的梦乡。

第二天早晨，我们先乘车后转乘轮渡进入普陀山海岛。相传这里是观音菩萨应化的道场，佛教认为观音菩萨是慈悲和智慧的象征。唐代大中年间，有一印度高僧来此参拜，目睹观音菩萨现身说法，授以七色宝石，故称此地为观音显圣地。佛经有观音住南印度普陀洛迦山之说，因略称其岛。唐代咸通四年（803年），日僧慧锷从五台山来此请观音东渡，舟至莲洋遭遇风浪，数番前行无法如愿，遂信观音不肯东渡，乃留圣像于潮音洞侧供奉，故称"不肯去观音"（今称"不肯去观音院"）。后经历代兴建，寺院林立。鼎盛时期，全山共有4大寺、106庵、139茅蓬、4654僧侣，史称"震旦第一佛国"。自北宋以后，普陀山观音信仰盛行，寺院渐增，僧众云集。在元代《补陀山传》中仅提到宝陀寺、潮音洞、善财洞、三摩地、真歇庵等几处，可见寺庙不多。至南宋绍兴元年（1131年）将普陀山佛教各宗归于禅宗。元明清三代相继兴建寺院，至清末遂有三大寺、七十余庵堂与一百多处茅蓬。

穿过紫竹林，我们来到普陀山东南海边，怀着敬意观看高达33米、金光闪耀的南海观音立像。立像前面"南海观音"四个大字为原中国佛教协会会长赵朴初亲笔题写，字体苍劲秀美。

我们再去普济寺。普济寺景区为普陀山风景名胜之中枢，也是佛教协会所在地。到普济寺烧香拜佛的人来来往往，络绎不绝。在圆通宝殿前，我们两家各派一人点燃三支清香祈福。我们认为，三支清香代表自己及一切众生，以身、口、意三业礼敬佛、法、僧三宝。敬香在表心，大把烧香、烧高香等行为，视为以攀比心、贪心来敬佛，把佛、菩萨世俗化了。佛无贪心，身心清净，平等慈悲。

这真是：

　　三支清香敬三宝，发心纯正无瑕秽。

　　勿以贪心做供养，功德其足悉满美。

　　在路上，我们看见古樟、黑松、朴树等树干上挂满了许多写有人家通讯联系地址的供养牌。据了解，这种供养牌需要每家每年对每棵树至少要付出600元供养费，三年起点。他们发心纯正，功德圆满。

　　我们特意驻足观赏这里独有而又珍贵的一棵鹅耳沥乔木树。树高达10米，树皮暗灰褐色，粗糙，枝条细瘦，灰棕色；叶片顶端锐尖，边缘具不规则的重锯齿，叶柄疏被短柔毛；果序序轴均被短柔毛，果苞疏被短柔毛，外侧基部无裂片，小坚果宽卵形，无毛。游人向我们介绍说，它木材坚韧，可用来制作精美家具，种子含油，可供食用。

　　下午，来到百步沙海滩，我们脱下鞋，赤着脚，亲近大海，踏浪戏水。我用双手掬了一些海水，在嘴里尝了一口，又咸又苦又涩。望着这里风和日丽，海水清澈明亮，真让人流连忘返。

　　最后，我们结束了这次普陀山快乐的旅游，乘船又乘车回到了苏州各自温馨的家。

漕水转谷　千年载运

2021 年入伏的第一天，由家在淮安的一位老同学当导游，我们四个老同学一起去淮安城内总督漕运公署遗址，参观了国家重点文物保护单位、国家 4A 级旅游景区——中国漕运博物馆。

导游老同学向我们介绍说，漕运是通过沿京杭大运河并沟通许多天然河道转运漕粮的河运，是历代封建国家经济血脉，对于维持中央政府政治、军事、经济的正常运转有着巨大的意义。作为主管漕粮运输事务的漕运总督，与仓场总督、河道总督，共同构成了机构健全、管理完善、分工明确的国家漕运系统。除掌控漕粮收兑、运船修造、漕丁检选、查验回空、催攒漕欠外，漕运总督还担负着部分河道、仓储、盐政、屯田、赈济、军事事务，在封建国家行政体制上的位置异常重要，与历朝国运息息相关。

中国漕运博物馆总建筑面积为 6300 平方米，有地面主体两层、地下局部一层。

我们首先参观序厅。180 度巨幅投影卷轴与艺术沙盘模型，将漕运概念高度浓缩，呈现出一场多感官的视觉盛宴，以具象且有震撼力的方式，还原漕运文化灿烂的历史原貌，让我们身临其境地体验千年漕运的辉煌。

接着，我们在历史厅观看陈列古代运河水上运输工具及遗留物品，了解漕运渊源。历朝历代兴盛时期，也是漕运兴旺之时。隋唐时期开凿的京杭大运河，带动了长江、淮河、黄河、海河、钱塘江五大水系两岸城市的发展。它是古代劳动人民创造的一项伟大工程，也是祖先留给我们的珍贵物质和精神财富，是活着的、流动的重要人类遗产，对南北经济和文化交流曾起了重大作用。

在运河区展厅，全厅采用超级互动桌、超级交互光影，向我们展示了漕运与经济、漕运与人物、漕运与民俗、漕运与城市等一系列漕运文化，使展示内容更为丰富全面，表现形式更为通俗易懂，生动有趣。

在漕政的咽喉——淮安厅内，我们观看得特别仔细。淮安漕运文化，见证了淮安千年历史、大度恢弘淮安在漕运史上举足轻重，展现"漕都"淮安的政治地位、地理位置及经济繁荣。漕运兴盛促进淮安经济、文化的繁荣。

南粮北运、北盐南运，自隋朝起便在淮安设立漕运总署。明清漕运总督公署，总督不仅管理漕运，还兼巡抚，因此也称漕抚。明初，设漕运总督驻节山阳，总督天下漕运事务，"凡湖广、江西、安徽、浙江、江南之粮船街尾至山阳，悉经查验，出运河由淮黄北上，虽山东、河南粮艘不经此地，亦皆逼禀戒约，故漕运通乎七省，而山阳实为咽喉之要地也"。初以勋爵大臣领其职，自景泰二年始用文臣，由二品大员担任。漕运兼任巡抚，有时还兼管河道与六部长官等，故又称漕运部院。宋代范仲淹、明代史可法、清末段祺瑞等曾担任漕运总督或官员。

河流涓滴皆从心上过，士庶笑啼都到眼前来。自明初至清末，漕运总督 237 任，该漕署原为历代官府所在，经多年经营，规模宏大，有房屋 213 间，官兵 22000 多人。清末，运河失修，漕运停办。漕署裁撤后，为江北陆军学堂，后毁于战火。2002 年 8 月，漕运遗址重现于世。

唐代诗人刘禹锡在《岁杪将发楚州呈乐天》中歌咏："楚泽雪初霁，楚城春欲归。清淮变寒色，远树含清晖。原野已多思，风霜潜减威。与君同旅雁，北向刷毛衣。"淮水楚州雪后初晴，城中春色开始回现。人们站在大地原野上纷纷想到，刀风剑霜暗暗地减弱了它们的威风。与远飞的大雁一样在外的出行者，已洗刷收藏御寒北风的厚厚毛衣。

唐代著名诗人白居易在《赠楚州郭使君》诗中吟道："淮水东南第一州，山围雉堞月当楼。黄金印绶悬腰底，白雪歌诗笔当头。笑看儿童骑竹马，醉携宾客上仙舟。当家美事堆身上，何啻林宗与细侯。"楚州可谓我国淮河东南第一州，远处高山围绕着它像锯齿状的城外垛口矮墙，明亮的月亮在空中高挂仿佛是它的高楼。郭州官腰下悬挂着黄金印绶，在白雪美景中提笔写诗歌咏。他看着欢笑的儿童骑着竹马玩耍，手拉着酒醉的宾客上船。掌管楚州一方好事就落在郭州官身上，他和汉代郭秦、郭伋一样都是深受百姓欢迎的好官员。

唐代另一位诗人韦应物在《登淮郡城楼》中抒写："兹楼日登眺，流岁暗蹉跎。坐厌淮南守，秋山红树多。"登上淮安城楼上，天天向远处眺望，他感到岁月在暗自流逝。在家久坐厌闲的淮南老人，不妨走出来向远处看去，青青的高山有着许许多多秋枫红叶。

楚州淮安地处苏北腹地，自古以来便是运河枢纽。运河在淮安以北的河道几经变更，至明代迁都北京后，北方巨量的物资需求促进漕运前所未有的兴盛。明清时期，漕运、盐运得到空前发展。淮安城扼漕运、盐运、河工、榷关、邮驿之机杼，淮安城市的发展进入鼎盛时期。

淮安古城，原为淮安县，1987 年撤县改淮安市（县级市），2012 年至今更名为淮安区，是苏北灌溉总渠与京杭大运河交汇处，交通便捷，淮河入江水道、新长铁路以及京沪、宁连、淮盐等高速公路穿越境内。这里名人辈出，胜迹林立，是国家历史文化名城，中国优秀旅游城市。

参观完中国漕运博物馆，我们觉得淮安在运河历史文化遗产保护继承与发扬中发挥了积极作用。淮安曾是运河漕运时代的璀璨明珠，更将是运河人文的先行者和力行者，大力推动两淮与运河地带的文化和旅游产业的发展。

茂树曲池　胜甲吴下

八月桂花遍地香，秋露凉爽好风光。初六（周日）上午，我与几位好友相约一起乘车来到姑苏古城东北街 178 号，游览苏州现存最大的古典园林——拙政园。

进入园内，导游向我们介绍说，拙政园始建于明代正德初年，因官场失意而还乡的御史王献臣以大弘寺址拓建为园，取晋代潘岳《闲居赋》中"灌园鬻蔬，以供朝夕之膳……此亦拙者之为政也"意，故名拙政园。现今此园占地 78 亩（52000 平方米）。它于 1961 年 3 月被列为首批全国重点文物保护单位，1997 年联合国教科文组织批准列入《世界遗产目录》，2007 年被国家旅游局评为首批国家 5A 级旅游景区。它与苏州留园、北京颐和园、承德避暑山庄并称中国四大名园。

在导游的引导下，我们按东、中、西三个部分一边悠闲地漫步，一边观赏各种美景。

东边秫香馆。此处以前墙外皆为农田，丰收季节，秋风送来阵阵稻谷的清香。秫香，就是指稻谷飘香。秫香馆为园中东部的主体建筑，面山隔水，室内宽敞明亮。长窗裙板黄杨木雕共有 48 幅图，雕镂精细，层次丰富，栩栩如生。落地长窗加上精致的裙板木雕，使它显得古朴雅致，别有情趣。

涵青亭。玲珑轻巧，由屋顶、柱身和台基三个部分组成，在园林中可点景、观景，又可供游人小憩、纳凉、避雨。我们看它居于一隅，空间范围比较逼仄。这整座亭子犹如一只展翅欲飞的凤凰，给旁边本来平直、单调的墙体增添了飞舞的动势。斜倚亭边美人小坐，天光云影，水里锦鲤遨游，荷莲轻荡。好一幅动态美图！

天泉亭。为重檐八角亭，出檐高挑，外部形成回廊，庄重质朴，围柱间有坐槛。四周草坪环绕，花木扶疏。取"天泉"这一亭名，是因为亭内有口古井，相传为元代大弘寺遗物。此井终年不涸，水质甘甜。亭北平岗小坡，林木葱郁。

芙蓉榭。榭是我国古代很美的建筑形式，凭借周围风景而构成，形式灵活多变。我们看它一半建在岸上，一半伸向水面，灵空架于水波上，伫立水边，秀美倩巧。我们觉得，此榭面临广池，是夏日赏荷之佳处。缀云峰。兰雪堂北，山峰高耸在绿树竹荫中，山西北双峰并立，其名为"联壁"。

缀云峰、联壁峰为归园田居中的景点，形态自下而上逐渐壮大，其巅尤伟，如云状，岿然独立，旁无支撑，苔藓斑驳，藤蔓纷披，深含古意。

中间香洲。它为"舫"式结构，有两层楼舱，通体高雅洒脱。其身姿倒映水中，更显得纤丽雅洁。它寄托了许多文人的理想与情操。

雪香云蔚亭。此亭又称冬亭，雪香指梅花。这里，确实像云蔚一样花木繁茂。亭旁植柏，暗香浮动。我们觉得，此处适宜早春赏柏。梧竹幽居。

"梧竹幽居"为明代文人文征明题。它建筑风格独特，构思巧妙别致，为中部池东的观赏主景。它背靠长廊，面对广池，旁有梧桐遮荫，翠竹生情。它的绝妙之处还在于四周白墙开了四个圆形洞门，洞环洞，洞套洞，在不同的角度可看到重叠交错的分圈、套圈、连圈的奇特景观。

松风水阁。这里又名"听松风处"，有看风听涛之意。松、竹、梅在我国传统文化中被称为"岁寒三友"。松树经寒不凋，四季常青，苍劲古拙，古人将之喻有高尚道德情操者。

小飞虹。这是苏州园林中极为少见的廊桥。朱红色桥栏倒映水中，水波粼粼，宛若飞虹。古人以虹喻桥，用意绝妙。它不仅是连接水面和陆地的通道，而且构成了以桥为中心的独特景观，是该园的经典景观。

远香堂。它为四面厅，是园中部的主体建筑，建于原若墅堂的旧址上。堂北平台宽敞，池水旷朗清澈。堂名因荷而得。我们觉得，夏日池中荷叶田田，荷风扑面清展远道，是赏荷的好地方。

海棠春坞。它是玲珑馆东侧花墙分隔的独立小院。造型别致的书卷式砖额，嵌于院之南墙。院内海棠两株，庭院铺地用青红白三色鹅卵石镶嵌而成的海棠花纹与海棠花相呼应。

听雨轩。位于嘉实亭之东，与周围建筑用曲廊相接。轩前一泓清水，植有荷花；池边有芭蕉、翠竹，轩后也种植一丛芭蕉，前后相映。"春秋多佳日，山水有清音。"雨点落在不同的植物上，加上听雨人的心态各异，就能听到各具情趣的雨声，境界绝妙。

玉兰堂。是一处独立封闭的幽静庭院，高大宽敞，院落小巧精致，南墙高耸，好似画纸。墙上藤草作画，墙下筑有花坛，植天竺和竹丛，配湖石数峰，玉兰和桂花色香宜人。

西边笠亭。建于扇亭后的土山上。"笠"，即笠帽。亭作浑圆形，顶部坡度较平缓，恰如一顶笠帽，掩映于枝繁叶茂的树草中。

宜两亭。在"别有洞天"靠左，叠有假山一座。沿假山上石径，这一座六角形的亭子位于山顶。登高远望，极目舒心。

卅六鸳鸯馆（十八曼陀花馆）。为西花园的主体建筑。这是古建筑中的一种鸳鸯厅形式。南厅是十八曼陀花馆，曼陀花即山茶花。北厅因临池曾养三十六对鸳鸯而得名。我们看到，卅六鸳鸯馆内顶利用这孤形屋顶来反射声音，增强音响效果，使得余音袅袅，绕梁萦回。

倒影楼。楼分两层，楼下是"拜文揖沈之斋"。文指文徵明，沈指沈周，这两位均是苏州明代著名画家，沈周还是文徵明的老师。当年，西园园主张履谦为表达自己的景仰之情，于光绪二十年（1894年）特建此楼以资纪念。它水中倒影如画，景色绝佳。

留听阁。为单层阁，体型轻巧，四周开窗，阁前置平台，实为赏秋荷听雨声绝佳之处。阁内清代银杏木立体雕刻松、竹、梅、鹤飞罩，刀法娴熟，技艺高超，构思巧妙，将"岁寒三友"和"喜鹊登枝"两图柔和在一起，是园林飞罩中不可多得的精品。

浮翠阁。为一座八角形双层建筑，高大气派，煞是引人注目。山上林木茂密，绿草如茵，建筑好像浮动于一片翠绿浓荫之上。

塔影亭。这攒尖的八角亭映入水中，宛如宝塔，端庄怡然，不失为西花园美妙别致的景观。

与谁同坐轩。小亭非常别致，修成折扇状。苏东坡有词"与谁同坐？明月、清风、我"，故名。轩依水而建，平面形状为扇形、屋面、轩门、窗洞、石桌、石凳及轩顶、灯罩、墙上扁额、半栏均成扇面状。

波形廊。这西花园与中花园交界处点一道水廊，是别处少见的佳构。从平面上看，水廊呈"L"形环池布局，分成两段，临水而筑，南段从"别有洞天"入口，到卅六鸳鸯馆出。北段止于倒影楼，悬空于水上。

全园以水为中心，山水萦绕，厅榭精美，花木繁茂。东边开阔疏朗，中间全园精华所在，西边建筑精美，各具特色。这江南水乡园林，"茂树曲池，胜甲吴下"。

游览了拙政园，我欣然作诗一首以歌之：

七律·游园

久立山中风雨亭，转身四望皆清明。
苍苍古树翠叠嶂，郁郁幽兰香隐厅。
池荷叶露伴鲤锦，岸柳舞迎飞絮轻。
忘返流连熏莫醉，欢来伴友在怡情。

游古老的沧浪亭园林

　　天高云淡，风轻气爽。9月23日，秋分节气，我乘车去姑苏城内人民路沧浪亭街3号，游览古老的沧浪亭园林。沧浪亭与狮子林（元代）、拙政园（明代）、留园（清代）一起列为苏州四大园林。它是苏州最古老的一所园林，始建于北宋庆历年间（1041—1048）。2000年作为世界文化遗产苏州古典园林增补项目被联合国教科文组织列为《世界遗产目录》，2006年被国务院列为第6批全国重点文物保护单位。

　　信步沧浪亭。它立于山岭，高旷轩敞，石柱飞檐，古雅壮丽山上古木森郁，青翠欲滴，左右石径斜廊皆出于丛竹、芭蕉树荫之间，山旁曲廊随波，可凭可憩。沧浪之意取先秦时期《孺子歌》诗句："沧浪之水清兮，可以濯我缨。沧浪之水浊兮，可以濯我足。（语出《汉书新注》）"它为宋代庆历四年著名文人苏舜钦所创，清代康熙三十四年巡抚宋荦移修。遁及至亭心，览尽全园景色。相传亭中石棋枰为苏子美（苏舜钦）遗物。苏子美的挚友、宋代著名诗人欧阳修在乐府诗《沧浪亭》中歌咏曰："荒湾野水气象古，高林翠阜相回环。新篁抽笋添夏影，老蘖乱发争春妍。水禽闲暇事高格，山鸟日夕相啾喧。不知此地几兴废，仰视乔木皆苍烟。堪嗟人迹到不远，虽有来路曾无缘。穷奇极怪谁似子，探索幽隐探神仙。初寻一径入蒙密，豁目异境无穷边。风高月白最宜夜，一片莹净铺琼田。清光不辨水与月，但见空碧涵漪涟。"

　　我仿佛看到眼前这样一幅美丽的画面：荒野水湾气象古老，翠绿高大的树木环绕土山，竹林抽出的新笋将增添夏日暖风气息，被砍去的老树上，乱发的枝叶还在争春斗妍，水上鸟儿虽然闲暇着却准备干大事，山中乌雀每天早晚都在婉转鸣啼。游人不知这里经历过多少兴盛衰废，抬头仰望是一片苍烟古林。感叹的是，人的足迹还不甚远，虽有路儿以前却与人无缘。这里极其怪异，探索幽隐好似寻找神仙。才到这儿寻路就迷入浓密，豁然放眼一看，异景无穷无边。风高月白的晚上甚佳，这里满是晶莹洁净的琼田。清亮的光辉使人分辨不出青苍水儿与银白月色，这里也包容着空荡的涟漪碧波。此时，我早已陶醉这沧浪亭莹净空碧美景之中。

　　看山楼。它位于明道堂南侧山石之上，同治十二年巡抚张树声创建，取元代卢集诗句"有客归谋酒，无言卧看山"之意，故名。楼筑于洞曲之上，共三层居园之西南隅。旧时，近俯南园，平畴村舍，远眺楞伽，七子和灵岩、天平诸山，隐现槛前。面水轩。这原为"观鱼处"，张树声重修后改为"面水轩"，袭唐代杜甫诗句"层轩皆面水，老树饱经风霜"之意，故名。它面北临流，庭前古木参差交映，轩左复廊蜿蜒而东，两面可行，隔水迎人。翠玲珑。此处又叫"竹亭"，有房三间，另外连贯几间大小不一的旁室。南宋绍兴初年韩世忠就取苏子美诗句"秋色入林红黯淡，日光穿竹翠玲珑"之意为名。它的前后，万竿摇空，修竹如林，粉墙竹影，滴翠匀碧，历来为文人墨客雅游、静观、觞咏、作画之地。园内假山古木通过漏窗、复廊两面观景，使园外之水与园内之山自然融为一体。

漏窗。园内曲廊壁上嵌有 108 种样式，外观各式各样，镂空花纹绚烂多姿，框架有方形、多边形、圆形、扇形、海棠形、花瓶形、石榴形、如意形、秋叶形、宫殿形、桃形等，以方形和多边形居多，形成多重视觉审美效果。透过漏窗，景色似隔非隔，似隐非现，光影迷离斑驳，使原来的景致得到拓展和延伸。

复廊。两侧的廊檐将园内的山和园外的水紧紧衔接在一起，造成山、水互为借景效果，同时也弥补了园中缺水的不足，拓展了游人视觉空间，丰富了我们的赏景内容，形成苏州古典园林独有的开放性格局。清风明月本无价，近水远山皆有情。

古老的沧浪亭园林的造林艺术确实别具一格，令人叹为观止。

蜀乐行

风送秋雁，丹桂飘香。2021 年 10 月 21 日至 26 日，我们 16 名游客一行组成旅游团从家乡宝应乘机到享有"天府之国"美誉的四川，快乐地游览宽窄巷子、人民公园、武侯祠、锦里、都江堰、黄龙、九寨沟等风景名胜区。

宽窄巷子

我们步行在成都市青羊区的宽窄巷子。这里是街上人气最旺的地方，东西走向的宽（兴仁）巷、窄（太平）巷、井（如意）巷平行排列。宽巷子，老脸庞的怀旧地带。窄巷子，一条慢生活最爱的情调延长线。井巷子，一处市井老成都的情景再现。游人在这里观光，纷纷购买熊猫绒品等物。这里，2009 年获"中国特色商业步行街"称号。2016 年 4 月 28 日、2017 年 1 月 3 日、2019 年 11 月 24 日，李克强总理三次来到这里，力推第三产业的发展。2020 年 7 月，这里入选首批全国示范步行街名单。

人民公园

名园依绿水，归雁意青天。我们徘徊在成都市区人民公园，它原名少城（锦城）公园，始建于1911年。在茶社里，铜茶壶的热水冲泡着景德镇瓷碗里的茶叶。我们每个茶客都右手捧着锡杯托、左手将碗盖把水面茶叶拨开，口中慢慢品饮着茶水，感觉醇香，清雅。接着，我们品尝特色美味——钟水饺。导游向我们介绍说，钟水饺创始人（光绪十九年，1893年）钟燮森（字少白），原名叫"协森茂"。后因开业之初店址在荔枝巷且调味重红油，故又称"荔枝巷红油水饺"，1931年开始挂出了"荔枝巷钟水饺"的招牌。现"钟水饺"成为成都著名老字号小吃。

武侯祠

我们去成都市武侯区武侯祠大街231号，参观了武侯祠博物馆。它占地15万亩，始建于章武元年（221年），原是纪念诸葛亮的专祠，亦称孔明庙，后合并为君臣合祀祠庙，是民众对蜀汉丞相诸葛亮"鞠躬尽瘁，死而后已"精神的肯定和赞誉的载体，也是三国遗迹源头，由汉昭烈庙、武侯祠、惠陵、三义庙四部分组成，1961年3月，被公布全国第一批重点文物保护单位。在刘备殿，我们向刘备塑像鞠躬致敬；在诸葛亮殿，我们也向诸葛亮塑像鞠躬致礼。

我们特别赞叹诸葛亮人生的光辉：

勤王事大好儿孙，三世忠贞，史笔犹褒陈庶子；出师表惊人文字，千秋涕泪，墨痕同溅岳将军。

锦　里

出了武侯祠向东，再逛锦里川西民俗街。锦里，即锦官城。后即以锦里为成都之代称。这条古商业街，最早可追溯到秦汉时期，颇有古蜀国民风。现在这里已被开发成一条民俗商业步行街，混有三国文化及川西文化。全长550米，清末民初建筑风格的仿古建筑。

"拜武侯，泡锦里"已成为成都最具号召力的响亮口号之一。成都粉子在酒吧里嗑瓜子和打牌，喝着外国酒，说着绵软的成都话。这里，号称"西蜀第一街"，誉为"成都版清明上河图"，与北京王府井等老牌知名街市齐名。

都江堰

我们也游览了成都市灌县都江堰名胜景区。导游向我们介绍说，都江堰这著名的古代大型水利工程始建于秦昭王末年（公元前256—公元前251年），是蜀郡太守李冰父子在前人鳖灵开凿的基础上组织修建的。两千多年来，这里一直发挥着防洪灌溉作用，使成都平原成为水旱从人、沃野千里的"天府之国"。这里是全世界迄今为止，年代最久、唯一留存、以无坝引水为特征的宏大水利工程。

我们特别仔细观看这里的宝瓶口、飞沙堰、鱼嘴三大水利工程景观。

宝瓶口：从玉垒山伸向岷江的长脊上凿开的一个进水口，是内江灌区的引水"咽喉"。它引水限流，限制进入成都平原的水量，又通过与离堆共同壅高水流增大飞沙堰的排水效果。

飞沙堰：位于鱼嘴分水坝末端做侧向溢流堰，古称"侍郎堰"，因排沙效果好而得名。它发挥内江堤坝的泄洪排沙作用，既保证了成都平原用水之需，又能将进入内江的大部分沙石排出。

鱼嘴：分水工程，因其形如鱼嘴而得名。它屹立于岷江江心，将岷江分为内外两江。它利用地形、地势，巧妙地完成分流引水的任务，内江灌溉，外江排洪，而且在洪水、枯水季节不同水位条件下起着自动调节水量的作用。

我们深深地体会到都江堰凝聚着我国古代劳动人民勤劳、勇敢、智慧的结晶，距今已有2270多年的历史，两千多年一直发挥着防洪灌溉作用，以其"全世界历时最悠久、设计最科学、布局最合理、经济效益最发达、自流灌溉面积最广"的特点享誉中外，被誉为中国水利工程史上的伟大奇迹，是世界水利工程的璀璨明珠，至今灌区已达40余县市，面积超过一千万亩。在中华民族文明史上，都江堰是与长城比肩而立的伟大工程，是全世界迄今为止唯一留存、仍在使用以无坝引水、自流灌溉为特征的一项伟大"生态工程"。成都平原西北部岷江上的都江堰景区不愧为世界文化遗产，世界灌溉工程遗产，国家家重点风景名胜区，国家文物保护单位，5A级旅游景区，ISO14000国家示范区，全国低碳旅游示范区。

黄　龙

我们克服着高原缺氧不良反应，整整一天饶有兴致地游览这四川阿坝藏族羌族自治州松潘县国家自然保护区、国家地质公园、国家重点风景名胜区、5A 级旅游景区——黄龙景区。

这里规模宏大、结构奇巧、色彩丰艳的地表钙华、罕见的岩溶地貌享誉中外。犹如梯田的层层钙华池，在阳光照耀下，钙化池池水随着周围景色和阳光照射角度，变幻出五彩颜色，被誉为"人间瑶池"。浅滩上水流涌动，阳光照射，波光粼粼，晶莹透亮，水下铺垫着一层细细的浅黄色苔藓，涉足滩流，恍若进入瑶池仙境。

导游告诉我们，这里是我国唯一保护完好做高原湿地，海拔1700—5588 米，以彩池、雪山、峡谷、森林"四绝"著称于世。3.6 公里长的黄龙沟，遍布碳酸钙华沉积，呈梯田状排列，为"世界奇观""人间瑶池"，1992 年列为《世界遗产名录》。它还为"世界人与生物圈保护区""绿色环球 21"证书。以其奇、绝、秀、幽自然风光蜚声中外，景区长 75 公里。

我们向上眺望，雪宝顶海拔 5588 米，终年白雪皑皑，山岩嶙峋，沟壑纵横。在海拔 3 千多米乳黄色的长坡上，薜萝丛生，花木竞秀，碧水清泉，漫台滚泻，形成千百块迂回曲折、层层嵌砌的彩池。这里面积 1000 平方米，有彩池 693 个，是当今世界上规模最大、彩池最多、海拔最高的露天钙华彩池群。汪汪碧石玉盘，红、紫、蓝、绿、黄，浓淡各异，色彩缤纷，极尽娇艳。旁边坐落着雄伟辉煌的黄龙古寺。传说夏禹治水至茂州，黄龙为其负舟导江，后人因立庙祭祀，故称治水成功，黄龙舍弃龙宫，甘居此地美化人间，造就了这里"人间瑶池"。

这里植被 88.9%，森林覆盖率 65.8%，区内有高等植物 1500多种，其中四川落叶松、岷山冷杉、独叶草、星叶草等 11 种植物为国家一至三类保护物种。

雪后初晴，层林尽染，玉树琼峰，好一派人间自然美景。

九寨沟

我们慕名来到四川西北岷山南漳扎镇九寨沟世界级自然遗产保护区。这是嘉陵江上游白水江源头的一条大支沟。翠海、叠瀑、彩林、烟云、雪峰、10 处瀑布，108 个高山湖泊，湖水清冽透底，变幻无穷，我们真正体会到"黄山归来不看山，九寨归来不看水"意境。

导游告诉我们，九寨沟的"九寨"有树正、则查洼、黑角、荷叶、盘亚、亚拉、尖盘、热西、郭都，它又称"和药九寨"。这里地势北低南高，北沟口海拔 2000 米，南山峰海拔达 4500 米，主沟长 30 多公里，风景区 600 平方公里。1992 年 12 月 14 日，经联合国教科文组织世界遗产委员会 16 届会议批准这里被列为《世界自然遗产名录》。1997 年 10 月 29 日，这里加入世界生物圈保护区网络。1998 年 5 月 26 日，联合国教科文组织为这里颁发"世界生物圈保护区"证书。

乘坐观光车，我们一路仔细观赏各种美景。

长海，海拔 3060 米，面积 200 万平方米，长约 8 公里，顺山弯去，头深藏在层峦叠嶂的山谷中。上面高山峻岭，有金丝猴、熊猫，各类动植物达 3634 种。海子对面，雪峰皑皑，冰斗、"U"字谷等典型冰川景观，历历在目。岸旁林木叶茂，放眼望去，水似明镜，巍巍雪峰，沐浴在蓝天白云之中，壮观奇丽。湖区水面大，但无地表出水口，夏秋暴雨，水不溢堤，冬春久旱，亦不干涸。藏族人民赞美它是"装不满、漏不干的宝葫芦"。

海拔 2472 米、水深 5 米、面积 9 万平方米的五花海，被誉为"九寨沟一绝"和"九寨精华"。16 万年前，第三次冰期来临，这里不但大小沟谷继续加深、加宽，还在许多地方形成大量堆积物堵塞河道，堵塞之处又积水成湖形成堰塞湖。五花海在此因滑坡堵塞河道而形成。水体洁净、深度不同是这里湖泊呈蓝绿色的重要原因；水体中大量的钙华颗粒物对可见光中波长较短的蓝绿光具有强烈的散射和选择性反射作用；湖底的钙华沉积和各种颜色的藻类以及深水植物的分布差异，一湖之中形成了许多色块（宝蓝、翠绿、橙黄、浅红）；靠地下水补给，湖水保持一定的温度，即使气温降到冰点，五彩池水不冻，依然碧波荡漾。水底的水草和倒木表面的灰白色毛茸茸的物质是藻类与钙华结合体，水底白色的堆积物也是钙华。

镜海这里海拔 2367 米，长 1156 米，宽 241 米，深 31 米，是九寨沟景区第三湖泊，因水面平静如镜而名。晨曦初现，蓝天白云，远山飞鸟都尽收海底，清晰可见，倒影胜实景。

......

水，九寨沟的精灵。湖水终年碧蓝澄澈，明丽见底。随着光照的变化，季节的推移，呈现不同的色调与水韵。秀美的，玲珑剔透；雄浑的，碧波不倾；平静的，招人青睐。风平浪静，蓝天白云，远山近树，倒映湖中。水上水下，虚实难辨。梦里梦外，如幻如真。一湖之中鹅黄、黛绿、赤褐、绛红、翠碧等色彩组成不规则几何图形，相互浸染，斑驳陆离。视角移动，色彩亦变，一步一态，变幻无穷。整个沟内奇湖错落，目不暇接。百余个湖泊，古树环绕，奇花簇拥。湖泊都由激流的瀑布流泻而成，各具特色。

　　九寨沟是水的世界，也是瀑布王国。所有的瀑布全都从密林里狂奔出来。这里有海拔 2365 米、高 24.5 米、宽度 270 米居全国之冠的诺日朗瀑布。它在高高的翠岩上急泻倾挂，似巨幅品帘凌空飞落，雄浑壮丽。瀑布从山岩上腾越呼啸，几经跌宕，形成叠瀑，似一群银龙竞跃，声若滚雪，激溅起无数小水珠，化作迷茫的水雾。朝阳照射，现出奇丽的彩虹，使人赏心悦目，流连忘返。

　　这天晚上，我们观看了大型舞台情景剧《九寨千古情》。一个小时的演出，汇集了三百多位演员 5A 级民俗表演。九寨传说，古羌战歌，汉藏和亲，大爱无疆，天地吉祥，共五幕。360 度全景演出，与观众全方位互动，让我们仿佛跟着进入剧情，民族应团结，国家要发展。

　　我特作诗一首，纪念这次旅游：

蜀乐行

深秋气爽出游玩，天府之国名胜览。
武侯祠里忠贞颂，都江堰上工程叹。
黄龙彩池多绚丽，九寨沟水甚碧蓝。
更爱祖国生态好，人人喜悦尽开颜。

到苏州科技城

苏州科技城距姑苏古城西十公里，是国家科技部与江苏省人民政府共建的开发区。如若你到苏州科技城来旅游，请乘坐一号有轨电车到太湖大道上，游览大阳山国家森林公园和太湖国家湿地公园，领略这里独特优美的山水景致。

大阳山国家森林公园，西濒碧波万顷的全国第三大湖——太湖，东至阳山环路，南起太湖大道，北至兴贤路。主要山体包括鸡笼山、大荒山、凤凰山、观山、火烧山、青山、阳山等，总占地面积 1029.8 公顷，林地总面积 912.8 公顷，森林覆盖率 88.64%，是苏州的"城市绿肺"。公园属北亚热带湿润性季风气候区，雨量充沛，林木葱翠，四季鸟语花香。山峦从鸡笼山拔起，蜿蜒成十五峰峦、六岭、六坞和三涧四岩七处泉的绵绵青山。苏州乐园就在这里，你可在最精彩的水上世界中戏水游乐。

苏州太湖国家湿地公园，西枕太湖，东接东渚，南连光福，坐落在人间天堂"中国刺绣艺术之乡"镇湖，现总面积 2.3 平方公里。该地区是太湖的一处秀丽湖湾，水壤交错，有菱芦莲茭、鱼虾蚌蛤之八宝，更有白鹭飞天、蛙鸣鸟啾之境。国家总理李克强曾带领东欧十六国政府首脑到这里来观赏美景。公园于 2010 年

2 月正式对外开放，2011 年 10 月，成为全国首批 12 个正式授牌的国家级湿地公园。桃源人家、桑梓人家、七桅古船、渔矶台、槿篱茅舍、半岛茗茶、青云画舫、烟波致爽等美景，让人时而如同打开一册底蕴深厚的志书史籍，时而又有轻风情风物掌故逸兴诖物的美妙感觉；而植物知识长廊广场、濒危植物观察廊、水八仙景区、观鸟亭、珍禽部落岛等景点又将人带入一个科普知识的教育园地，从中汲取生态科学知识，提升自然生态的环保理念。

在苏州科技城，有轨电车 1 号线从苏州 1 号地铁狮子山站至太湖东畔西洋山站已于 2014 年 10 月建成通车。在近 10 公里的行车路段中，包含"两种站台"形式。其中，高新科学技术开发区管委会站是"岛式站台"，站台在太湖大道轨行区的中间，一来一去都共用一个站台，人们可通过地下通道进站出站，与轨交通道相仿。而白马涧生态园站，则是"侧式站台"，一来一去有两个站台，人们可通过人行横道进站出站。有轨电车 2 号线从新区火车站至太湖大道龙康路站亦于 2018 年 8 月 31 日建成通车。这里公路四通八达，车辆畅通无阻。京杭大运河浒墅关到太湖光福的浒光运河把京杭大运河与太湖的水运连接起来。

正如唐代伟人诗人杜甫诗句"两个黄鹂鸣翠柳，一行白鹭上青天"。这里，有成对黄鹂在岸柳树下引吭高歌；这里，还有几只白鹭掠飞在水面上，不停地寻找水中游鱼活食。

生物竞争，强者生存。

全国著名的南京大学，已开始在科技城西边太湖湖畔建立与南京校区错位发展的新校区。新校区占地 2000 亩，重点开展以信息技术、大数据与人工智能、新能源、光电技术、生态工程、生物医学工程等国家重大科技专项领域的创新技术研发、科技成果转化、高科技企业引进与孵化、高层次人才培养。2021 年 9 月，南京大学苏州校区开始首批招生。一流的大学，将产生一流的科技。

高新科学技术人士，请到苏州科技城这里创业。

第四分卷

作文评论

漫谈商用广告语的真善美

目前，正在世界范围内兴起的新技术革命深刻地影响着人类的物质产品与精神新产品的生产——消费，带动着人类审美实践与审美意识的变革。这场变革导致人们追求市场商品的审美，造成经济审美化与审美经济化。在这种审美效应的驱动下，在市场商品广告中，人们迫切要求广告语具有通俗性和娱乐性，使商品经济生活中紧张的精神状态得以放松。

随着电视机进入了我国千家万户家庭，把人们带入物质产品与精神产品的大消费、大流通的时代，人民群众的精神产品的生产——消费也发生了深刻的变革。收看电视节目是家家户户、男女老少的日常生活之一。观众们不可避免地接触到商品经济领域的一个特有形式——广告。图文并茂的广告语给观众不但留下了一个深刻印象，而且还会产生不可忽视的影响——刺激观众消费某种广告的商品，从而促进商品经济在流通领域中的大发展。

电扇开始进入我国寻常百姓人家时，"长城电扇，电扇长城。世界，我们的市场"这一电视广告语大家非常熟悉。诚然，制作这一广告的人是艰苦地动了一番脑筋的。从语言修辞角度上讲，"长城电扇，电扇长城"这一句是 ABBA 式的回环，八个字，只是两个名词，却能引起观众的思考而兴味盎然。"长城电扇"，是说明长城牌电扇是我省著名的电器产品；"电扇长城"，是说明这一名牌电器产品由于质量优良，所以它的销量极多，排列下来像万里长城那样长。比喻、夸张，在观众中形成强烈的审美效应。长城牌电扇以更高的质量早已打入了国际市场。无疑，这一广告语为我国市场经济的发展作出了不可磨灭的贡献。

再看，香港歌、影、视三栖明星刘德华当年英俊帅气，他在某广告中所说："我的梦中情人应该有一头乌黑、亮丽的头发。植物一派，重庆奥妮。"爱美之心，人皆有之。这一广告语好就好在抓住了人们的爱美心理。无可讳言，它大力推销能使头发更乌、更亮的重庆某企业生产的奥妮牌洗发露。

略看当年电视中其他许多广告语，观众都能体味它们的真、善、美：

"长虹，以产业报国为己任。太阳最红，长虹更新。"

"朋友天天见，大宝记心间。"

"日立电器公司愿为中国现代化作贡献，日立彩色电视机。"

"佳佳佳佳，用户都夸；佳佳佳佳，誉满天下。"这一广告语曾在某一段时期电视中经常出现。佳佳牌洗衣粉是当年南京烷基苯厂生产的产品。它的生产线是从国外引进的。的确，这种洗衣粉质量不错，在市场上很为畅销，很受用户的欢迎。"佳佳佳佳，用户都夸"是实实在在的。广告语制作者将"佳佳"这一词语运用反复修辞，将加深这一产品在用户中良好印象，扩大这一产品在市场上的影响，刺激这一产品更大量地生产。但是，"佳佳佳佳，誉满天下"未免显得有点言过其实。不错，这一产品包装袋上印上了许多英文字母，它已打入到国际市场。然而，它在国际市场上享有很高荣誉吗？如果有，应以国际同类产品评比获奖为据。看来，制作这一广告语者还缺少一种最为可贵的求实精神。为了得到消费者的完全信赖，后来这一广告语不得不将"誉满天下"改为"金陵之花"。

就是在经济领域中，许多搞工商金融流通的行家里手也十分注重制作市场广告语。一段时期，在我国商品的生产资金严重短缺的情况下，他们把握广大储户的积蓄，吸收社会大量的闲散金，做了一些以下的广告语：

"有奖储蓄下月开奖。"

"奖券有限，欲购从速！"

"中奖机遇在向您招手！"

当然，这一方面的广告语也有不尽如人意的例子。

"存一百，二十四年，取一万一"是广告语的标题。广告中还有详细的说明储蓄方式与本息累计的结果。其实，本息累计的结果是违背现实的。当时的利率达两位数，是保值补贴利率，是商业银行权宜之计。何况，以后储蓄利率也不是年年永远不变的。这一广告语虽会刺激储户参加这种储蓄，但会在群众中对我国今后的经济形势与物价趋势造成错误的估计，实质上是不能安定人心的。

广告语要去伪存真。

再看如今的电视中的商用广告语，多为真善美。

酒文化，我国人民群众的生活不可缺少。

"国酒茅台，民族精品。"

确实茅台牌白酒在国内众多的品牌中由于质量优良，始终年年夺魁。

　　"海之蓝，天之蓝，梦之蓝。海天梦想，大国品牌。"

　　我省的洋河酒业公司生产的以上三种品牌白酒在国内众多的品牌同类档次中质量名列前茅，它们畅销全国。

　　"五谷酿造，玉液琼浆。喝酒要喝家乡酒，送礼要送五琼浆。"

　　五琼浆牌白酒，多年来一直在家乡父老乡亲中享誉最高。质量优良，有口皆碑，早已评为我们扬州市唯一的市酒。

　　再看，中央电视台新闻联播节目后、天气预报节目前，有我国著名的女排教练员、运动员郎平所说的广告词："打球容易，赢球难；种地容易，高产难。相信三安的力量，史丹利复合肥。"

　　是的，有了郎平这样一类的优秀女排教练员、运动员，才能以顽强的斗志、精湛的球艺和团队集体的团结协作拿到了许多女排国际大赛的冠军。同样，科学地使用名牌好的肥料，人们才能使种下田里的粮食获得高产。

　　综合以上种种例子，说明商用广告语虽属上层建筑，但它必须为经济基础服务。目前的社会主义市场经济决定了广告语必须适应它，必须为它服务。广告语有着它制作的规律，就是要真、善、美。我们要遵循这一规律，运用这一规律，更好地为我国的社会主义市场经济的发展效劳。

李白诗中的宝应情

　　李白（701—762），字太白，唐代著名诗人，与杜甫并称"李杜"。出生于西域碎叶城，从小就随家迁居到绵州青莲乡（今四川江油县内），故号青莲居士。他是伟大的浪漫主义诗人，也被称为"诗仙"，其诗作为《李太白集》。开元十二年（724年），诗人李白离开故乡踏上远游的征途，沿长江舟行东至扬州。开元二十七年（739年），39岁的他来宝应游历。

　　在《白田马上闻莺》（《李太白集》第六册卷之二十五古近体诗九十首之十八）这首诗中，他写道：

> 黄鹂啄紫椹，五月鸣桑枝。
> 我行不记日，误作阳春时。
> 蚕老客未归，白田已缫丝。
> 驱马又前去，扪心空自悲。

　　诗中所描述的是诗人来到白田当时五月蚕农缫丝繁忙的情景。

　　众所周知，汉民族是首先发明并大规模使用丝绸的民族，其制作的丝绸品更是开启了历史上第一次东西方大规模的商贸交流，史称"丝绸之路"。

从黄帝的元妃开始养蚕缫丝，到西汉生产的精致丝绸，发展了两千多年。到了诗人李白的盛唐，丝绸的制作空前繁荣发达，许许多多的丝织品通过"丝绸之路"，贸易到西亚，乃至欧洲。

"白田"，是我们家乡宝应县的古称。诗人李白在初夏的五月，乘着马儿从南门外白田渡进入白田，听到黄鹂鸟悦耳的叫声，看到它们正在桑树上啄食紫色的桑椹。这时，蚕儿已吐丝结茧，父老乡亲们正在忙于缫丝。诗人忘掉了当前的时令，误以为还是阳春三月。蚕农们植桑育蚕，夜以继日，风餐露宿，极为辛苦。客居白田的诗人李白予以无比的同情和伤悲。诗人李白在安宜游历中，还写下了一首诗《赠徐安宜》（《李太白集》第三册卷之十九古近体诗四十三首之四）：

白田见楚老，歌咏徐安宜。
制锦不择地，操刀良在兹。
清风动百里，惠化闻京师。
浮人若云归，耕种满郊歧。
川光净麦陇，日色明桑枝。
讼息但长啸，宾来或解颐。
青橙拂户牖，白水流园池。
游子滞安邑，怀恩未忍辞。
翳君树桃李，岁晚托深期。

诗人李白描述的安宜当时是淮南楚州的安宜县。直到去世的那一年，唐肃宗李亨喜得真如居士从家乡送去的玉器八宝珍品。当年，唐代宗李豫继承皇位，年号改为宝应元年，并将安宜县名改称宝应县。这首诗是诗人在公元 762 年前所作并赠送徐安宜徐县官的。诗人李白与安宜徐县官相见时，桑葚紫了，麦浪滚滚，明亮的阳光照射着桑树的枝枝叶叶，风儿吹拂着门窗，清明澄澈的渠水流入肥沃的田园。许许多多农人奋力洒汗在郊外田头土埂、水边桑枝树旁。诗人喜见徐县官在公堂里不停地高声讲话，处理政务就像工匠们用剪刀精心裁剪锦衣一样有着良方。在客人来访之时，徐县官才会轻松地开颜一笑。年长的他还在用心地培养青年人，并对后代们的未来予以厚望。诗人在白田渡见过许多老人，他们都热情地称道徐县官的政治清明。京城朝廷虽离安宜很远，但也得知徐县官的政绩和教化。身受皇恩的李氏王室宗亲李白诗人停留在安宜，把他乡作为己乡，留恋而忘返。

诗人李白在宝应的游历中，与父老乡亲一样，有悲伤也有喜悦。

诚斋诗人荷湖情

南宋著名诗人杨万里是我国历史上一位高产诗人，在宋代仅次于陆游，作诗达两万首，传世4200首。他与陆游、尤袤、范成大并称为"南宋四大家""中兴四大家"。其诗构思新颖巧妙，风格清新活泼，语言通俗明畅，时称"诚斋体"。

他钟爱荷湖，咏荷诗清新自然，独具一格。

《晓出净慈寺送林子方二首》其二："毕竟西湖六月中，风光不与四时同。接天莲叶无穷碧，映日荷花别样红。"六月里的西子湖非常特殊，盛夏秀丽的风光和其他时节迥然不同。碧绿的莲叶一片浩渺，连接天际无穷无尽。红日与荷花相映，色彩分外鲜明娇红。这首诗脍炙人口，故为千古传诵。诗人描写杭州西湖美丽景色，通过红绿对比，看似白描平淡，却为虚实结合，刚柔相济，气势恢弘。碧绿之中那红得"别样"，娇艳迷人的荷花使他为之动情。

五言诗《玉井亭观荷》："渠仙初出波，照日稚犹怯。密排碧罗盖，低护红玉颊。馆之水精宫，环以琉璃堞。珠明浮盘戏，酒漾流杯晔。青笔尖欲试，绿笺皱还折。老龟大于钱，辛勤上团叶。忽闻人履声，入水一何捷。"荷仙子开始露出水面，对着月亮自感幼稚而有点胆怯。它们密密地排列着，就像碧绿的伞盖在保护着红玉般的低低面颊。它们像高建的水晶宫殿，又像环绕的琉璃矮墙。它们好像明珠在浮盘上游动玩耍，也好像醇酒在杯中流动荡漾而灿烂辉煌。它们好像青色笔尖比试书写，也好像绿色纸条起皱回折。一只老龟比铜钱还大，不断地爬上圆圆的荷叶，忽然听到人的脚步声，很快地窜入水中。前面对荷生长过程写得细致入微，后面对龟的描写生动活泼。

七言绝句《莲花》："红白莲花共塘开，两般颜色一般香。恰如汉殿三千女，半是浓妆半淡妆。"红色莲花和白色莲花一起开放在荷塘里，虽两种颜色却同一种香味。它们好比汉代宫殿里美女，有的像是浓妆，有的像是淡妆。把成群的美女比作满湖的荷花，在他的咏荷诗中十分罕见。

《小池》："泉眼无声惜细流，树荫照水爱晴柔。小荷才露尖尖角，早有蜻蜓立上头。"泉眼悄然无声是舍不得细细的水流，树荫倒映水面是喜爱晴天和风的轻柔。嫩嫩的小荷叶刚从水面露出尖尖的角，早有一只调皮的小蜻蜓立在它的上头。诗中运用丰富、新颖的想像和拟人手法，细腻地描写了小池周边自然景物，充满了诗人对荷的热爱之情。

杨万里作为南宋使臣曾多次经邗沟出使金国，路过荷乡宝应时情趣盎然，观赏湖中各种景色，留下了诗作《过宝应县新开湖十首》。

其一："寒里船门不可开，试开一望兴悠哉。空蒙烟雨微茫时，都向湖光外面来。"寒冬里让人在船舱里冷得不常开门，若试开一下向外一望，兴致酣畅。烟雨空濛，一切都好像从湖的外边扑面而来。

其二："细雨初如弄隙尘，须臾化作舞空蚊。作团而旋还分散，只见轻烟与薄云。"细小的雨点刚下就打湿了透过隙缝光柱中游动的尘埃，一会儿好像变成空中飞舞的蚊虫。它们聚成一团，随即又分散开来，人们只见到轻轻的雨烟和薄薄的云雾。

其三："雨丝拂水不曾沉，（水滴）如珠（湖面）明。乱走不停跳不住，忽然跳入水精瓶。"雨丝拂打着水面还未沉入水中，滴滴雨珠如同珍珠一样使湖面更为明亮。雨点们乱跑乱跳不停，忽然好像跳入了水晶瓶子。

其四："渔家可是厌尘嚣，结屋圆沙最尽梢。外面更栽杨柳树，上头无数鹭鸶巢。"打渔的人家实则厌恶人多的喧闹，圆圆的细沙散落在屋舍的边缘处。屋子外边栽上了很多杨柳树，树上已有无数个鹭鸶鸟巢。

其五："湖堤插柳早青葱，犹带隋家旧土风。莫笑千株尺来许，看渠揽尽夕阳红。"湖堤上栽插的杨柳早已葱葱绿绿，还带着古老人家的风土习俗。不要笑着那远处千株柳树只有尺把高，它们与渠水早已被夕阳全部染红。

其六："雨里楼船即钓矶，碧云便是绿蓑衣。泛波万顷平如镜，一只鸬鹚贴水飞。"雨中的楼船就像捕鱼的工具，碧空的云儿就像绿色的蓑衣。宽广的湖水一波万顷，平如镜面，一只鸬鹚紧贴着水面飞翔。

其七："半浓黛汁点遥林，微淡铅膏抹暮云。似白如青都不是，淮南弄色五湖春。"半浓半淡的黛色点染遥远的树林，轻淡的铅色抹上傍晚的云彩。好像白色，又好像青色，又好像都不是，这里呈现的是淮河以南五湖的一派春色。

其八："天上云烟压水来，湖中波浪打云回。中间不是平林树，水色天容拆不开。"天上云烟垂直向水面压来，湖中波浪滔天又将云烟打回。中间如果没有一抹平林阻隔，水色天光交融再也分拆不开。

其九："两双钓船相对行，钓车自转不须萦。车停不转船停处，特地萦车手不停。"成双钓车的两只渔船相对而行，钓车上捕鱼的网绳自转放远，不需要人去萦绕。放远网绳的钓车不转、船停在一处时，船上钓车旁边有人专门不停收绕网绳。

其十："五湖佳处是荒寒，却为无山水更宽。归去江南无此景，未须吃饭且来看。"五湖的最佳之处虽为荒凉寒冷，这里周围没有山地，水面却显得更为宽阔。游人们回到江南见不到这种景色，要看遍这湖光美景，一会儿再去吃饭。

南宋著名诗人杨万里迷上了宝应荷乡湖上优美景色而留恋，舍不得离开。其情真真，其意切切。

情系宝应湖

　　宝应湖，位于盐（城）、金（湖）公路西边，属浅水、封闭型湖泊。据明代《隆庆县志》记载："清水湖在县南，东西长十二里，南北阔十里，西南连氾光湖。氾光湖在县西南十五里，东西长三十里，南北阔十里，南会津湖，西通洒火湖。洒火湖在县南六十里，东通大运河，西北会氾光湖。清水、氾光、洒火、津湖汇合为一，人称宝应湖。"随着地理的变化和区划的调整，如今宝应湖南连高邮湖，西接金湖县，北会白马湖，总面积140平方公里，分属宝应、金湖两县管辖。

　　明代王世贞，江苏太仓人，著名文学家、史学家，"后七子"（李攀龙、谢榛、王世贞、宗臣、徐中行、梁有誉、吴国伦）之一。他好为古诗文，始于李攀龙，李攀龙过世后独主文坛二十年。他倡导"文必秦汉，诗必盛唐"，积极参与复古运动，推崇唐诗。

　　诗人曾在南京先后任应天府尹、兵部侍郎、刑部尚书，游览过宝应湖，对宝应湖一方水土热爱之情寄托于诗作七绝《宝应湖》其一："波摇匹练界长空，天阔千帆处处风。入雾楼台先瞑日，隔林枫叶后霜红。"人们从远处看，波光摇曳的宝应湖像一条白色绢练，水天相连，湖水广阔浩渺。广阔的天空宠罩着湖上来来往往许多帆船，湖上到处吹拂的是萧瑟的秋风。从近处看，晚间氤氲的水雾笼罩着楼台，林中的枫叶经过霜染之后，显得更加鲜红。诗人运用"入雾""隔林""楼台""枫叶""瞑黑""霜红""先""后"工整对仗，表现的是雾中楼台景色模糊、朦胧不清，而近处林间枫叶描写色彩鲜明，非常清晰。其诗意境清空淡远。王世贞确实恋慕宝应湖美丽的秋景。

他的另一首七绝诗《宝应湖》其二："长天漠漠水淙淙，鼓吹中流引画艭。南人过此看不足，北人即怕莫推窗。"其诗描写的是宝应湖天空苍苍，湖水茫茫，风在吹动着水中画中般的船儿。宝应湖在我国南方与北方交会之处。南方人在船上欣赏不尽的是宝应湖美丽的秋景，北方人在船上不想推开窗户，怕的是朔风的萧瑟冷落。

明代另一诗人林光诗作七律《宝应湖》歌曰："连过三湖日未斜，天教清兴发诗家。何嫌顺境风涛社，更爱扁舟眼界赊。角角芦根呼水鸟，翻翻帆影散堤鸦。春波闪烁摇晴日，添得南翁两眼花。"其诗描写的是连过宝应三湖空中太阳还没有偏斜，游人自然地激发起清雅诗情：不要嫌弃顺境中那些风云岁月，更加喜爱在船上眼前那许多所见。水鸟们从浓密的芦苇深处呼叫飞出，在许多船只帆影下堤岸边栖息着乌鸦。春天闪烁的水波里摇动晴天的太阳，使得南方的老人看得两眼发花。可见，诗人林光也非常热爱宝应湖的美景。

明代诗人蔡文范诗作五绝《宝应湖》中歌咏："湖阔疑无地，堤长亘若虹。孤舟数点雨，杀却日南风。"其诗描写的是湖水显得非常广阔，让人觉得周边好像没有陆地，长长的湖堤横卧在湖上，像天空彩虹一样。点点雨儿洒落在孤独的船上，杀退了南面迎来的阵风。宝应湖美景使诗人为之动容。

明代诗人周伯琦诗作古风《宝应湖》写道："宝应湖，接高邮。双城湖上起，湖水四面流。昔时双城号铜铁，今日承平尽隳撤。铜铁不可保，天地同长久。国家德泽长如水，贯穿九州万人喜。直沽稳运苏州粮，京师饱吃高邮米。"诗中描写的宝应湖，接连着高邮。宝应、高邮两城坐落在湖边，湖水流向四面八方。过去这两座城号称铜墙铁壁般的坚固，如今世上太平持久，人们都会有放松懈怠之情。即使铜墙铁壁也不可能永久守护，时光才能如天地一样长久。国家的德恩如同河水一样长远天下，数万人都会感到幸福而欣喜。湖边生长的粮食稳稳运销到苏州，京城北京人也能吃到高宝两地盛产大米而足食。可见，明代诗人周伯琦也十分热爱这宝应湖鱼米之乡。

明代王世贞、林光、蔡文范、周伯琦等诗人皆钟情于宝应湖优美景色，其诗作至今已有四百多年，我们读起来仍兴味盎然，爱不释手。他们的诗作将与世长存，千古留芳。

今天，我欣然口占一绝：

宝应湖

荷乡湖水浪推旁，红日出来照四方。

呈现自然好景色，一年更比一年强。

乾隆评肃宗状元叹"诗仙"

水乡宝应，地灵人杰。

乾隆四十九年（1784 年），乾隆皇帝南巡经过宝应，作七绝诗《宝应县咏事》：

> 上元获宝县名改，其宝已难定假真。
>
> 便使果真为瑞应，牝鸡可得教司晨?

意思是，上元三年（762 年）唐肃宗从安宜县获得了八宝认为是祥瑞而改上元三年为宝应元年，且将该地改为"宝应县"，这个八宝是真是假已经无从考证。即便为真也算不上祥瑞吉兆，像母鸡早晨打鸣这样也能称得上好预兆。

历史告诉我们，唐肃宗（711—762）在位七年（756—762年），改元改了三次（756—758 年至德，758—760 年乾元，760—762 年上元），一元只不过管了一二年。唐肃宗在位时间不长，身体不好寿命短（享年 52 岁），上元三年（762 年）得宝改元这件事情不是祥瑞，倒是不祥之兆。当时大臣和老百姓们，对频繁改元记不清，难以纪年，这哪里有什么祥瑞！动不动就改元，就像市井之中某些门店开张一样，太不严肃，给后人留下的只是笑柄。

王式丹（1645—1718），清代宝应人。康熙四十二年（1703年），59岁时考取状元，授翰林院修撰。他绩学嗜古，有盛名。参与编修《明史》《大清一统志》《皇舆图表》《渊鉴类函》，分校二十一史。他工诗，清代著名诗人王士禛、田雯皆推许之，清代诗人宋荦所著《江左十五子诗选》，以王式丹为首。王式丹著有《楼村集》25卷、《四书直音》1卷及《灵豆录》。

王式丹在古体五言诗《白田怀古》中吟叹唐代"诗仙"李白：

步出城之南，春水围一庄。

太白闻莺处，我来思彷徨。

长安酒家客，诗篇动君王。

如何经此地，道路悠以长。

毋乃被放后，裘马纵清狂。

野田大堤畔，蒲稗满陂塘。

人家二三月，离离间垂杨。

屋角挂破罾，鸬鹚立鱼梁。

当年似此不，何处来莺簧。

人生感行路，况且别帝乡。

回首沉香亭，颇黎百宝光。

云花怜飞燕，醉墨挥淋浪。

胡为人欲杀，踯躅马上郎。

莺声非上苑，百啭媚路旁。

客子行未归，抚时增感伤。

十千买斗酒，新诗洒瀚香。

寥寥四十字，庾鲍走且僵。

地固以人重，不在多篇章。

至今访遗迹，残碑照斜阳。

晚风一万树，乱鸦鸣荒凉。

神仙不可及，烟影空茫茫。

此诗被临湖书屋主人采录于《宝应历代县志类编》。

诗人王式丹描述的是唐代诗人李白从白田渡向南，见到一泓春水围绕着村庄。来到"诗仙"听到黄莺鸣叫的地方，诗人思绪万千，驻足不前。"诗仙"是长安京城酒家的常客，写下许多诗篇惊动了君王。他从京城长安到白田，所走的路漫漫。"诗仙"被君王谪贬发放后，穿着裘衣，骑着高马，放纵而轻狂。运河大堤边田野中的水池长满了蒲草与稗草，垂杨树木密布，农家屋角挂着破旧的渔罾，鸬鹚停立在用木桩制成的栅栏上。若不是这里像"诗仙"当年的那样，哪里能听到黄莺如笙簧奏乐的鸣声？诗人感叹人生如同行路一样，况且"诗仙"离别了蜀汉帝国故乡。诗人回头仿佛远望见唐代兴庆宫东北用沉香贵木建成的沉香亭，状如水晶的玉石泛着百宝的光泽。花纹状的云朵怜爱展翅而飞的燕儿，"诗仙"醉后所作的诗篇淋漓而尽致。想起胡人作乱杀人，"诗仙"骑在马上忧心忡忡，徘徊不前。黄莺的鸣声不在皇家的园林，婉转的鸣啼美好在路旁。旅居异乡的"诗仙"还未回归，感念时事，往事伤感，用十吊钱买一斗酒，新作的诗篇洒满文笔墨香。《李太白集》中的《白田马上闻莺》，全诗寥寥四十字。南北朝诗人庚信、鲍照们跟着"诗仙"跑，也显得很僵硬。此地固然以人为重，不在于作出很多很长的诗篇。如今到这里观看"诗仙"遗留下的痕迹，阳光斜照在残缺的石碑上，晚风吹劲着万株树木，乌鸦胡乱地鸣叫在荒凉中。神仙们都不能来到这里，眼前只是淡淡的烟雾，空茫茫一片。

诗人王式丹《白田怀古》，全诗210字。"其征材之奥博，使事之精核，运以其诗。排奡陡健，一洗吴音啴缓。排山倒海之气，琢以炊金馔玉之词。"也就是说，他收集的材料深奥而广博，把事情的详细考核、精辟翔实运用到他的诗篇之中。诗中语言叙述刚健有力，完全洗清吴语那般绵软缓慢，以排山倒海之气，琢磨金玉式的精美词语。

书信谈

古人把"传递消息的人"叫作"信"，所以古汉字"信"的左部有表示"人"的符号，右部的符号表示"语言"。要传递的内容也叫"信"。在古代，信息主要靠口头传递。后来，"信"常常写在纸上，但我们说"请带个信儿"，说的还是口信。

先人靠结绳记数，今天打了几头猎物，谁分多少，系几个疙瘩，怕忘了，那是留给自己的"书信"。慢慢的，便有了数字的概念。走到哪个山头，这里猎物很多，便在山崖上画上几群牲口，告知同族这里可以狩猎，这是形象的书信。

随着古文字的起源和发展，信息的传输方式变得越来越多样。人们在占卜之后，把卜辞刻在龟甲兽骨上，产生了甲骨文。皇族把历史等重要信息刻到国家之重器的青铜鼎上，或颂扬，或警醒，或传于后代，或埋于地下，这些铭文是为了铭记历史，教育后代。

春秋战国时期，人们把书信写在竹简上，先用绳扎，再用泥封，又在封泥上盖上印章，就有了防伪保密的作用。

东汉蔡伦发明了造纸术，为书信大行天下提供了便利条件。无论是文人士大夫还是布衣百姓，都把书信作为相互沟通、传情达意的重要手段。或亲自送去，或托人捎去。后来，有了专门送信的信使，也有了专门为信使驻马休息的驿站。书信变成了通信联络的重要手段，书信也就成为延续几千年文明史、传承文化、促进经济社会发展的重要载体。

唐代伟大诗人杜甫的《春望》诗："国破山河在，城春草木深。感时花溅泪，恨别鸟惊心。烽火连三月，家书抵万金。白头搔更短，浑欲不胜簪。"说的是自安史叛乱以来，"烽火苦教乡信断"，诗人多么盼望家中亲人的消息，这时的一封家信最为可贵，真是胜过万金。

鲁迅的《两地书》，是他与景宋（许广平）在 1925 年 3 月至 1929 年 6 月间的通信结集，共收信一百三十五封（其中鲁迅六十七封半）。信中既有师生之间的忘年交，又有男女情爱的关怀。

当代的音乐人李春波 1994 年创作歌曲《一封家书》，获中国第三届金唱片奖。他的哥哥和姐姐都曾是上山下乡的知青，家书是那个年代维系家庭的一条重要纽带，哥哥、姐姐经常给家里写信。李春波放学后就帮爸妈给哥哥、姐姐写回信。1993 年，李春波在广州生活很苦，有一天他给父母写信，开始时写不下去，后来一边弹琴，一边想这信怎么写，于是就创作了《一封家书》："亲爱的爸爸妈妈，你们好吗？现在工作很忙吧？身体好吗？我现在广州挺好的，爸爸妈妈不要太牵挂，虽然我很想家。爸爸每天都上班吗？管得不严就不要去了。干了一辈子革命工作，也该歇歇了。我买了一件毛衣给妈妈，别舍不得穿上吧。以前儿子不太听话，现在懂事他长大了。哥哥姐姐常回来吗？替我问候他们吧。有什么活儿就让他们干，自己的孩子有什么客气的。爸爸妈妈多保重身体，不要让儿子放心不下。今年春节我一定回家，好了先写到这里吧。此致敬礼，此致那个敬礼!"歌词虽显朴实简单，却传达出浓浓的亲情。歌曲传达出来的浓浓亲情与广大在外游子产生强烈共鸣，从而火遍大街小巷。

邮票，是供寄信件贴用的邮资凭证。1840年5月1日，人类有史以来第一枚邮票即"黑便士"由英国罗兰·希尔设计问世，5月6日开始使用。英国邮局出售的这种邮票，面值1便士，即黑便士。"黑便士"没有齿孔，出售时要用剪刀一枚枚地剪开，采用英国女王维多利亚的头像为邮票图案。1878年，我国清政府在北京、天津、上海、烟台和牛庄（营口）等五处设立邮政机构，附属海关内，上海海关造册处当年印制以龙为图案的一套3枚邮票发行。一分银（绿色，寄印刷品邮资），三分银（红色，寄普通信函邮资），五分银（桔黄色，寄挂号邮资）。邮票的方寸空间，常体现一个国家或地区的历史、科技、经济、文化、风土人情、自然风貌等特色，这让邮票除了邮政价值之外还有收藏价值。我收藏我国邮政部门发行的纪特票已有三十多年。

如今的时代是电子数字信息化的时代。"信儿"可以写在电脑上，写在手机上。微信，有文字，有声音，有图像，人们相互信息交流无时差、距离障碍。

但只要人们还在生活，书信就会永远存在。

为幼儿话儿歌

谁没有过幸福而愉快的童年？童年，总会唱着幸福而愉快的儿歌。唐诗是我国文学中的瑰宝。易懂易记的唐诗让幼儿喜闻乐见，吟诵起来使人耳熟能详。

初唐诗人骆宾王的《咏鹅》："鹅鹅鹅，曲项向天歌。白毛浮绿水，红掌拨清波。"短短十八个字，使幼儿认识鹅的形、声、色行等特点，增强了他们对鹅等动物的亲近感。

孟浩然的《春晓》："春眠不觉晓，处处闻啼鸟。夜来风雨声，花落知多少。"幼儿在吟诵中，体会到充满生机的春天，让他们享有充足的睡眠，春风春雨滋润了生物，醒来眼前呈现一派鸟语花香的大好美景。

李绅的《悯农》："锄禾日当午，汗滴禾下土。谁知盘中餐，粒粒皆辛苦。"幼儿吟诵这首诗，在家长或老师的教育和引导下，会深深体会劳动是艰辛的，应爱惜他人的劳动成果。

王之涣的《登鹳雀楼》："白日依山尽，黄河入海流。欲穷千里目，更上一层楼。"幼儿吟诵起来，不但认识祖国母亲黄河在日出日落中从西边山上源头向东奔流到大海的自然景观，而且能激发他们在人生道路上向前向上的热情。

当然，并不是唐诗让幼儿读记得越多越好。如果家长或老师硬行让幼儿唐诗读记得太多，许多幼儿对诗中的意境、情境还不能理解，那对幼儿只能是拔苗助长，适得其反。

幼儿进入幼儿园，是学前教育。寓教于乐，让天真幼稚的孩子们唱起来，跳起来，在吟唱儿歌中增强个人的认知，养成良好的思想品质。

儿歌《两只老虎》："两只老虎，两只老虎，跑得快，跑得快。一只没有眼睛，一只没有耳朵，真奇怪，真奇怪。"幼儿吟唱这首儿歌，能认识到每只老虎都是有一双眼睛、两只耳朵的，人人都要像它们那样跑得很快。

脍炙人口的儿歌《苍蝇拍》："苍蝇苍蝇，传染疾病。打它它不走，骂它它不听。拿起苍蝇拍，噼啪送它命。"使幼儿在吟唱中能够养成消灭苍蝇等害虫、讲究卫生的好习惯。

儿歌《戴花要戴大红花》："戴花要戴大红花，骑马要骑千里马，唱歌要唱幸福歌，听话要听党的话。"这首儿歌幼儿们最爱唱，他们会逐渐由表及里、由浅入深地无限热爱我们伟大的中国共产党。

儿歌《小兔子》："小兔儿乖乖，把门儿开开。快点儿开开，我要进来。不开不开，我不开。妈妈没回来，谁来也不开。"很显然，幼儿在吟唱这首儿歌中接受了妈妈对他们的自我保护的安全教育，一个人在家里不能随意给陌生人开门。

儿歌《数鸭子》："门前大桥下，游来一群鸭。快来快来数一数，二四六七八。嘎嘎嘎嘎真呀真多呀，数不清到底多少鸭。赶鸭的老爷爷，胡子白花花。唱呀唱着家乡戏，还会说笑话。小孩小孩，快快上学校，别考个鸭蛋抱回家，别考个鸭蛋抱回家。"

幼儿吟唱这首歌，既加强了数数的认知，又在诙谐幽默的老爷爷教育下，认识到学校里要好好学习。

幼儿有他们的心理特点。

一、认识活动的具体形象性。儿童是通过感知表象，也就是通过具体的形学来认识客观事物。具体的表象左右着儿童的认识客观事物。其主要体现在儿童的记忆、儿童的思维和儿童的想象方面。

二、活动及行为的无意性可通过儿童的注意、记忆、想象及行为表现出来。

三、开始形成最初的个性倾向。他们行为具有强烈的情绪性。他们爱模仿。因为这时期，儿童独立性差，所以表现就是爱模仿。他们思维带有直觉行动性。他们凭着感知觉，凭着动作去认识事物，认识世界，积累知识。

这一时期幼儿好学好问，求知欲旺盛。因为他们积累了大量的知识经验，经过老师的培养教育，能够养成良好的学习习惯。他们抽象概括能力开始发展。具体思维发展以后，对大量的表象进行抽象概括，就能形成一些概念。形成概念以后，就可以出现抽象思维。他们初步形成比较稳定的心理特征。比如在性格方面，能够控制自己，做事不再随大流，显得比较有主见。在社交方面，对人对己，都有了比较稳定的态度和行为方式。对别人，能热情大方。有一定的美术、音乐、智力能力。

我在望直港中学教过幼师专业班。为了培养女同学们教育幼儿的本领，我组织和指导她们创作儿童诗歌，在校园里举办多次儿童诗歌朗诵会。这样，激发了她们自我创作儿童诗歌的热情。通过朗诵自我创作的儿歌，她们体验童心，准备毕业后将来更好地为幼儿服务。

有人为迎接六一儿童节，创作儿歌《庆六一》："庆六一，儿童节，小朋友们笑嘻嘻。又唱歌来又跳舞，快快乐乐在一起。"

有人创作儿歌《小乌龟》："硬壳壳，十三花，常常头儿缩在家。四爪爬行虽则慢，健康长寿人人夸。"

有人创作儿歌《月儿》："月儿弯弯，挂在天边。洁白光下，结伴游玩。唱歌跳舞，欢乐窗前。轻松夜睡，好梦得圆。"

还有人创作儿歌《夏天过去了》："夏天过去了，可是我还十分想念。那些个可爱的早晨和黄昏，像一幅幅图画出现在眼前。清早起来打开窗户一望：田野一片绿，天空一片蓝。多谢夜里一场大雨，把世界洗得这么新鲜。"

……

她们对自己所创作的儿歌，如数家珍，倍加珍爱。

幼儿是祖国的花朵，他们是世界的未来。为了幼儿，我们应不断创作更多更好的儿歌。

旭日曙光 映照中华

在这戊戌年深秋的时节，天气多变，时而阴雨连绵，时而晴朗日暖。万木早已硕果累累，田野满目稻谷金黄。正如一副对联所描述的那样："雨打芭蕉，东一点，西一点，点点愁人；蛙鸣秋池，低一声，高一声，声声入韵。"近日，我拜读了作家李映华创作的长篇小说《曙光》，热血沸腾，心潮涌动，觉得《曙光》佳作的出版，为我国文坛增添了一束靓丽的鲜花。

小说通过主人公某校中学语文教师黎天明这一人物形象的塑造，表现他在命运多舛中与徇私枉法吴德海等坏人坚持不屈的斗争，终于使他的冤案平反昭雪，让正义得到了伸张。主要情节叙述的是这位农村教师不但忙于校内的教学，还要在郭氏桥镇乡下帮助家中种田养猪。在一次卖出自家养的肥猪后，他买了王金德卤食店的颈脖肉准备带回家。由于酒醉，与店主为一张十元钞票的真假而发生矛盾冲突，相互斗殴又相互致刀伤，这应是一起偶发的治安事件。但不法商人王金德倚仗着县公安局治安大队长吴德海是他妹婿这层关系，恶人先告状。吴德海则徇私枉法，派人将黎天明抓走，亲自狠心虐待毒打黎天明，致使黎天明右失去手掌而致残。不但如此，吴德海还一手遮天，以贩卖假钞、滋事伤人莫须有的罪名判处黎天明两年多劳改徒刑。黎天明坚决不服，出狱后坚持依法上访上诉，最终获得冤案昭雪，平反且恢复了教师工作。公安局里的吴德海虽曾一度升为常务副局长，但最终也因腐败犯罪，被绳之以法入狱。

作者笔触大胆，伸向了公安部门。情节跌宕多姿，笔墨酣然淋漓，让人读起来时而悲悯，时而憎愤。冤案昭雪，众心所向，民心所向，正义所向。这是二十世纪八十年代初期依法治国的曙光，真是大快人心，荡气回肠。最可贵的是黎天明这位身材高大教师在逆境中还坚守教书育人，硕果累累，桃李天下；文学沙龙，深入探讨过去、现在与美好的未来。他的所作所为得到了伸张正义的市人武部汤政委、市公安局邹局长等党政领导的有力支持。小说作者的语言文字表达功底非常深厚，几十万字内容流畅而通达。全篇六十二个章节，条理清楚，结构较为完整。我们呼吸着社会新鲜空气，品味着作品诱人的清香，体会着它那独特而浓厚的韵味。

文学作品是具有文学创作规律的。一切文学作品都是现实生活在作家头脑的反映产物。客观存在的现实生活，经过作家的分析、选择、集中、概括，塑造成艺术的形象，往往具有更鲜明、更广泛、更深远的意义。著名作家赵树理在抗战时期的新解放区里，了解了一件事。一个村子里一个民兵队长与一个姑娘相爱，结果被把持政权的坏分子活活打死。为此，作家赵树理进行了小说创作。经过取舍、缀合、想象、虚构，通过一对农村青年二黑与小芹的爱情故事，深刻地、生动地表现了解放区人民群众起来挣脱封建锁链、战胜封建残余的斗争。这一小说反映出来的生活比普通实际生活更高，更强烈，更有集中性，更典型，更理想，因此更带普遍性。

《曙光》小说的主要人物黎天明的塑造不能拘束于个人自传式的生活实际。在创作过程中，作者要进一步敢于大胆取舍、加工与塑造，使之更典型，更理想，更具有普遍性。

我与作者李映华是扬州师范学院中文系本科学习的三年同窗学友，各自在高中语文教坛中辛劳多年。我曾参与李映华主编的《高中作文教程》一书的编写工作。今天，令我惊叹的是作家李映华年岁虽近古稀，但人高身正显得英俊且年轻。李映华老师笔耕不辍，呕心沥血，辛勤写作，近来连续出版了《不堪回首的往事》《叩问》《曙光》三部长篇小说。应该说，李映华是文坛中勤奋多产的作家。

愿作家李映华在文学创作的道路上与祖国的民族复兴事业一样，旭日曙光，映照中华。

文章点评例谈

为文章作点评，要注意三点：一是切中优点，给人以借鉴；二是讲究词句，表达力求精确；三是点面结合，细心结成网络。

现以《笑》为例，做一点评。

笑

妈妈整天指着我的鼻子笑着说："傻丫头，什么事把你乐的，整天嘻嘻哈哈。"说完，她先格格地笑了。今年过门的嫂嫂不知为什么也经常偷偷地笑（开头"三笑"既紧扣题意，又引人入胜）。

哥哥出去了，嫂嫂独自坐在床沿上，望着院里挂满红灯的石榴树愣神儿（"红灯儿似的"写出了色与彩，且以树衬人，颇有情趣）。

"嫂嫂，你看它够多的了，它多像一位多子女的妈妈！"我笑嘻嘻地望着嫂嫂那渐渐鼓起的肚子悄悄地对她说（"我"借景喻人，恰到好处，在做嫂嫂的思想工作）。嫂嫂羞涩地把我一推说："死妹妹，你真坏！"说完忙用手捂住脸偷偷地笑（结构上承上启下，情节上显得扑朔迷离）。

屋外响起了脚步声，妈妈端着几个熟鸡蛋，笑盈盈地进来了。嫂嫂忙拉起衣襟站起来，搬过一把小椅子，朝婆婆昧昧笑。我先抢过一个鸡蛋剥开，趁嫂嫂不注意时塞进她嘴里，嫂嫂憋红了脸，我和妈妈笑得前仰后翻（笑出了全家的和睦气氛）。妈妈轻轻地打了我一下，朝嫂嫂说："进了咱家门就是一家人，该吃就吃，该喝就喝。"她看嫂嫂笑着点了头，便又接着说："咱家啥都不缺，就是财旺人不旺。打你爷爷起就是单传咧。"（对嫂嫂的关心无微不至，可又希望媳妇多生孩子）"妈妈，你真是……"我赶紧捂住妈妈的嘴。嫂嫂一听这话，刷地又红了脸。她刚嚼完鸡蛋想说什么，又不好意思开口，只是低头用手指缠绕发梢（在细节描写中矛盾冲突进入高潮）。这时，一只喜鹊在石榴树上喳喳叫（家里将有第三代人，喜鹊登枝报喜，家里人喜上眉梢，喜笑颜开。"神"来之鹊，使行文活泼；在情节发展上穿针引线，引出后文的哥哥，把笑的情节推入高潮），嫂嫂轻轻拉住妈妈的衣襟说："您听，花喜鹊在笑您啦！"

"花喜鹊笑妈不怕，花媳妇笑妈才高兴。"哥哥边说边走进来，拍着手高兴地喊："还是先生一个好！"嫂嫂突然放声咯咯地笑起来。哥哥、妈妈和我都吃惊地望着嫂嫂，都笑了（矛盾冲突在笑声中得以完美地解决）。笑声冲出屋去，在彩云里荡漾……（笑出了家庭的和谐）。

总评：《笑》通过一个家庭的各种关系，表现了两代人在生育观念的矛盾和解决过程。它以笑声开始，又以笑声结束，构思新颖。全文完全让形象说话，语言生动简练。石榴树和喜鹊对情节的发展起了推波助澜作用，使人读起来情趣盎然。

由此可见，为文章作点评必须抓住文中关键性的字句，点出其在文章结构安排和内容表达上的妙处，让读者仔细品出其中的味道。

新中国使者　外交创传奇

东风劲吹，瑞犬迎春。乡贤范承祚所著《为伟人做翻译》纪实文学一书，2018 年由南京出版社隆重出版。这是一部借助于作者范承祚个人经历、采访等体验方式，使用日记、书信、档案、新闻报道等文献，以非虚构方式反映历史中真实人物与真实事件的回忆录式文学作品。

从书中我们了解到，范承祚是家乡走出去的大使、诗人、高级翻译、兼职教授。他于 1953 年考入北京大学中文系新闻专业，1954 年被公派到阿尔巴尼亚地拉那大学人文学院留学，专学阿尔巴尼亚语，1957 年提前学成回国，进入外交部工作。1986 年被国家任命为驻阿尔巴尼亚特命全权大使。从 20 世纪 90 年代起，应聘任上海交大、武汉科大、扬州大学兼职教授。这不仅是范承祚本人的骄傲，也应该是我们宝应家乡人乐于传颂的骄傲。宝应人民养育了他成长。从小，他就在家乡宝应读书。1948 年，他就进入共产党领导下的公立中学——宝应中学（初中）上学。家乡人民政权，使他"圆我升学梦，指我前进途"。

范承祚长期在我国驻阿尔巴尼亚使馆做翻译工作。阿尔巴尼亚是东欧巴尔干半岛一个面积不大、人口只有一百多万的国家。

20世纪六七十年代，正是这"一盏欧洲社会主义明灯"的阿尔巴尼亚与我国关系最为亲密，真正是"海内存知己，天涯若比邻"（初唐诗人王勃《送杜少府之任蜀州》中的名句）的真实写照。这种"四海之内皆兄弟"的知己朋友，即使在天边也好像也在眼前。在1957—1972年长达十五年中，范承祚近百次在中南海丰泽园等地为毛泽东主席会见阿尔巴尼亚国家政要来华做阿尔巴尼亚语的翻译。他十分理解毛泽东、周恩来等我国党和国家领导人的伟大战略意图。加强中阿友好，就是要冲破当时美苏两霸对我国的长期封锁和遏制，不断提高我国在国际上的地位。范承祚做翻译，就是能促进中阿两国人的语言沟通交流，让两国人及时理解对方所表达的思想。阿尔巴尼亚等国一直顶住大国欺凌小国、强国欺凌弱国、富国欺凌穷国的压力，多年来坚持向联合国提交决议案，驱逐蒋介石集团在联合国的代表，恢复中华人民共和国代表在联合国的合法席位。水滴石穿不是水的力量，而是重复的力量。这个决议案，越来越得到更多的国家理解和赞同。功夫不负有心人。终于，在1971年的联合国大会上阿尔巴尼亚等国提交的决议案以超过三分之二的赞同票压倒多数得以通过，恢复了我国代表在联合国的合法席位。众所周知，我国不但是联合国的创始国，而且是联合国安全理事会的五个常任理事国之一。如今，我国在联合国中发挥越来越大的作用，有力地维护了第二次世界大战后的世界和平。如果说，联合国是一个支点，阿尔巴尼亚等国坚持长期支撑，不懈地把我国力挺上去。人们还会说，是阿尔巴尼亚等这些兄弟国家把我国抬进了联合国。范承祚长期精心精细地做好翻译工作，大大促进了中阿两国人民的友谊。乡贤范承祚，你无限忠于祖国，无限忠于党，无限忠于人民。人民共和国永远不会忘记你，党永远不会忘记你，人民永远不会忘记你。

范承祚在国家外交公务中，最敬佩的就是毛泽东主席和周恩来总理。他在《我为伟人做翻译》书中以平实的话语热烈歌颂了这两位伟人。对联中写道："泽如凯风至，惠若时雨来。"横批："感恩两伟人。"是的，多年来，他得到了毛泽东、周恩来等伟人最亲近的教育和帮助。是祖国和人民培养了使者范承祚，使他成为国家不可缺少的栋梁之才，为国家立大功、建奇绩。

我于1960—1966年在宝应中学初、高中读书，与范承祚乡贤可算为宝应中学的同校学友。榜样的力量是无穷的，至今我还牢牢地记得，在宝应中学多年的校会上，张汉文校长时时扬起他那一对浓黑的眉毛，以极其热情的语言大为赞美从我们学校走出去的优秀毕业生范承祚，激励全校同学要像乡贤范承祚一样，树雄心，立大志，勤奋学习，争取早日成才，将来力争为祖国作出杰出的贡献。后来宝应中学也走出了我国驻巴布亚新几内亚和牙买加赵振宇大使与华东师范大学校长钱旭红等国家杰出人才。

《为伟人做翻译》的基本特征是及时性、纪实性、文学性。作者范承祚所写的运用真实材料，经过艺术加工，人物形象鲜明，抒情色彩纯真浓烈。

为庆贺乡贤范承祚所著的《为伟人做翻译》一书出版，我特赋小诗一首。

读《为伟人做翻译》一书有感

新中国使者，
外交创传奇。
丹心照汗青，
人民永铭记。

尊重经典　勿作改动

　　原中央人民广播电台的著名播音员方明于 2021 年 11 月 29 日因病逝世，享年八十岁。中央电视台国际频道（四套）为怀念方明，于 12 月 4 日（周六）晚重播 2018 年《中国文艺周末版向经典致敬》节目组录制的方明专辑。在方明 60 多年播音生涯中，他一次又一次见证了新中国发展进程。他曾任中央人民广播电台播音部主任，5 次登上天安门城楼进行转播，多次参加党和国家重要会议及阅兵、重大仪式的播音传播工作。他播音发音标准，音质厚重明亮，严谨自律，极少出错，堪称播音界学习楷模。

　　有人朗诵了朱自清散文《春》中的摘选，把原文中"风轻悄悄的，草软绵绵的"（原文第三段末句）朗诵为"风轻悄悄的，草绵软软的"，则为欠妥。软绵绵，应形容春草柔软。软绵绵，反义词则是"硬梆梆"。朗读原文"软绵绵"，使我们听觉得到一种回环往复的语言美感，更能表现为听者对春草亲切、爱怜之情感。绵软软，也形容柔软。绵软，与"坚硬"相对。细细品味"软绵绵""绵软软"这两个 ABB 型叠音同义形容词，还是有点差别的。朱自清散文《春》，多年来一直是中学语文教科书中的课文。原文不愧为经典，还运用了欣欣然、偷偷、嫩嫩、绿绿、嗡嗡、微微、密密、慢慢、稀稀疏疏、家家户户、老老小小、一个个、舒活舒活、抖擞抖擞等许多叠音词，大大增加了语言的形象性，而且也增强了作品的感染力。

要尊重经典，勿作改动。

附：朱自清散文《春》全文。

春

盼望着，盼望着，东风来了，春天的脚步近了。

一切都像刚睡醒的样子，欣欣然张开了眼。山朗润起来了，水涨起来了，太阳的脸红起来了。

小草偷偷地从土里钻出来，嫩嫩的，绿绿的。园子里，田野里，瞧去，一大片一大片满是的。坐着，躺着，打两个滚，踢几脚球，赛几趟跑，捉几回迷藏。风轻悄悄的，草软绵绵的。

桃树、杏树、梨树，你不让我，我不让你，都开满了花赶趟儿。红的像火，粉的像霞，白的像雪。花里带着甜味儿；闭了眼，树上仿佛已经满是桃儿、杏儿、梨儿。花下成千成百的蜜蜂嗡嗡地闹着，大小的蝴蝶飞来飞去。野花遍地是：杂样儿，有名字的，没名字的，散在草丛里，像眼睛，像星星，还眨呀眨的。

"吹面不寒杨柳风"，不错的，像母亲的手抚摸着你。风里带来些新翻的泥土的气息，混着青草味儿，还有各种花的香，都在微微润湿的空气里酝酿。鸟儿将巢安在繁花嫩叶当中，高兴起来了，呼朋引伴地卖弄清脆的喉咙，唱出宛转的曲子，跟轻风流水应和着。牛背上牧童的短笛，这时候也成天嘹亮地响着。

雨是最寻常的，一下就是三两天。可别恼。看，像牛毛，像花针，像细丝，密密地斜织着，人家屋顶上全笼着一层薄烟。树叶儿却绿得发亮，小草儿也青得逼你的眼。傍晚时候，上灯了，一点点黄晕的光，烘托出一片安静而和平的夜。在乡下，小路上，石桥边，有撑起伞慢慢走着的人，地里还有工作的农民，披着蓑戴着笠。他们的房屋，稀稀疏疏的，在雨里静默着。

天上风筝渐渐多了，地上孩子也多了。城里乡下，家家户户，老老小小，也赶趟儿似的，一个个都出来了。舒活舒活筋骨，抖擞抖擞精神，各做各的一份儿事去。"一年之计在于春"，刚起头儿，有的是工夫，有的是希望。

春天像刚落地的娃娃，从头到脚都是新的，它生长着。

春天像小姑娘，花枝招展的，笑着，走着。

春天像健壮的青年，有铁一般的胳膊和腰脚，领着我们上前去。

由椅子说《水浒传》

椅子是一种有靠背、有的还带有扶手的坐具。古代人席地而坐，原没有椅子，"椅"本是木名。《诗经》中《湛露》有诗句："其桐其椅，其实离离。""椅"即梓，是一种树木的名称。

椅子最早出现在古埃及。古埃及第四王朝王后赫特芬雷斯的扶手椅，是迄今为止所发现的最古老的现存木制扶手椅。除了座板和背面嵌板之外，它完全用黄金包覆。它有一个低面宽并有一定深度的呈倾斜状的细长座板。有着狮子图样的前腿与后腿，并立在用珠宝装饰的鼓上，用黄金薄片包覆。两侧的嵌板上有用三个莲花图案组成的一个醒目的花纹。各部分通过榫和榫眼连接，并用木钉加固。

据我国文籍记载，椅子的名称始之于唐代，而椅子的形象则要上溯到汉魏时传入北方的胡床。敦煌 285 窟壁画就有两人分坐在椅子上的图像；257 窟壁画中有坐方凳和交叉腿长凳的妇女。这些图像生动地再现了南北朝时期椅、凳在仕宦贵族家庭中的使用场景。尽管当时的坐具已具备了椅、凳的形状，但因当时没有椅、凳的称谓，人们还习惯称之为"胡床"。唐代伟大浪漫主义诗人李白在《静夜思》这首人人赞美和传诵的脍炙人口诗中感慨而吟："床前明月光，疑是地上霜。举头望明月，低头思故乡。"诗中的床，应是诗人坐的器具。唐代以后，椅子的使用逐渐增多，椅子的名称也被广泛使用，它才从床的品类中分离出来。郎余令《历代帝王图》中唐太宗坐的椅子为四直腿，束腰，上侧安托角牙，棱角处起线。坐面上在后部立四柱，中间两柱稍高，上装弧形横梁，两端长出部分雕成龙头，扶手由后中柱通过边柱向前兜转搭在前立柱上。扶手与坐面中间空当嵌圈口花牙。扶手尽端亦雕成龙头，与后背搭脑融为一体。坐面附软垫、衬背，这可谓龙椅了，唐明宗时期开始形成有靠背的椅子。

如今的圈椅，造型圆婉优美，体态丰满劲健。它的圈背连着扶手，从高到低一顺而下，坐靠时可使人的臂膀都倚着圆形的扶手，感到十分舒适，颇受人们喜爱。

宋朝出现的交椅，应是至高无上权力的象征。

我国古代经典小说《水浒传》第 71 回是写"忠义堂石碣受天文，梁山泊英雄排座次"。书中借石碣这一虚幻神化之物，诗曰："蕊笈琼书定有无，天门开阖亦糊涂。滑稽谁造丰享论？至理昭昭敢厚诬。"说的是，有人怀疑蕊珠宫九天玄女降下仙书之事有没有，有人对于天眼大开、上天授意的景象也稀里糊涂。宋朝的礼乐制度和宫室规模，都同国家的富强和宋徽宗君德之隆盛不相称，扩建宫室，装修得无比富丽堂皇。这样的侈泰放肆，必然会引起国家的混乱，这样亘古不变的道理是毋庸置疑和不可抵毁的。

在官逼民反的梁山泊天罡 36 星、地煞 72 星、108 好汉中，天魁星呼保义宋江坐上了忠义堂上第一把交椅。

他在《满江红》这一诗词中抒发胸怀："喜遇重阳，更佳酿今朝新熟。见碧水丹山，黄芦苦竹。头上尽教添白发，鬓边不可无黄菊。愿樽前长叙兄弟情，如金玉。统豺虎，御边幅。号令明，军威肃。保民安国。日月常悬忠烈胆，风尘降却奸邪目。望天王，降诏早招安，心方足。"就在这忠义堂上，梁山泊好汉中排位第 14 的天伤星行者武松首先表示反对："今日也要招安，明日也要招安去，冷了弟兄们的心！"梁山泊好汉排位第 22 位的天杀星黑旋风李逵醉怒道："招安，招安！招甚鸟安！"梁山泊好汉排位第 13 的天孤星花和尚鲁智深也表示不满："只今满朝文武，俱是奸邪，蒙蔽圣聪，就比俺的直裰染的皂了，洗杀总得干净。招安不济事，便拜辞了，明日一个个各自去寻趁罢。"就在这时，宋江还是耐心地对他们劝说道："我等替天行道，不扰良民（不做'此山是我开，此树是我栽。要从此山过，丢下买路财'那样的打劫者），赦罪招安，同心报国，竭力施功，有何不美？"

最终，好汉们还是听从军令，服从梁山泊首领宋江的指挥，替天行道，洗杀蔡京、童贯、高俅等奸邪，立功招安，同心报国。

确实，坐了忠义堂上第一把交椅的宋江在其位谋了其政。